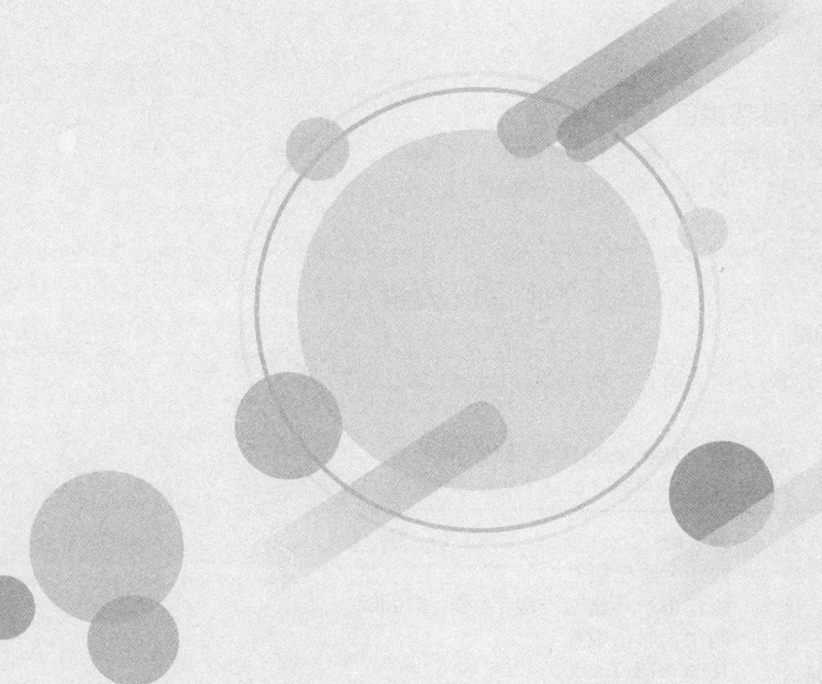

段 峰 / 著

Study of Literary Translation Subjectivity from the Cultural Perspective

文化视野下文学翻译主体性研究

项目策划：张　晶　余　芳
责任编辑：张　晶
责任校对：余　芳
封面设计：阿　林
责任印制：王　炜

图书在版编目（CIP）数据

文化视野下文学翻译主体性研究／段峰著 . — 2版 . — 成都：四川大学出版社，2020.12
（译学新论丛书）
ISBN 978-7-5690-4256-6

Ⅰ. ①文… Ⅱ. ①段… Ⅲ. ①文学翻译－研究 Ⅳ. ① I046

中国版本图书馆CIP数据核字（2021）第 013775 号

书名	文化视野下文学翻译主体性研究
	Wenhua Shiye xia Wenxue Fanyi Zhutixing Yanjiu
著　者	段　峰
出　版	四川大学出版社
地　址	成都市一环路南一段24号（610065）
发　行	四川大学出版社
书　号	ISBN 978-7-5690-4256-6
印前制作	四川胜翔数码印务设计有限公司
印　刷	四川盛图彩色印刷有限公司
成品尺寸	170 mm×240 mm
印　张	13.75
字　数	232千字
版　次	2021年5月第2版
印　次	2021年5月第1次印刷
定　价	68.00元

版权所有 ◆ 侵权必究

◆ 读者邮购本书，请与本社发行科联系。
　电话：(028)85408408／(028)85401670／
　(028)86408023　邮政编码：610065
◆ 本社图书如有印装质量问题，请寄回出版社调换。
◆ 网址：http://press.scu.edu.cn

四川大学出版社
微信公众号

序

段峰的学术专著《文化视野下文学翻译主体性研究》是当今中国翻译研究领域内的一部新著。该书为构建具有中国特色的翻译研究体系添砖加瓦，为繁荣和发展中国的翻译事业出力，取得了可喜成绩。

中国自实行改革开放政策以来，长期自我隔绝的状态被彻底打破。尤其是在加入世贸组织以后，中国的对外交往迅速扩展到社会生活的方方面面。当代中国的翻译事业进入了前所未有的阶段。其规模宏大、繁荣兴盛，超过了中国历史上的各次翻译高潮。伴随着中国翻译的这一次新高潮，中国的翻译研究也得到极大的发展。近十多年来，一大批翻译研究的论文和论著陆续发表和出版，有力地推动了中国翻译事业的发展，也为中国翻译走向世界创造了条件。

作者的学术研究，包括这部学术专著，正是在这样的大背景下进行并完成的。本书的基础是作者的博士学位论文。在近年的翻译研究领域，包括研究生在内的研究者通常关注译作研究、翻译家、典籍翻译、翻译历史、翻译教学与教材等课题，有些研究生正是撰写了这类研究论文获得了学位。本书作者知难而进，勇于探索，以翻译的理论研究（即文化视野下文学翻译主体性研究）作为自己的博士论文选题。论文以翻译研究的文化转向为背景，在文化的视野下，运用文化诗学主体性、文化性和对话性理论及其他相关理论，着重研究文学翻译的主体性问题，包括文学翻译主体从作者转换为译者的过程及其影响；作者主体性、译者主体性和读者主体性各自的地位与作用，它们之间的关系以及译者主体性的结构、内涵和作用。论文从主题到论述既新意迭出，又有思想深度，给读者带来许多启迪。在博士论文基础上修订拓展的这本专著中，读者可以从作者努力展现的文化视野新角度，去观察和思考文学翻译主体性问题，得出自己的结论，或提出新的问题。相信读者一定会在本书中领略到当今中国翻译研究的新视角、新观念和思想深度。

  作者在攻读博士学位的求学与研究期间，师从在当今中国享有盛誉的文学翻译大家、德语文学专家杨武能教授。杨武能教授不仅在翻译介绍德语文学方面成就卓著、蔚为大观，而且在翻译理论研究方面也颇有建树，影响深远。作者在杨教授的悉心指导之下，在已经具备的语言学和文化人类学的坚实基础上，将学术探索扩展和深化到翻译研究领域，着重研究文学翻译的主体性问题，取得了可观的成绩。几年前，当中国出版界还不大关注引进西方翻译理论的原版著作时，作者根据西方翻译研究的基础著述和重点书目，费尽周折，从国外采购回一大批翻译研究的书籍，掌握了一批第一手文献资料。在学习和研究过程中，作者以顽强的毅力和刻苦的精神，认真研读西方和中国的翻译研究经典书籍，深入思考其论文关注的理论问题，为其博士学位论文打下了坚实基础，使其论文在学术性、逻辑性和原创性等方面都达到了授予博士学位的要求，在学术追求的历程中达到了新的高度。

  作者数年的辛勤劳动，换来评委们的高度评价。他顺利通过了专家评审和论文答辩，获得了博士学位。但作者并未就此止步，而是根据评审专家的意见和建议，对学位论文进行了认真的修订与增补，完成了这部学术专著。该专著为作者在当今中国翻译界的地位奠定了基础。这应是让作者及其同事、亲友备感欣慰的事情。

  学海无涯，在青年学人学术追求的人生旅途上，获得博士学位与出版学术专著固然是可喜可贺的重大事件，但绝非是他们可以沾沾自喜甚至满足于现状的终点。对于作者来说，新的学术旅程已经开始，我们期待他在人生事业上不懈追求，取得更大的学术成就。

朱 徽

2007 年于川大花园

再版序

2008年，我在博士论文基础上修改而成的专著《文化视野下文学翻译主体性研究》由四川大学出版社出版。掐指一算，距今已十余年。蒙四川大学出版社再次厚爱，这本专著得以再版，我既激动又紧张。

阅读再版书稿时，激动之情油然而生。我仿佛又回到了读博的那段时光，回忆起在老师的带领下，与同窗们一起遨游在学术研究海洋的时光，点点滴滴，铭刻于心。时光荏苒，庆幸自己一直保留着那份喜爱学术、崇尚学术的初心。十几年来，世界发生着迅猛的变化，国与国之间的文化交流更加频繁，科学技术改变着我们的生活，中华民族正迎来伟大的民族复兴，翻译作为跨语言跨文化的交流工具，正被赋予前所未有的历史责任和担当。在翻译学学科内部，重新定义翻译，翻译的职业化，翻译方向从外译中到中译外的转变，信息技术和人工智能对翻译的影响等，给翻译学带来崭新的课题。从这个意义上来讲，本书所研究的文学翻译主体性问题似乎与当下的热点话题有些许违和，这也是我稍感紧张的原因。

不过，我还是决定除少数修改外，继续保持本书首次出版时的原貌，保留本书出版时的我，以及和我一样从事翻译研究的同仁们对翻译的彼时认知。我们知道，文学翻译主体性的提出和翻译研究文化转向的开始有紧密关系，文化转向的主要内容之一就是将研究的焦点从作家转向译者，所谓呼唤译者的显身。但随着翻译社会学理论的兴起，译者被看作是翻译社会活动中诸多影响因素之一，是翻译因果关系中的一个动因或代理人（agent），主体性的概念被慢慢置换。加之文学翻译活动在当今翻译活动中占比甚少，文学翻译研究的关注度大不如前，文学翻译主体性理论的研究和影响也逐渐式微。但文学为人学，是人类复杂情感的艺术化表达，是人类关注的永恒话题。同理，文学翻译是不同文化之间人类情感的交流方式，亦是翻译学关注的永恒话题。所以，本书所讨论的文学翻译主体性即使在当下也具有意义。本书中所讨论的翻译伦理、离散译者、民族志翻译、体认翻译等等，在当下的翻译研究中仍然是热门的话题。

四川大学出版社的张晶老师和她的团队为本书再版辛勤工作，谢谢她们！

段　峰

2021 年 4 月

目 录
CONTENTS

绪 论 ……………………………………………………………………… (001)

第一章 理论与阐释：文化转向下的文学翻译主体性研究 ………… (013)

  第一节 在对话中重构：从文化诗学的理论出发 ………………… (015)

    1. 翻译研究的文化转向与研究范式转变 ………………………… (015)

    2. 文化转向背景下文学翻译主体性的提出 …………………… (019)

    3. 文化诗学：文学翻译主体性研究的理论框架 ……………… (021)

  第二节 文学翻译主体、主体性和主体间性 ……………………… (026)

    1. 主体性的黄昏与主体间性的黎明 …………………………… (026)

    2. 翻译主体、主体性和主体间性辨析 ………………………… (029)

    3. 中国翻译界的文学翻译主体性研究 ………………………… (031)

  第三节 译者的隐身与译者的显现 ………………………………… (036)

    1. 译者的隐身与译本的透明 …………………………………… (036)

    2. 译者的从属性与主体性 ……………………………………… (041)

    3. 译者主体意识的觉醒与译者的显现 ………………………… (045)

  第四节 小结 ………………………………………………………… (053)

第二章 跨越差异与拥抱差异：当代文化研究视角下的文学翻译主体性研究 ………………………………………………………… (055)

  第一节 译者主体性与翻译伦理 …………………………………… (057)

    1. 译者主体性的文化阐释 ……………………………………… (057)

    2. 翻译规范与翻译伦理的回归 ………………………………… (059)

    3. 翻译伦理与文化他者 ………………………………………… (067)

i

第二节　"离散译者"与"趋同求异" ………………………………（070）
　　　　1. 文化的趋同和求异与翻译的"归化"和"异化" ……（070）
　　　　2. 跨越差异与拥抱差异 ………………………………………（074）
　　　　3. "离散译者"与第三种翻译方式 ……………………………（075）
　　第三节　女性译者主体意识的文化意义 ………………………………（078）
　　　　1. 女性主义与女性主义翻译 …………………………………（078）
　　　　2. 女性主义的"重写翻译"与"身体翻译" ………………（083）
　　　　3. 女性主义翻译理论在中国的接受 …………………………（090）
　　第四节　小结 ……………………………………………………………（094）

第三章　"他者的世界"：文化人类学视角下的文学翻译主体性 …（097）
　　第一节　文化人类学与翻译作为跨文化交流活动 ……………………（099）
　　　　1. 表现他者的世界：文化人类学与翻译研究 ………………（099）
　　　　2. 译者：在两种不同的文化中穿行 …………………………（110）
　　　　3. 第三种文化：译者的文化归属 ……………………………（114）
　　第二节　文学翻译与文化异质的传送 …………………………………（116）
　　　　1. 文学翻译与"歌德模式" …………………………………（116）
　　　　2. 文化相异性的本土化改造 …………………………………（119）
　　　　3. 翻译作为跨文化交流活动的发起研究 ……………………（124）
　　第三节　深度翻译：译者的话语空间 …………………………………（127）
　　　　1. 深度描写与阐释之阐释 ……………………………………（127）
　　　　2. 深度翻译：译本的语境化和历史化 ………………………（130）
　　　　3. 深度翻译：译者在作者阐释之上的再阐释手段 …………（132）
　　第四节　小结 ……………………………………………………………（134）

第四章　文化认知与身体体验：文学翻译主体性再认识 …………（137）
　　第一节　文学翻译的文化认知 …………………………………………（139）
　　　　1. 文学翻译的文学性与文化性 ………………………………（139）
　　　　2. 文学翻译的文化心理分析 …………………………………（143）

3. 语言学的"文化转向"与文化翻译 ………………………（149）
第二节　转向译者与体验翻译 ………………………………………（160）
　　1. 关于译者主体性的再认识 …………………………………（160）
　　2. 翻译的理性与翻译的感性 …………………………………（162）
　　3. "个体身体学"与"从心所欲" ……………………………（167）
第三节　认知语言学与翻译的身体学 ………………………………（171）
　　1. 体验哲学与认知语言学 ……………………………………（171）
　　2. 认知语言学对译者主体性研究的解释力 …………………（173）
　　3. 译者主体性：认知与体验、理智与情感的对话 …………（175）
第四节　小结 …………………………………………………………（176）

结　语　文学翻译主体性研究：倾听与对话 ………………………（179）

参考文献 ……………………………………………………………（185）
后　记 ………………………………………………………………（204）

绪 论

绪 论

1. 关于文学翻译主体性研究

  翻译研究的发展按照研究重点和主要研究范式通常分为三个阶段：一是以作者为中心的语文学/文学研究范式阶段，二是以文本为中心的语言学研究范式阶段，三是以译者/读者为中心的文化研究范式阶段。在这三个阶段的背后，有着各自相对应的、影响它们的哲学思想和理论。第一个阶段是经验主义的哲学理论，其语义观为指称论和真值论，这种理论对翻译研究的影响是将作者视为意义的中心，将作者和译者的关系视为主人和奴仆的关系，译者必须忠实于作者，必须忠实地传达作者的目的，具体到翻译策略上常常采取直译法；第二个阶段是唯理论或结构主义理论，其语义观为关系论和确定论，这种理论将文本视为意义的中心，强调译文应忠实于原文，译文同原文等值、等效，应再现原文风格等，所采取的翻译策略也常常为直译法；第三个阶段是解释主义的哲学理论，包括现象学、阐释学、解构主义理论，其语义观为不确定论和读者决定论，这种理论将译者和读者视为意义的中心，在翻译研究中则表现为翻译的目的论、改写理论和构建理论，所采取的翻译策略为再创作方法（王寅，2005）。

  如果我们简单地将"主体"的概念理解为"事物的主要部分"（中国社会科学院语言研究所词典编辑室，2017：1712），那么，文学翻译主体性于翻译研究的各个阶段则有不同的概念存在形式，第一阶段的主体显然是作者，第二阶段是文本，第三阶段是译者/读者；如果我们将"主体"的概念再理解为"哲学上指有认识和实践能力的人"（中国社会科学院语言研究所词典编辑室，2017：1712），那么除第一和第三阶段有明确的主体以外，第二阶段显然缺乏主体。所以，从广义来看，文学翻译主体性研究存在于翻译研究的各个时期，这种研究实际上是研究各阶段的"中心"问题；而从狭义来看，文学翻译主体性研究的对象是作者、译者、读者以及他们之间的关系问题。

  本书研究的是狭义的文学翻译主体性研究，即研究文学翻译主体从作者转换为译者的过程，作者主体性、译者主体性和读者主体性各自的地位与作用，以及它们之间的关系；同时，本书将研究对象定为文学翻译主体性，以区别一般意义的翻译主体性，如社会科学著作的翻译主体性，其原因在于文学翻译是所有翻译类型中最复杂的类型，它最能体现主体性所包括的各种因素在翻译活动中的作用，包括译者主体的创造性作用。

当代翻译研究以译者/读者为中心的文化研究范式为主导理论和研究方法。其文化研究范式有别于和优于语文学范式和语言学范式的显著特点就是将后两种范式局限于文本的研究范围扩展为超文本的范围，将翻译的过程从语符转换过程扩大为文化交流和文化构建的过程。以文化的视野来观照整个翻译活动，是目前翻译研究发展的主要趋势，也是翻译研究成为诸多学科焦点的根本原因。本书关于文学翻译主体性研究就是在这样的趋势和视野下展开的。

从上面所谈到的三种研究范式在翻译研究中心的地位的变化可以看到，翻译研究的中心经历了一个从作者到文本再到译者和读者的过程，文学翻译主体性也经历了一个从作者主体的消解到译者/读者主体的显现的过程。这不仅仅是一个转换或替代或变化的过程，更是一个引起翻译研究理论和方法巨大变革的过程。这种变革使得翻译研究从 20 世纪 70 年代开始的学科确立、文化转向（cultural turn）一直发展到今天文化研究的"翻译转向"（translation turn）（Bassnett, 2001）。翻译研究从默默无闻到被置于各个相关学科的视线中，翻译已经远远超出了传统的定义而触及我们社会、政治、文化生活的每一个角落。翻译问题受到关注，文学翻译的过程和翻译文学的作用得到多学科和多角度的阐释，其中翻译主体的转换和翻译主体性内涵的变化成为文学翻译研究的主要议题，并由此带动翻译家和翻译批评等研究领域的发展。可以这样说，文学翻译研究在整个翻译研究中极其重要，因此文学翻译主体性研究对整个翻译研究具有重要的引领作用。

翻译研究的文化转向将文学翻译主体性研究带入恢宏而灿烂的文化视野；文学翻译主体性，尤其是译者主体性得到了前所未有的强调和重视。笔者认为，当代翻译理论中的文学翻译主体性研究应该突出两个方面：一是文学翻译主体性中作者主体性、译者主体性和读者主体性的关系研究；二是译者主体性的外向式和内向式研究，前者指译者主体性文化作用的描写性研究，后者指译者主体性构成肌质的分析性研究。本书将在上述两个方面展开研究，尤其注重第二个方向中被翻译研究界所忽视的译者主体性分析研究。通过研究，本书可在一定程度上弥补当前文学翻译主体性研究中的缺陷,深化文学翻译主体性的研究,进而推动翻译研究的发展。

2. 国内外研究状况

西方翻译理论界对于文学翻译主体性和译者主体性研究开始于20世纪70年代。这一时期翻译研究界开始重视翻译研究的学科化问题,开始讨论翻译学科所涵盖的基本内容以及翻译研究的方法问题。翻译研究作为一门独立的学科,一开始便表现出多学科的综合性,越来越多的学者从自己的学术背景出发研究翻译问题;在这些学者中,以比较文学出身的学者最为活跃,他们被称为翻译研究的文化学派。在翻译研究文化学派的"操纵""改写"等理论中,译者主体性研究是最主要的研究内容。译者从被遮蔽到显现,是翻译研究的文化学派所竭力推动的变化之一,所以,英国译论家赫曼斯(Theo Hermans,1948—)编辑的《文学的操纵——文学翻译研究》(*The Manipulation of Literature: Studies in Literary Translation*),1985)、比利时裔美国译论家勒菲弗尔(Andre Lefevere,1945—1996)的《翻译、改写以及对文学名声的操纵》(*Translation, Rewriting and Manipulation of Literary Fame*,1992)、《文化构建——文学翻译论集》(与巴斯内特合编)(*Constructing Cultures—Essays on Literary Translation*,1998),以及英国译论家巴斯内特(Susan Bassnett)的《翻译研究》(*Translation Studies*,1980/1991/2002)、《比较文学导论》(*Comparative Literature: A Critical Introduction*,1993)等著作都直接涉及译者主体性问题,研究的重点主要集中在译者在翻译中主体地位的确定以及译者主体与历史、社会、文化之间的关系。从20世纪80年代后期开始,翻译研究的文化学派逐渐在理论上同英国的文化研究学派汇流,形成了内容更加丰富的翻译研究的文化研究方法。翻译主体性被置于后殖民语境中,同后殖民语境中的文化身份、女性主义等问题结合起来加以研究。巴斯内特的《后殖民翻译——理论与实践》(与特里维迪 [Harish Trivedi] 合编)(*Post-Colonial Translation—Theory and Practice*,1999)、美国译论家韦努蒂(Lawrence Venuti)的《译者的隐身》(*The Translator's Invisibility: A History of Tramslation*,1995)、美国译论家鲁滨孙(Douglass Robinson)的《翻译与帝国》(*Translation* and Empire，1997)、西班牙译论家阿尔瓦雷斯与维达尔（Roman Alvarez & M. Carmen-Africa Vidal）合编的《翻译、权力和颠覆》（Translation，Power，Subversion，1996)，以及印度裔美国译论家尼南贾纳（Tejaswini Niranjana）的《为翻译定位——历史、后结构主义和殖民语境》（Siting Translation：History，Post-Structuralism，and the Colonial Context，1992）等著作都将译者主体性和与之相关的题目作为研究的重要内容。另外，加拿大译论家德莱尔（Jean Delisle）和沃兹沃思（Judith Woodsworth）编辑的《历史上的翻译家》（Translators through History，1995)、鲁滨孙的《转向译者》（The Translator's Turn，1992）和《谁在翻译？超越理性的译者主体性》（Who Translates? Translator's Subjectivity beyond Reason，2001）以及韦努蒂的《翻译之耻——走向差异伦理》（The Scandals of Translation：Towards an Ethics of Difference，1998）也是研究翻译主体性的重要著作，尤其是后三本。在这些著作中我们看到了文学翻译主体性研究的回归迹象，即向译者的本体研究的回归，向译者主体创造的适度性和伦理性回归。除此之外，加拿大女性主义译论家弗洛托（Luise Von Flotow）的《翻译与性别——女性主义时代的翻译》（Translation and Gender：Translating in the 'Era of Feminism'，1997）和西蒙（Sherry Simon）的《翻译中的性别——文化身份和传送的政治》（Gender in Translation：Cultural Identity and the Politics of Transmission，1996）研究了女性译者主体性的问题。另外，研究译者主体性时，还须提到英国译论家哈蒂姆（Basil Hatim）和梅森（Ian Mason）的《语篇与译者》（Discourse and Translator，1990/2004）和《作为交际者的译者》（The Translator as Communicator，1997）。这两本著作是从功能语言学的角度来讨论译者主体的，同前面从文化的角度进行的研究有所不同。但恰恰是这些不同告诉我们，即使在文化研究方法占主导地位的时候，我们也不应该忘记其他的方法对同一问题进行阐释的可能性和有效性。

西方翻译理论对文学翻译主体性，尤其是译者主体和主体性研究的相关著作和文章甚丰。这些研究主要围绕"谁在翻译？"（鲁滨孙）和"走向译者"（法国译论家贝尔曼［Antoine Berman，1942—1991］）这两个议题进行，对研究者翻译思想的转变和翻译理论的发展具有重大的意义。但是，当代西方翻译理论对文学翻译主体性研究的弊端也显而易见，即过多地关注译者主体与译语文化的关系，缺乏对译者主体细致入微的分析研究。译者显现只是一个标志，其实质是权力运

绪 论

作,译者主体更像是一个符号,指向的是译者所依附的译语文化中的各种影响因子及其关系,而与译者本体的研究无关。这样的弊端除导致作为一个有机结合体的文学翻译主体性的分裂外,还在一定程度上导致了翻译的内部研究与外部研究、翻译理论与实践之间的对立。

国内翻译界对文学翻译主体性的研究开始于20世纪80年代,同当时西方思潮的"东渐"有关。从那时开始,阐释学、主体性研究和翻译文化转向等理论与思潮逐渐被国内翻译界所接受,翻译研究较之过去无论在研究范围、内容或者方法上都发生了很大的变化。文学翻译主体性研究对传统中国翻译理论形成了巨大的冲击,它直接动摇了中国传统译论对"信、达、雅"的经典解释,为国内翻译研究展现了一个更广阔的前景。

国内翻译界关于文学翻译主体性的研究,同国外翻译界一样,也主要集中在译者主体地位的发现和译者的定位问题上。20世纪80年代中期以来,杨武能、袁莉、许钧、穆雷、查明建、屠国元、陈大亮等相继发表论文讨论翻译主体、主体性及主体间性的定义。从他们的文章中可以看出一条明显的发展轨迹,即从最初的译者主体、主体性的确立发展到对作者、译者和读者间性关系的研究,从对单一主体的讨论发展到对多个主体之间的关系的讨论。这一阶段的文学翻译主体性研究可以看作是对当代西方翻译理论的主体性研究的回应,其特色就是对中国本土资源的利用。如对林纾(1852—1924)的翻译研究以及当代一些著名翻译家的研究。关于文学翻译主体性研究的专著有葛校琴的《后现代语境下的译者主体性研究》(2006)。另外,许钧的《翻译论》(2003)、谢天振的《译介学》(2001)、蔡新乐的《翻译的本体论研究》(2005)、秦文华的《翻译研究的互文性视角》(2006)、俞佳乐的《翻译的社会性研究》(2006)等专著中也有较大篇幅涉及文学翻译主体性研究。葛校琴的《后现代语境下的译者主体性研究》用历时的方法梳理了译者主体性在传统译论、语言学翻译理论和当代翻译理论中的发展过程,阐释了译者主体性在后现代语境中的含义和作用。

同西方翻译理论界一样,目前,国内译界对翻译研究的"文化转向",以及与此相关的翻译主体性的研究正逐渐进入一个反思的阶段。就国内翻译界而言,这一反思与对西方翻译理论文化学派和文化研究派的再认识相伴随。如吕俊与侯向群的合著《翻译学:一个建构主义的视角》(2006)、赵彦春的专著《翻译学归结论》(2005)。同时,当前国内译界有关文学翻译主体性研究的另一个特点是从当代翻译理论的视角来研究具体的译者。如廖七一的《胡适诗歌翻译研究》(2006)、韩江洪的《严复话语系统与近代中国文化转型》(2006)、马红军的《从文学翻译到翻译文学——许渊冲的译学理论与实践》(2006)。同传统翻译家研究相比,这样的研究视角更多元、方法更丰富。但是,我们应该看到,当代中国译界的文学翻译主体性研究同当代西方译界的研究相比,研究的范围还较狭窄,在理论话语的丰富性和原创性上也逊于后者。这当然同中西方翻译理论的发展路径有关,同中西方哲学思想的历史背景有关,也同我们缺乏对传统中国译论精华的挖掘和提炼有关。本书在研究文学翻译主体性的过程中,努力融入对中国传统译论的再思考,运用国内翻译界的研究成果,希望能在一定程度上解决翻译理论中存在的"中国理论"和"外国理论"之间的对立,为推动中国翻译界同西方翻译界进行真正意义上的对话做出贡献。

3. 基本框架和主要内容

本书期望在以下四个方面为文学翻译主体性的研究带来一点新的思考。

(1) 将文学翻译主体性置于广阔的文化视野下进行研究。笔者将文化视野定义为人类学意义的文化和后殖民文化的双重视野,阐明了它们之间既相联系又有区别的关系。在本书的第一章和第二章中,笔者将文学翻译主体性研究分别置于后现代和后殖民文化与人类学文化的视野中,除研究译者主体在译语文化的作用和受制于译语文化因素问题,如翻译伦理、女性主义翻译、文化身份等问题,还研究译者主体作为跨文化交流的中介人或协调人的问题;这样,文学翻译主体性的外部研究和内部研究在文化的视野下被有机地联系起来。

(2) 将新历史主义文化诗学、中国语境中的文化诗学和巴赫金文化诗学理论作为本书的理论支撑,把从中提炼出来的主体性、文化性和对话性等理论观点贯穿整个研究,并梳理出几组对话关系。如外部研究与内部研究的关系、理论与实践的关系、中国理论和外国理论的关系、译者情感和认知的关系等,为研究和解决这些带有争议性的问题提供一个新的视角。

(3) 将文化人类学的理论和研究方法引入文学翻译主体性研究,例如"阐释之阐释""地方性知识""深度描写"等理论和方法。将文化相对论作为翻译的文化研究方法的一个重要理论支撑点,并扩展到文学翻译中,把译者作为跨越和传送文化异质的主体。

(4) 运用体验哲学和认知语言学理论,将语言体验理论进一步扩展为文学翻译过程中译者的情感体验和文化体验,将译者主体性视为体验和认知的结合体,分析译者主体性的内在结构和运行机理,从一个全新的视角分析、解释和认识文学翻译主体性。

笔者因行文和引述的需要使用了"翻译主体""翻译主体性""翻译研究"等词语,在本书中它们分别同"文学翻译主体""文学翻译主体性""文学翻译研究"所指相同。在通常意义下,前者在内涵上包括后者,还包括非文学的人文社科著作的翻译。

在研究过程中,笔者从国内外的出版社、书店和图书馆收集到了较多的有关翻译研究的图书资料,但如何将这些资料消化融通是笔者在写作时遇到的第一个难点。本书研究的是关于翻译研究的理论性基础课题,所采用的是文化的视角。因此,该项研究需要笔者具有扎实的理论基础和广阔的学科知识,这是第二个难点。中国传统文论的相关论述是翻译研究领域中构建中西方对话的重要因素。由于笔者学识所限,这部分极有价值的内容尚待进一步研究,这是研究的第三个难点。

本书以文化诗学为理论支撑,以后现代和后殖民、跨文化交流和体验哲学与认知作为研究的视角或切入点;研究视角还可以随着新的理论的出现而增加,为今后的进一步深入研究提供了可能。

本书除绪论和结语,分为四章,各章主要内容简介如下。

第一章阐述了文学翻译主体性研究的背景和动因是翻译研究的"文化转向",文化是本课题的研究视野,是本书运用相关理论和方法的基本出发点。但同时,翻译主体性研究又是翻译研究"文化转向"的重要支撑点。"文化转向"使翻译主体性中的译者主体性得以显现,但同时翻译主体研究又是翻译研究中心转移的目的地。文学翻译主体性研究对整个翻译研究具有重要的学术意义。本章论述了新历史主义文化诗学、中国语境中的文化诗学和巴赫金文化诗学的基本理论,从中提炼出主体性、文化性和对话性等观点作为文学翻译主体性研究的理论基础,并贯穿在整个研究中。本章还对文学翻译主体、主体性和主体间性的定义进行了分析,并指出在翻译活动中,主体、主体性和主体间性各自有明确的所指。译者是翻译活动的主体,是"操纵"文本的具体实施者,而影响翻译活动的进行和结果的,除了译者主体的主体性,还有作者和读者主体性的作用;也就是说,作者和读者并不表现为翻译活动中的具体主体,但却具有主体的作用,即具有主体性质。作者的主体性是由翻译是在原著基础上的再创作这一翻译本质决定的,而读者的主体性又代表了译语文化对翻译活动的规范和制约。翻译就是调节、协商这三种主体性关系的活动,这种不同主体性的互文关系,即主体间性才应该是翻译主体性研究的重心所在。最后,本章讨论了译者的隐身和显现。笔者认为,传统翻译理论中的文艺学研究方法将作者神圣化、权威化,语言学研究方法则将原文神圣化、权威化;前者轻视和贬低译者的作用和地位,后者则根本无视译者的存在。翻译研究的文化转向使译者的主体地位得以显现,对译者积极作用的肯定表明文学翻译主体性研究已成为翻译学科的一个重要研究领域。

  从第二章开始,本书将重心转向了文学主体性中译者主体性的研究。本章分"译者主体性与翻译伦理""'离散译者'与'趋同求异'""女性译者主体意识的文化意义"三节。本章从后殖民翻译伦理、"离散译者"、女性主义翻译理论等角度,分别阐述了以下三个方面的内容:(1) 文学翻译主体性具有一定适度性,受到翻译目的、翻译规范、翻译伦理等因素的制约。翻译伦理是译者自觉遵守的翻译道德准则。当今翻译研究提出,翻译伦理的回归是对翻译的文化研究理论和方法的反思,但与传统翻译伦理不同,它具有后现代和后殖民时期的特征。(2) 译者是沟通差异的桥梁,在后殖民的游移和疆界文化中,传统意义的翻译根本就不可能实现这一点。因为在离散的状态中,一切都是游移不定、互动互构的,充满了"杂合"的性质。异质在离散文化的运动中被重新构建,它既有别于源语文化,又有别于译语文化。翻译既展示差异又跨越差异,将跨文化交流与文化离散有机结合起来,目的语读者就可以更加倾向于阅读与体验异化翻译。(3) 女性译者历史作用和地位的重新发现、女性译者主体意识的觉醒、女性译者主体意识觉醒的政治含义等议题,是同西方女性主义运动的发展紧密联系在一起的。女性译者主体性的提出,其政治和文化意义远远大于对翻译研究的学科意义。

  第三章包括"文化人类学与翻译作为跨文化交流活动""文学翻译与文化异

质的传送""深度翻译——译者的话语空间"三节。文学翻译作为文化交流的特殊形式，具有文化交流的所有特征。文化之间的普遍性是文化交流的前提，也是文学翻译可译性的基础；文化之间的"异质"具有特别的意义。因为，文化异质构成了文化他者，使文化自我有了参照物，并反射出文化自我的长处和缺点。跨文化交流的目的是跨越文化障碍、促进文化交流；但这种文化障碍的跨越绝不意味着对文化异质的消除。文化异质是跨文化交流活动的最基本动因，是使跨文化交流始终保持双向、互动状态的最基本保证。深度翻译作为译者的话语空间，是译者再阐释的一种手段。深度翻译通过在译本中增加按语和注释，构建文本产生时的历史语境，烘托历史氛围，让读者在文本和社会存在之间的相互作用中，阅读文本、理解文本和阐释文本。文学翻译也是文化翻译，译者需要在以传送异质文化为主要特点的跨文化翻译活动中发挥文化协调人的作用。

第四章分为两个主要部分，一是文学翻译的文化认知问题，二是译者的翻译体验问题。这两者的有机统一构成完整的译者主体性。本章共三节，分别为"文学翻译的文化认知""转向译者与体验翻译""认知语言学与翻译的身体学"。作品的文化心理包含作者的文化心理，译者在探索作品文化心理的同时，也应了解作者的文化心理。在作品的文化心理和作者的文化心理中，译者应注重对作品文化信息、文化心理和文化气质等的认知。译者的认知方式也是译者的心理活动方式，从整体到部分的格式塔式认知方式是探索作品文化心理的有效方式。文学翻译中的文化翻译从对原著文化意义的认知到传达原著的文化意义，不可避免地要受到译语文化的影响，但是否保持源语文化的异质性，并使其圆通地进入译语文化，是译者是否能够担当文化传达任务的关键。

语言行为是基于体验的认知行为，语言认知以范畴化的形式来表现；语言认知不是一种超验的行为，而是在人们对客观世界体验的基础上形成的，它的特点是体验性、受环境制约和交互性。鲁滨孙也提出了翻译的身体学观点，强调译者主体性所包含的体验和情感因素的重要性。译者主体性表现为译者体验和认知的结合，译者体验表现为译者在翻译中的身体和情感体验，认知则表示在此体验基础上形成的主观认识。体验哲学与认知语言学理论和翻译的身体学理论相互印证和支持，为分析和描写文学翻译研究主体性这个十分关键的翻译研究问题提供了一个新的视角。

第一章

理论与阐释：
文化转向下的文学翻译主体性研究

第一节　在对话中重构：从文化诗学的理论出发

1. 翻译研究的文化转向与研究范式转变

应该说，文学翻译主体性概念的提出由来已久，甚至可以追溯到翻译活动产生之时。翻译研究的一些永恒主题，如翻译是什么、谁在翻译、怎样翻译，都与翻译主体性有关。在翻译理论发展史中，无论是传统语文学/文学研究方法对原文意义和原作者的"唯此独尊"，结构主义语言学方法对翻译的语符转换形式的"情有独钟"，还是文化研究方法将译者"解蔽显现"，讨论的都是谁是主体的问题。所以，在翻译研究文化转向背景下的文学翻译主体性研究，就其研究对象而言，只是"旧事重提"。

但这一"旧事重提"对翻译研究而言却具有极其深刻的革命性意义，在讨论翻译研究文化研究方法的"主体性"如何区分传统语文学/文学和语言学的"主体性"之前，有必要对作为背景的翻译研究文化转向做一概述。所谓翻译研究的"文化转向"，亦可译为"转向文化"，即从文化的角度来研究翻译问题。翻译研究的文化转向引起了翻译研究界对文学翻译主体性的重新解读和定义，其外延与内涵与以往大不相同。其中最关键的一个区别就是文学翻译主体性不再被禁锢在静止的历史意义和恒定的文本意义当中，而是在一个对话性的文化语境中生成和发展。可以这样说，没有文化转向，就没有文学翻译主体性的研究。翻译研究的文化转向，使文学翻译主体性，尤其是译者主体性问题成为翻译研究一个非常重要的组成部分，为文学翻译主体性研究提供了广阔的背景和丰富的学理依据。

翻译研究文化转向的思潮开始于20世纪70年代，主要指当时活跃在欧洲的早期翻译研究派或文化学派的翻译研究活动，以勒菲弗尔和巴斯内特为代表。20世纪90年代初，随着"文化转向"的正式提出并被翻译研究界广泛接受，翻译研究的文化范式成为继语文学/文学范式和语言学范式之后的主要范式，有关翻译的文化研究理论成为翻译研究的主导理论。翻译研究的文化范式的基本理论和方法是将翻译活动视为文化事件，视为源语文化与译语文化之间的文化构建活动。翻译研究的文化转向尤其强调从译语文化的角度来描写翻译活动的发起、进行和结果，将文学翻译置于译语文化环境中，来考察翻译作为一种重要的文化塑造力量和文化身份的表现形式。这些重要内容即"文化转向"后当代翻译理论的重要研究热点。

翻译研究的文化转向极大地拓展了自身的研究视野，将研究形式对等、功能等效等文本间的关系扩展到在文化层面上观照翻译事件和行为。德国译论家弗米尔（Hans Vermeer）等的目的论、以色列译论家埃文-佐哈（Evan-Zohar）的多元系统理论、以色列译论家图里（Gideon Toury）的翻译规范、赫曼斯的操纵理论、勒菲弗尔"改写派"理论的三要素（意识形态、诗学、赞助人）、巴斯内特的文学翻译观、韦努蒂的抵抗式翻译（resistance translation）等理论，在文化的视野下，采取描写与解释的方法，多角度地将丰富的思想内涵注入翻译研究，促使翻译研究方法从印象性和主观性向分析性和客观性转移，从规定性向描写性转移；翻译研究的重心从"怎样翻译"向"翻译什么""为什么要这样翻译"转移；翻译研究的对象从原著、作者向译著、译者、读者转移；翻译研究的目的从如何忠实于原著向如何满足译语文化要求转移，也就是把翻译研究的关注点放到译本的生产者和译语社会的政治、文化、意识形态对译本接受的影响上。翻译研究文化转向带来的译学观念的变化，按照德国译论家斯内尔-霍恩比（Snell-Hornby）的观点，表现为传统的两分法思维方式（形式/意义、直译/意译、源语/译语、作者/译者）让位于整体的、格式塔式的、随具体情况而变化的思维方式；译语文本不再是对原著一字一句严格对应的临摹、复制，而是由一定情境、一定文化组成的。文本不再是静止不变的语文标本，而是经读者（译者）解读后，在译语文化语境中，以译语的创造性和艺术性来再现①（Snell-Hornby，2001：23-25）。

翻译研究文化转向包括以比较文学为背景的文化学派翻译理论，也包括起源于英国文化研究的文化研究派翻译理论；前者主要关注翻译的创造性，如文学作品的翻译，翻译文学经典的形成、解构和重构，对翻译的"操纵"和翻译的

---

① 本书译文除注明译者外，均为笔者所译。

"改写"等问题；后者则更多地关注翻译的隐喻性，如翻译与政治、翻译与性别、翻译与后殖民主义等文化问题，包括以西蒙为代表的女性主义翻译理论、以韦努蒂和尼南贾纳等为代表的后殖民主义翻译理论、巴西译论家坎博斯兄弟（Haraldo de Campos）的"食人主义"翻译理论、爱尔兰译论家提莫志克（Maria Tymoczko）的爱尔兰语境的翻译批评、西班牙译论家皮姆（Anthony Pym）的翻译伦理等等。这些理论大大地拓展了翻译研究外延，增加了翻译研究维度，将文化研究的对象纳入翻译研究中；同时，也将翻译研究的对象纳入文化研究中，翻译研究的对象亦是文化研究的对象，翻译研究在扩大外部研究的同时，也成为当今方兴未艾的文化研究的重要范畴、方法和工具，所以巴斯内特认为文化研究需要开始"翻译的转向"。

翻译活动是人类的一项古老活动。从广义上讲，从人类交流开始，就有了翻译活动。翻译实践发展到一定阶段，就会产生与之相适应的理论，而理论反过来又会直接或间接地指导实践，并在此基础上形成新的理论，循环往复，螺旋上升；其结果是对翻译的认识不断加深，翻译活动越来越理性和恰当。有史可查的西方译论始于罗马帝国时期的西塞罗（Cicero，公元前106—前43年），他首次将翻译区分为"作为解释员"和"作为演说家"的翻译（谭载喜，2004：8）。中国传统译论通常认为佛经翻译始于东汉末年，但如果把孔子保存在《春秋谷梁传》中"名从主人，物从中国"算作我国早期萌芽状态的译论的话，中国译论则比西方译论早四五百年（陈福康，1992：13）。但是，无论是中国传统译论还是西方传统译论，相对于其他人文社会科学而言都发展缓慢。理论与实践的关系问题、学科性问题等在其他学科早已解决的问题，长期以来却困扰着翻译研究界。翻译研究缺乏扎实有效的理论支撑，已有的翻译理论又常常表现为印象式、经验总结式的只言片语。

上述情况从20世纪70年代开始有了变化，真正系统的、具有学科意义的翻译理论开始成型。① 客观而言，翻译研究作为一门独立的学科，其基础还很薄

---

① 1976年在比利时鲁汶（Louvain）召开的学术会议上，美国学者霍姆斯（James Holmes，1924—1986）以一篇《翻译研究的名与实》（"The Name and Nature of Translation"）的文章宣称翻译研究成为一门独立的学科，并为翻译研究勾勒出了研究领域。

弱，学科理论亟待加强；但是，翻译研究作为一门年轻的学科，从一开始便呈现出动态、包容、开放、描写性和解释性的特点。这些特点为翻译研究的文化转向提供了可能，也为从文化视野多角度地阐释文学翻译主体性提供了可能。

翻译研究经历了语文学/文学、语言学、文化等研究范式的交替更新，同结构主义、以解构为特征的后结构主义的哲学思潮的影响密不可分，也同其他相关学科的相互交融和阐发密不可分。

刘宓庆认为，"翻译具有一种综合应用性，它是多维的、复杂的，但它本身并没有什么高深的理论，全靠哲学、认知科学等深层科学作'导向支持'，也需要语言学家族作论证支持。论证支持中的旁证支持还需要借助更多的'友军'如传播学、符号学、释义学、文化学、比较文学和美学（刘宓庆，2005b：292）。这些理论可以在某一特定维度的专项研究中上升为"导向理论"。文化理论，包括文化研究理论成为目前翻译研究的导向理论，同文化理论的自身发展，以及文化理论与相关学科的融合日趋频繁和深入有着紧密的联系，对翻译研究无疑具有理论上的充实、加强和提高作用。

然而，翻译研究的文化转向成为翻译研究的一种发展趋势并不意味着文化研究方法成为翻译研究的唯一方法。文化在"转向"中所产生的林林总总的翻译理论和方法对翻译的解释是局部的还是全面的，是部分的还是全体的，是本体的还是客体的，是普遍的还是具体的；翻译研究文化转向后的文化学派和文化研究派的翻译理论，赞扬和批评之声并存，上述这些问题则是翻译研究不得不回答的问题。

翻译研究的文化理论和研究方法作为具体语境中的文学翻译和翻译文学的描写工具，其解释力无疑是巨大的。但"文化转向"的弊端也显而易见：在文化学派的"翻译是操纵""翻译是改写""翻译是文化资本流通"等理论中，翻译的语言转换特征、翻译的诗学和艺术表现特征受到消解，文化学派将自己与语文学派和语言学的联系割断，其结果是缺乏多种话语的互补，其自言自语的独白难以令人完全信服；文化研究派则过度夸大了翻译的隐喻性，忽视翻译本体的研究，其结果是淡化了翻译研究自身的学科独立性，使其面临消隐在其他学科理论中的危险。这种偏重翻译外部研究、轻视翻译内部研究的行为，导致翻译的内部研究和外部研究互不联系、互不指涉，在一定程度上动摇了翻译研究的学科稳定性。我们知道，翻译的内部研究和外部研究如一枚硬币的两面，相辅相成，互为补充，构成了一个整体。以文学翻译为例。不管我们怎样去解读作为文学翻译的成果，翻译文学是怎样在译语文化系统中发挥社会历史作用，译语文化又是怎样作用于文学翻译过程，我们都不应该忘记它的本质特征仍然是并且始终是一种特殊形式的文学审美和艺术创作活动，其本身有一定艺术规律可循，而文学翻译家的主体性则表现为一定程度之内的创造性和自主性，而非完全受制于译语文化。反之，文学翻译家特定形式的文学创作也不是一种封闭自足的活动，它必然受到翻译活动发生时的社会文化的影响，同时，也会对译作接受方的文化产生影响。所以，笔者认为，翻译研究的文化转向应该是，在文化的视野中，既研究翻译作为一个本体的存在，也研究翻译作为一个更大的语境的组成部分的个体存在，以及这两个存在之间的关系。

2. 文化转向背景下文学翻译主体性的提出

关于"文化转向"后当代西方翻译理论的发展，巴斯内特有一个比较明确的划分，她用"历史"（History）、"权力关系"（Power Relationship）和"显现"（Visibility）作为概括每一时期的关键词（Bassnett，1996：10–24）。她认为，在20世纪70年代，翻译研究的关键词是"历史"，翻译研究的重心在于研究源语文本和译语文本的文化、历史因素。这一时期最具影响的翻译理论是佐哈提出的多元系统理论。多元系统理论重新审视了文学翻译在文学创作中的地位和翻译文学在文学史中的地位，强调了文学翻译是文学发展的重要塑造力量。20世纪80年代，翻译研究的关键词是"权力关系"，文学翻译在文学中的作用和地位得到确定，翻译研究的重心转向了文化史，即文学经典形成的文化原因。作者、译者和读者之间的权力关系成为翻译研究的主要内容，译语文化中操纵翻译的权力因素成为决定这种权力关系的重要力量。到了20世纪90年代，翻译研究的关键词为"显现"。译者在翻译中的作用从被"遮蔽"到"解蔽"，译者的主体性作用得到认可。翻译的过程被认为不是一个透明的意义传送过程，在翻译过程中意义总是被过滤、延迟，或篡改，这同译者的介入（intervention）不无关系。在后殖民语境中，"显现"还表示作为"他者"的弱小民族，通过翻译来表现自身的文化身份。

如果我们同意巴斯内特的划分，将20世纪90年代的翻译理论的特点看作是"显现"，并考虑到这个特点对当今的翻译理论发展继续产生影响，那么包含译者主体性的文学翻译主体性研究无疑是当今翻译研究一个非常重要的议题。它是"纲举目张"的"纲"，可以带动一系列翻译理论问题的思考和解决。文学翻译主体性聚焦多种理论的研究视角，除在"文化转向"背景下从文化学派、文化研究派翻译理论的角度来研究文学主体性问题，还可以从以阐释学为基础的释意理论，以德国哲学家本雅明（Walter Benjamin，1892—1940）和法国哲学家德里达（Jacques Derrida，1930—2004）为代表的翻译的语言哲学再思考等理论角度来研究。鉴于本书的研究角度，笔者将着重对文化视野下的文学主体性进行研究。但无论从何种角度入手，在当代翻译理论中重提文学翻译主体性问题有着鲜明的目的：一是对翻译研究的结构主义思想的否定，二是对传统翻译理论中旧有的原著与译著、作者与译者关系的颠覆。

然而，文化学派和文化研究派的译者主体性概念有两个关键性的问题没有厘清，使得"显现""译者主体性"等词的含义显得相当模糊，并在一定程度上削弱了它们的重要意义：一是文学翻译的主体性是仅指译者主体性，还是指包括译者主体性在内的多重主体性？只提译者主体性，而不提作者和读者主体性，这只能是从一个极端走向另一个极端，翻译主体性的问题从根本上没有得到解决；二是译者主体性在翻译的文化研究方法中并没有得到认真深入的分析和研究，而只是被当作一个抽象的符号，译者实际上是在译语文化各种因素——如勒菲弗尔的意识形态、诗学、赞助人因素——牵动下的木偶，译者主体性并没有得到真正意义上的认可和发挥。

本书在翻译研究文化转向的背景下研究文学翻译主体性。笔者除对文化学派和文化研究派的译者主体性进行评析外，还将就以上两个问题提出自己的看法，并结合相关理论进一步阐述，其中包括对文学翻译主体间性中作者、译者、读者主体性的阐述，还对译者主体性进行剖析，尤其是对译者主体性的内部分析和阐述。笔者认为，要将这些观点充分阐发出来，为文学翻译主体性研究做出理论贡献，借鉴和发展一个开放包容的理论框架非常重要。这个理论框架对于重新审视文学翻译主体性问题，包括交互主体之间的对话关系问题、原著和译著的互文问题、如何看待和阐释原著意义问题，译者主体性自身所存在的对话关系问题，以及翻译研究的内部与外部关系问题等具有理论指导意义。为此，笔者借鉴了文化诗学的概念，并将以此概念为题的新历史主义文化诗学、中国语境中的文化诗学，以及巴赫金文化诗学的理论创造性地运用于翻译研究中，将文化诗学话语引入文学翻译主体性研究，并在此基础上形成新的研究维度。

3. 文化诗学：文学翻译主体性研究的理论框架

本书所使用的文化诗学概念表达这样一个宽泛的意义：对任何一个文本的理解都需要同文本产生和解读时的当下文化相联系；同理，对任何一个文本的文化解读应该在文本语言和美学阐释的基础上进行。新历史主义文化诗学、中国语境中的文化诗学，以及巴赫金的文化诗学有各自的对象和目的，但基本取向则是一致的。笔者在分析以上三种文化诗学理论的基础上，将文化性、主体性和对话性作为文化诗学的基本理论诉求，并将它们贯穿在文学翻译主体性研究中。

"文化诗学"一词出自新历史主义代表人物、美国文论家格林布拉特（Stephen Greenblatt，又译"葛林伯雷"）于1984年9月4日在西澳大利亚大学所作的题为"通向一种文化诗学"（"Towards a Poetics of Culture"）的演讲（张京媛，1993：1 - 16）。通常，新历史主义和文化诗学指的是同样一种文学理论，但后者较前者而言具有更大的包容性和概括性。新历史主义文化诗学批评是一种文学理论批评，也是一种社会文化批评。"（格林布拉特）从文艺复兴入手提出自己的新文学批评主张，绝非是钻故纸堆，相反，正是通过从一些不起眼的小地方——一些轶事趣闻、意外的插曲、奇异的话题，去修正、改写、打破在特定的历史语境中居支配地位的主要文化代码（社会的、政治的、文艺的、心理的等），以这种政治解码性、意识形态性和反主流性，实现去中心（decentered）和重释重写文学史的新的权力角色认同，以及对文学史思想史的全新改写的目的。"（王岳川，1997：25）"一切历史都是当代史。一切历史意识的'切片'都是当代阐释的结果。……他要在'反历史'的形式化潮流（形式主义、结构主义、解构主义）中重标历史的维度，要在'泛文化化'的文学批评中重申文学话语范式对历史话语的制约，要在后现代'语言游戏风暴'中，张扬历史现实和意识形态的权力话语关系。"（王岳川，1997：25）。新历史主义的文化诗学不"循规蹈矩，而是将人类学、历史学、政治学、经济学、艺术学、文学等学科的理论融会贯通"（张京媛，1993：2），以一种完全不同于传统历史观的理论和方法，重读文本，重构文本意义。据此，王岳川将新历史主义文化诗学的基本特征归纳为三个方面：跨学科性质、文化的政治学属性和历史意识形态性（王岳川，1997）。新历史主义的文化诗学从文化的视角、历史的维度、跨学科的空间和文化人类学的方法来研究文学文本，并将文学文本看作是整个文化符号系统的一部分，参与重写了整个文化史。"文化诗学作为一种批评理念和批评实践，其认识论基础在于一种文化的整体观，即文化是一个庞大的系统整体，文化具有不同的形态表征，各部分之间既自成体系（如文学、美学、音乐、历史、宗教、伦理、服装、饮食、建筑……），又以各种直接或隐在的方式进行着相互的联结和作用。文学是文化中的一种特殊构成，在文化整体的理论视野中，文学不再是一个封闭的系统，更不是一个独立的本文，而是一个开放的系统，一个与历史、宗教、社会、道德等文化范畴相互联系的本文。"（刘洪一，2003：129 - 130）

主体性是新历史主义文化诗学理论的一个重要内容，在新历史主义的文化诗学中，它是区别新历史主义和旧历史主义的一个重要标志。新历史主义的主体性表现为一种"介入性"，一种基于描写和解释的主动性。新历史主义的文化诗学对主体性的强调表现在以下几个方面：一是在研究文本的历史性和历史的文本性中，新历史主义学者主动、积极地介入，对文学文本产生的文化语境进行深入的研究，尤其注重对历史主流所忽略的历史事实的挖掘、求证以及解读它们在文本形成过程中的作用；二是强调文本与历史的互文关系，文本与历史处于相互指涉的动态关系中，彼此之间相互定义、相互影响，形成互为主体的间性关系；三是新历史主义学者将福柯的权力话语理论引入对文本与历史关系的研究中，指出形成文本与历史的动态关系的内因是权力的作用，权力对文本的形成及文化对历史的表现都具有决定性的作用，权力话语将历史拉近到今天，在今天的主体性视角中审视历史；最后，新历史主义运用文化人类学方法，通过细致、主动和动态的深入考察来开展对文本的阐释性研究，体现了研究者的主体性作用。

将新历史主义文化诗学理论引入翻译研究，使学者们比较关注文本的社会性和历史性，关注权力在文本与历史的对话中所起的作用，以及对"权威"和"中心"等的解构。朱安博就认为，翻译研究的"创造性叛逆"与新历史主义的"边缘颠覆的姿态"具有共同的颠覆与反叛的作用，并把共同的话语聚集在对后殖民体系下各民族文化交流的权力差异的关系当中，翻译成为权力制约下的对话（朱安博，2005）。

笔者除认可以上观点外，还认为，具体到翻译研究中的翻译主体性研究，新历史主义文化诗学在以下方面也具有理论指导意义，这就是新历史主义文化诗学的历史文本性和文本历史性观点对翻译主体性研究的指导意义。历史文本性指的是历史意义不是固定的，如文本一样，它可以随时被解读，产生新的意义；文本历史性指的是任何文本意义都是在一定的历史语境中获得的，都是一定历史的产物。新历史主义文化诗学是一种既具有解构主义特征又反对解构主义的理论，其原因在于它在拆解中心、颠覆霸权的同时，又致力意义的建构。这种意义是在对话中产生的，由对话的双方共同构建起来的。在文学翻译主体性研究中，原著意义，或者说原作者主体性经历了被顶礼膜拜到被断然否定的过程，从一个极端走向另一个极端，原因就在于对话的缺失。新历史主义文化诗学给我们的启示是：原著的意义是存在的，但不是僵化固定在那里等着译者去发现，而是以符号的形态存在于社会和历史的语境中，等待着译者的阐释和与译者的对话。译者作为阐释者解读符号意义，同原作者、原著对话和交流，并在这种对话和交流中生成译著的意义。所以，文学翻译主体性并不表现为单一的作者主体性或译者主体性，而是译者/读者主体性与作者主体性的相互交流与对话。

童庆炳是中国语境中文化诗学的倡导者，他的文化诗学理论构思形成于当今中国社会转型、文论转向的现实语境中，其基本内容是文学理论要关注现实社会，要有"现实性的品格"，但文学理论又要坚守文学的领地，要有"审美性品格"，避免"泛文化"的倾向，从而超越纯粹的"内部研究"和彻底的"外部研究"。文学与文化的交叉研究，就是文化诗学。他说："文化诗学的空间十分辽阔。大体说可以从三个方面思考：第一方面，文学的历史文化和现实文化语境的研究。……第二方面，文学的文化意义载体的研究。……第三方面，文学与别的文化形态互动研究。……文化诗学的重要意义在于，它不但可以拓宽文学理论研究的学术空间，更重要的是它以关联性方法的研究，展现文学的全部复杂性、丰富性的无穷魅力。"（童庆炳，1999：9-11）童庆炳在谈到中国语境中的文化研究和西方文化研究的异同时还说，中国语境中的文化诗学是由中国的现实问题所引起的，并非照搬西方的术语。我们要从我们的社会现实出发，走自己的路。对于西方过分政治化的文化研究,对于"反诗意"的文化研究,我们认为是不可取的。文学是诗情画意的,文学又是文化的。在优秀的文学作品中,诗情画意和文化含蓄是融为一体的,不能分离。文化诗学是"诗学的",但同时也是文化的。文化视角无论如何不要摈弃诗意视角,我们可以而且应该是文学艺术的诗情画意的守望者(童庆炳,2002)。

中国语境中的文化诗学通过提倡文学研究应同文化研究、社会文化现实结合起来,关注现实、参与现实等理念,来突出文学研究者的主体性地位。打破文学研究的束缚,文学研究同文化研究相结合,并不仅仅是文学研究疆域的拓展,而是文学研究者主观能动性的提升。文学研究同文化研究相结合,对文学研究者的研究能力、体察能力、道德品质都有了更高的要求,同时也在更大程度上发挥了文学研究者的主体性作用。但是,文学研究者的主体性作用要受各个方面因素的制约。例如,中国语境中的文化诗学所提出的文化诗学是诗学的,同时也是文化的。文化视角无论如何不要摈弃诗意视角等,就是从诗学的角度,对在文学研究转向文化研究中文学研究者的主观能动性所提出的限制性要求。

中国语境中的文化诗学强调文学研究的文化性和文学性的有机协调,这对于翻译研究和翻译主体性也具有重要的启示意义。"文化转向"给翻译研究带来的弊端是过度夸大翻译的隐喻功能,过度强调翻译的外部研究,将翻译的外延无限扩大,其危害不言而喻。文化与诗学的有机结合与和谐对话可以启迪我们正确看待、处理翻译的内部研究和外部研究关系,以及翻译的理论和实践关系。在这方面芬兰译论家切斯特曼(Andrew Chesterman)、从事翻译实践的瓦格娜(Emma Wagner)做了有益的尝试。① 在他们合著的这本理论与实践的对话录中,理论和实践之间或直接或间接的关系得到很好的梳理和讨论。在研究文学翻译主体性,尤其是译者主体性时,翻译研究的文化研究方法缺乏对译者主体性的分层化研究,翻译采取的是将译者主体性作为一个整体抽象的概念放入以译语文化为取向的翻译过程中,译者被先入为主地规定该做什么,代表什么,听从于什么,服

---

① Andrew Chesterman, Emma Wagner, *Can Theory Help Translators? A Dialogue between the Ivory Tower and the Wordface*. St. Jerome Publishing/Beijing: Foreign Language Teaching and Research Press, 2001/2006.

于什么。例如，我们要求译者遵守译语和源语规范，却很少真正去理解和分析译者作为一个活生生的具有情感的人的主体性。事实上，译者在翻译过程中的个人内心体验和他作为一个社会成员之间的和谐一致构成了译者的独特气质和内涵丰富的译者主体性，这样的译者主体性研究能够帮助分析和描写文学翻译过程，促进文学翻译主体性的研究。

在将文化研究引入文学研究的实践中，具有重要影响的人物，在西方首推苏联著名作家和文艺理论家巴赫金（Mikhail Bakhtin，1895—1975）。在《陀思妥耶夫斯基诗学问题》（Problems of Dostoevsky's Poetics，1963）中，巴赫金根据自己对文学和文化关系的理解，深刻揭示了陀思妥耶夫斯基的小说同民间文化的关系，以此阐明了他的文化诗学主张。他认为，文学是文化的一部分，脱离整个文化语境来研究文学问题是不可能理解文学的；在关注文学特性的同时，还须重视各种文化领域之间的相互联系和相互依赖的问题，重视民间文化对文学的影响。巴赫金文化诗学的核心是他的"复调"（polyphonic）小说理论，而"复调"小说理论的基础便是他提出的"对话性"，即"同等价值之间的不同意识之间相互作用的特殊形式"（巴赫金，1988：374）。巴赫金认为，"真理不是产生或存在于某个人的头脑之中，它是在共同寻求真理的人们之间诞生的"（巴赫金，1988：160），"一切莫不归结于对话，归结于对话式的对立，这是一切的中心，一切都是手段，对话才是目的。单一的声音，什么都结束不了，什么都解决不了，两个声音才是生命的最低条件，生存的最低条件"（巴赫金，1988：344）。由此可以看出，巴赫金以对话为核心的文化诗学理论已不仅仅局限于文学研究，而是成为我们研究社会、历史和文化的基本思想和方法。

可是巴赫金的文化诗学理论在翻译研究中并没有得到足够的阐发和运用，在西方翻译理论中只有零星的叙述，如美国译论家根茨勒（Edwin Gentzler）的《当代翻译理论》（Contemporary Translation Theories，2001）。笔者认为个中原因如下：一是作为当今主导理论的文化学派和文化研究派翻译理论在将研究中心移至译者时，割断了译者与作者之间的对话关系，也就是说，对话性恰恰是当代翻译理论所缺乏的；二是巴赫金的对话关系是一种平等的对话关系，这种关系表现了对平等人文的诉求，而在西方文化研究尤其是后殖民主义翻译理论中，权力、不平等、暴力、颠覆始终是永恒的主题，平等对话的观点显然难以被接受。

在国内翻译研究界，随着巴赫金文化诗学理论的研究在文艺学界，尤其是文学理论界日渐受到重视，已有学者将巴赫金文化诗学理论系统地、富有创造性地运用于翻译研究。陈历明在其专著《翻译：作为复调的对话》中运用对话理论来阐发作者、原著、译者、译著、读者之间的关系，提出了翻译是复调的对话这一命题，认为翻译是作者、译者、读者共同参与的以文本为题的一场对话（陈历明，2006：100）。

文学翻译主体性研究将作者、译者和读者赋予彼此之间独立但又相互联系的主体地位，原因在于作者主体性并不单指作者本人，还包括作者所代表和体现的源语文化。以此类推，译者主体性和读者主体性也具有同样宽泛的外延。巴赫金的对话理论为这三个主体性之间的交往形式提供了一个最佳方案。

第二节　文学翻译主体、主体性和主体间性

1. 主体性的黄昏与主体间性的黎明

从哲学上来讲，主体指有实践和认识能力的人；主体性则指与客体性相对的人的主观能动性，是对客体世界的能动反应。作为西方近代哲学的标志和原则，主体性理论的根源可追溯到古希腊柏拉图（Plato，公元前427年—前348年）的理性主义。笛卡儿（Descartes，1596—1650）的"我思故我在"成为西方近代哲学中所倡导的主体理性的代言词；之后，西方哲学中的主体性经过康德（Kant，1724—1804）唯理性理论的发展，在黑格尔（Hegel，1770—1831）的绝对理性主义思想中达到了极致。西方近代哲学中对人的主体地位的确定，对人的主体意识的强调，以及对人的主体理性的弘扬，颠覆和取代了中古时期的存在理性和神的至高无上的中心位置与权威，为启蒙主义思想的传播、浪漫主义文学和艺术中对人的讴歌奠定了哲学基础。"在很大程度上，西方历史可以看成是一部解放的历史，即人在各种外在的监护或虚构的压抑下逐步解放的历史。西方文明的重要意义是与这一历史密不可分的。显然，如果没有对自由个体的仔细研究，知识的扩展是不可想象的；同样，如果没有自主的判断，行为也无道德可言。"（多尔迈，1992：12）然而，随着人的主体理性不断地强化和膨胀，人的主体理性所隐

含的自身缺失和弊端逐渐显露出来。"从一开始,个体主义就伴随着分离和任性的傲慢。特别是在它与自然的关系中,解放的历史充满了一种统治的冲动。通过他们关于统治自然的理论,个体理性和我思主体成为人类中心说的组成部分,其目的在于追求人类的至高无上或人类的解放。"(多尔迈,1992:12-13)西方现代化发展过程中,人对自然的肆意掠夺所带来的生态环境恶化,人对历史传统的随意践踏所带来的道德沦丧,人对物质享受的疯狂追逐所带来的物欲横流,使得人的主体理性被打上了醒目的问号;在当今多元的、对话的、交往式的思想交流和理论重构中,人的主体性的存在受到质疑。"近代哲学以'方法论的唯我论'作为主体理性确定理性主体本位的方法论前提,其结果必然是真正存在的不是理性主体,而是与客观存在相剥离、对立而囿于自我的思想与心灵。……在西方现代哲学各种思潮的反思与批判、匡正与重构中,近代哲学主体理性的一统天下分崩离析;……"(王振林,2003:223)

所以,美国哲学家多尔迈(Fred R. Dallmayr)在《主体性的黄昏》(*Twilight of Subjectivity—Contributions to a Post-Individualist Theory of Politics*,1981)一书中,提出了个体主体性已走向消亡的观点。他在分析了个体主义和个体主体性的表现状况后,提出超越占有性的个体主义,将交互主体性作为一种后个体主义的解决之道,并将人道主义的个人主义作为对人与自然关系的一种展望。多尔迈的理论表明,主体和客体是一对辩证的关系,互相依存、互相印证:"主体性与客体性,如同主观主义和客观主义一样,都是一枚硬币的两面。"(多尔迈,1992:前言2)主体性如置客观对象于不顾,过分张扬,极端发展,那就必然走向主体性的黄昏。多尔迈的理论无疑为我们敲响了警钟,让我们正视这样一个事实:在现代化发展过程中,忽视主体与客体的协调关系会导致一系列恶果,给现代化可持续发展带来不利的影响。同时,我们应该注意到,多尔迈在书中所指的主体性有着明确的界定,是一种特指的"占有性个体主义"。我们必须明确他所指的主体性的具体含义,也就是说,多尔迈的主体性是指孤立的、武断的人的主体理性无限制的表现,并将人的主体理性置于绝对的权威之上的行为;毫无疑问,这种主体性在当今多元共建的思想浪潮中,必然会走向消亡。但是,如果主体性泛指人在与客观世界所构成的对话关系中所表现的主观能动性,泛指人所具有的主动地认识世界、改造世界、创造世界的智慧和能力,那这种主体性就如同莎翁诗句"人是一件多么了不起的作品呀"所咏叹的人的完美、优秀一样,永远不会消亡;从这个意义上来讲,人的个体主体性是不可消解的。人的个体主体性遭到质疑是人们对个体主体的超验理性能否解释客观的存在、是否不受客观世界的制约提出了疑问。任何主体都是相对于客体而存在的,没有客体也就没有主体的存在,它们之间的关系是互为预设的关系;所以,绝对的主体性是不存在的,只存在相对的主体性,主体性只有在特定的社会历史环境中才能发挥作用,并受到客观世界的制约。多尔迈将交互主体性作为承接主体性黄昏的黎明,提出当代哲学中主体性研究的重要转变还表现为个体主体的范式向交往主体的范式的转向;这种转向不是对个体主体性的消解,而是为个体主体性的发挥提供了一个更大的空间;在这种空间里,零碎的、孤立的、单向的、平面的主体性被构建成整体的、彼此联系的、多向的和立体的主体间性关系,个体主体性由唯一变成了其中之一,主体性的黄昏迎来的是主体间性的黎明。

在进一步讨论翻译的主体性之前,有必要回顾一下 20 世纪 80 年代中国文艺学界关于主体性的讨论。20 世纪 80 年代至 90 年代,在中国哲学界、美学界,继而是文艺学界产生了一场有关主体性的大讨论。这是西方哲学主体性理论在中国的首次登陆。虽然主体性的概念在传统中国哲学和文论中并不陌生,但以西方理论为话语模式,在中国是第一次。20 世纪 80 年代的中国,人们刚刚迎来了思想的春天和人性的复苏。中国当时的语境同西方中世纪黑暗后的人文启蒙运动极其相似,期待自由、渴求尊严成为当时人们普遍的精神诉求。在这样的情况下,人的主体性理论在中国学界受到热烈的追捧。在当代中国,李泽厚是将主体和主体性作为哲学命题提出来的第一人。李泽厚的以主体性为核心的思想自 70 年代末开始,至少活跃了十年,波及学术各界,直到 80 年代后期才受到挑战和批判。他所倡导的主体性理论,在大约十年间几乎成了某些学者,特别是某些青年学子的学术纲领。80 年代中期刘再复及其同道所宣扬的"文学主体性"理论,就其基本内容、主要精神、理论指向、思维模式等而言,可以说是李泽厚哲学主体性和美学主体性思想在文学领域里的具体运用,只是多了一些文学家常常喜欢流露出来的文采和掩抑不住的情感色彩,个别地方甚至有些"艺术夸张"(杜书瀛,张婷婷,2001:15-16)。文学主体性理论的出现不但有其哲学的来源,而且就文艺学自身历史来看,也有它自己的发展理路——它是近代以来"人的文学"和"文学是人学"话语发展和深化的结果，是与"人的解放""人的觉醒"相联系、相伴随的"文的解放"和"文的觉醒"的结果（杜书瀛，张婷婷，2001：16）。

所以，在当时，文学主体性理论的提出是有积极的意义的。然而，文学主体性在颂扬人的主体意识和主体性的同时，又给予了它超历史、超时空的绝对意志，这样一来，就又重蹈了在西方主体性思想发展的覆辙，因而刘再复的文学主体性理论招致批评也当然在所难免。以今天的眼光来看待二十多年前文学主体性的讨论，我们会很清楚地看到刘再复在强调文学主体性理论时所表现出的矫枉过正的缺点。但是，我们首先应该认识到，在讨论文学主体性的局限性时，也要考虑到当时具体的社会历史背景。或许，刘再复等学者的本意是将主体性理论强调到一个荒谬的地位，以引来足够多的批判，从而也引起足够多的重视。今天，我们所处的语境同二十多年前大不一样：全球化和信息化的无处不在，文化之间的理解、沟通和交往代替了对立和战争，互文性理论、交往行为理论推动了主体性研究的范式从个体主体性到主体间性的转变……所以，我们需要以历史的眼光去看待那场文学主体性的讨论。另外，那场讨论的重要意义还在于，它将哲学意义上的主体性讨论具体化和普通化，给相关学科，如翻译研究，以重要的启示。就翻译主体性研究而言，"（20世纪）80年代中国文学理论界开始的文学主体性和主体间性的讨论与研究，也对翻译界的翻译主体性研究给予了较大的启迪和激发作用。文学界的主体性研究方法，可以为翻译研究界所借鉴，因为就文学创造性和审美思维来说，作家和翻译家并无二致"（穆雷，诗怡，2003：16）。

2. 翻译主体、主体性和主体间性辨析

"占有性"的主体性概念是将主体与客体截然分开，形成孤立的主体，凌驾在客体之上。意义的产生如果仅仅来自主体，其性质肯定是片面和单调的。主体间性，或交互主体性，则实现了主客体的有机转换，成为一种互为主体的关系。意义产生于这种互动的对话关系中，表达着在这种对话关系中多个主体的意志。哲学界和文学界对主体性的讨论，以人们普遍赞同主体性走向衰落、赞同交往主体性取代主体性而逐渐平息。而此时，翻译主体性的研究却悄然兴起，并成为翻译研究学科越来越重要的一个领域。这似乎有一点反其道而行之；但只要我们研究一下翻译的本质，研究一下翻译活动长期以来所遭受的种种忽视和译者所遭受

的种种蔑视，我们就会认识到，翻译主体性研究的兴起，恰恰就是对文学主体性，即在翻译活动中表现出的作者主体性的反驳和批判。在文学翻译活动中，作者、译者和读者是活动中的三个非常重要的行为体。当今翻译研究中将翻译主体性作为一个重要的议题提出，其本质是对千百年来以"忠实""对等"为中心的作者主体性提出质疑。在传统翻译理论中，翻译总是作为原文的"副本"而出现的，原文对译文具有绝对的权力；同理，译者的地位也是低于原文作者的地位，是原文作者的"仆人"。翻译主体性的研究，尤其是对译者主体性和包括读者在内的译语文化主体性的研究和强调，颠覆了长期以来作者高高凌驾在译者之上的绝对权威。翻译主体性研究的兴起直接动摇了几千年来传统翻译的理论基础，使"忠实""对等"等一系列源于作者主体论的翻译理论和标准如大厦之将倾。因此，翻译主体性研究并不是针对主体性黄昏的反其道而行之，而是对占有性主体性的否认。在这种否定中，译者主体性得以显现。

但是，对译者主体性的承认和重视，并不是取消原文作者在翻译活动中所具有的主体性作用，而是对翻译活动中多种主体性的认识和强调。也就是说，翻译主体性的研究实质上是翻译主体间性的研究，这正好符合上面所提到的主体性理论的发展趋势。在翻译主体性研究中，作者主体性研究转向了译者主体性研究，转向了以译者为中心的多个主体的研究，和以作者、译者和读者互为主体的主体间性研究，表现了当代翻译研究的革命性变革和翻译研究范式的根本性变化。

我们知道，翻译行为包括从源语文化、作者、作品、译者、译著、读者到译语文化的诸多构成因素。源语文化、作者和作品可以简单地看作翻译活动的一方，而译者、译著、读者和译语文化则是另一方。翻译研究的重心从源语文化转向译语文化，转向译语文化对源语文化的接受；从作品的意义转向在译文中的意义重构；从作者的意图转向译者和读者的阐释；作者主体性的消解和译者主体性的彰显恰恰说明了超验的、恒定的理性主体性的衰落，和对话性的、多向度的交互主体的崛起。翻译研究在受惠于哲学和文艺学的同时，也为哲学和文艺学中的主体性研究提供了一个有价值的解释角度。

正如巴斯内特所指出的，20世纪90年代以来的当代西方翻译理论围绕着翻译主体性，尤其是译者主体性的讨论展开。翻译研究的文化学派、后殖民主义翻译理论以及女性主义翻译理论的核心就是对翻译主体性的强调和张扬。巴斯内特、勒菲弗尔、赫曼斯等都对翻译的主体性做了较详细的阐述，提出了翻译是对原文的"操纵"和"改写"，尤其强调了翻译中那只看不见的手的主体作用。这只手就是译者身后的译语历史、社会和文化。韦努蒂将"抵抗式翻译"作为译者主体性的表达方式，表现在后殖民语境中，弱小文化抵抗欧洲中心主义的文化殖民主义统治，捍卫自身文化的独特性和独立性；在坎博斯的"食人主义"理论中，作为译语文化的弱小文化对作为源语文化的强势文化的"吞食"和"消化"，改变了长期以来弱小文化甘居边缘、甘为他者的卑懦形象，译者的主体作用得到极致的发挥，翻译成为文化身份的一种表达方式。

此外，女性主义翻译理论所表现的女性译者的主体意识的觉醒和对主体身份的诉求，也为翻译的主体性研究提供了一个新的角度；女性译者的主体性是翻译主体性的重要部分，女性译者话语是译者主体性研究中的重要话语，女性译者在历史上经历了比男性译者更多的被轻视和被遮蔽的伤害，而这种伤害有时恰恰来自男性译者。弗洛托（Luise Von Flotow）和西蒙通过对翻译如何被"女性化"、翻译中女性译者又如何被"隐没化"的历史社会原因的调查，将翻译置于女权运动以及在这场运动中对"父权"语言的批判的背景中，彰显了女性译者对作为"女性禁区"的作品的大胆介入以及被男性译者所"遗弃"的作品的挽救性翻译。尤其值得我们注意的是，当代西方翻译理论中的翻译主体性研究，由于其所依据的解构主义哲学基础已经超越了阐释学意义上的翻译主体性解读，而将视线投向了翻译主体性的意识形态意义，使得翻译主体性研究在西方后殖民语境中具有强烈的批判功能。

3. 中国翻译界的文学翻译主体性研究

中国翻译界的文学翻译主体性研究，作为翻译研究学科的一个领域，始于20世纪80年代中期，在时间上也暗合了当时文学理论界正激烈讨论的文学主体性问题。这期间，当代西方阐释学理论已成为中国译界翻译主体性研究有力的分析工具。阐释学认为，作者的意图、作品的意义是否得到准确的理解和传达，同读者知识的"前结构"紧密相关。这种"前结构"会导致对意义的不同理解，决定是否能同作者的意图达成"视阈的融合"。作为读者的译者，在翻译这一阐释性的活动中，具有阐释者的主体地位。20世纪80年代中期以来，中国译界的翻译主体性讨论，主要集中在译者主体地位的发现和译者的定位问题，即谁是译者的问题上。杨武能是国内译界较早注意到译者定位问题（许钧，2003），最早对文学翻译主体做出界定的学者（陈大亮，2005：3）；他发表了一系列的翻译理论文章——《阐释、接受与再创造的循环——文学翻译断想之一》（1987）、《翻译、解释、阐释——文学翻译断想之二》（1992）、《尴尬与自如、傲慢与自卑——文学翻译家心理人格漫说》（1993）、《再谈文学翻译主体》（2003）等。在这些文章中，他运用阐释学理论对文学翻译的主体、文学翻译家的心理人格，进行了细致理性的分析，表现了一个文学翻译家主体意识的觉醒和对文学翻译家作为作家和学者的理想生存状态的诉求。除杨武能外，国内研究翻译主体性的学者还有袁莉、许钧、穆雷、查明建、屠国元、陈大亮等。他们的文章都不约而同地集中在对翻译主体的发现和翻译主体的确定上。对于翻译主体性的发现和认识，国内学者意见统一；但在对翻译主体的界定上，意见却不一致。何为翻译主体？杨武能认为："与其它文学活动一样，文学翻译的主体同样是人，也即作家、翻译家和读者；原著和译本，都不过是他们之间进行思想和感情交流的工具或载体，都是他们的创造的客体。"（杨武能，1987：3）很明显，他认为作者、译者和读者共为翻译的主体。袁莉在《关于翻译主体研究的构想》一文中，参照艾布拉姆斯（M. H. Abrams）在《镜与灯》（*Mirror and Lamp*，1981）中提出的艺术四要素图式，提出文学翻译也同样拥有最基本的艺术四要素：世界、源语文本、译者、译语文本。其中，译者是最主要的，是由这四要素组成的阐释循环的基点。"这里我们首先要做的是给译者定位，必须明确：译者是一个与作家平等的艺术创造主体。"（袁莉，2002：407）袁莉认为译者是翻译的主体，是阐释过程中唯一主体性要素。许钧在对有关翻译主体的不同意见进行归纳总结后认为：理解、阐释与再创造便构成了翻译活动的循环，在这一过程中，作者、译者、读者都有着其相对独立但又相互作用的地位，形成一个各种因素起着相互制约作用的活跃的活动场，而在这个活动场中，从传统的原作者独白和无限度的读者阐释，走向了作者、译者与读者之间的积极对话，而译者处于这个活动场最中心的位置，相对于作者主体、读者主体，译者主体起着最积极的作用。在这个意义上说，我们可以把译者视为狭义的翻译主体，而把作者、译者与读者当作广义的翻

译主体。"①（许钧，2003：10-11）

对于许钧将翻译主体分为狭义的翻译主体和广义的翻译主体，查明建等做了进一步解释："如果'翻译主体性'中的'翻译'是专指翻译行为本身，那么，这个翻译行为主体无疑是译者，原作、原作者和读者都是译者翻译实践活动的对象——原作是他理解、阐释、再创造的对象，原作者是他理解、阐释、再创造活动所需参考、借助的研究对象，而读者则是他翻译实践的目的对象。如果这样来理解'翻译'，翻译主体性就是指译者主体性。如果'翻译主体性'中的'翻译'不是专指翻译行为本身，而是指涉与翻译活动全过程所有相关因素，那么这些因素中，除译者外还有两个主体，即原作者和读者。这样来理解'翻译'概念，那么，译者、原作者和读者都是翻译的主体，翻译主体性就是指译者、原作者和读者的主体性和他们的主体间性。考虑到翻译活动的复杂性和各因素间的相关性，本文赞同后一种理解。"（查明建，田雨，2003：21）查明建、田雨提出将翻译的主体间性作为研究的对象，为翻译主体性的研究提供了一个"柳暗花明又一村"的思路。将译者当作翻译的唯一主体，就如同文学创作中将作者作为唯一主体一样，其结果就是隔断了译者同翻译活动的其他要素之间的联系，使得译者的主观能动性失去了理据和动力，成为无源之水、无本之木；况且，翻译活动是基于原文的创作，译者不可能不受作者的影响，也不可能不受译者心目中理想读者的影响；所以，将作者和读者纳入翻译主体性的研究，是由翻译的特性和复杂性所决定的。但如果将作者、译者和读者都当作主体，他们之间的主体作用是否相同？谁又是他们的客体？

笔者认为，在翻译活动中，主体、主体性和主体间性有着明确的所指。译者是翻译活动的主体，是"操纵"文本的具体实施者；而影响翻译活动的进行和结果的，除了译者主体的主体性外，还有作者和读者主体性的作用；也就是说，作者和读者并不表现为翻译活动中的具体主体，但却具有主体的作用，即具有主体性质。作者的主体性是由翻译是在原著上的再创作这一翻译本质决定的，而读

---

① 许钧后来在2003年12月出版的《翻译论》中，专辟一章《翻译主体论》，从"译者传统身份辨""从忠实到叛逆""创造性叛逆与翻译主体性的确立""主体间性与视界融合"等角度，讨论了翻译主体性。在书中，他的观点主要倾向于主体间性的说法。

者的主体性则代表了译语文化对翻译活动的规范和制约。翻译活动就是调节、协商这三种主体性关系的活动，这种不同主体性的互文关系，即主体间性才应该是翻译主体性研究的重心所在。

翻译的主体间性研究所表现出来的多元的、对话的和建构的品质，是翻译研究发展的必由之路。陈大亮认为，翻译研究应从主体性向主体间性转向，他在分析主体间性理论对翻译研究的建构意义时说，主体间性理论有助于建立翻译主体间正常的伦理关系；主体间性理论可以指导翻译研究的学科建设，即从个体主体转向共同主体；主体间性理论给翻译研究提供了人文科学的方法论，即从认识论转向理解论；最后，主体间性理论超越了翻译研究中二元对立的形而上学的思维模式（陈大亮，2005：3-9）。

中国译论界关于翻译主体性的讨论，由对单一主体的讨论到对多个主体间关系的讨论，反映了中国译论界对翻译主体认识的由浅至深和渐进式的发展。西方阐释学理论对中国译论界的翻译主体性讨论有着较大的促进作用；同时，中国译论界在接受和阐发西方翻译理论的基础上，也正在摆脱"失语"的尴尬局面，逐渐形成自己的话语体系，由翻译主体性研究引发的翻译研究领域还有很多，如翻译伦理问题、翻译批评问题，需要我们在借鉴西方理论的基础上，整理和发展中国传统译论，为翻译理论的发展做出贡献。

中国传统译论也涉及译者主体性，如"信、达、雅""神似""化境"等翻译标准就是对译者的主观能动性的要求；只不过是要求译者充分发挥主观能动作用，尽可能地去忠实原著，表现原著的"神韵"和"境界"。这样，传统意义上的译者主体性实际上等于作者主体性和作者中心论，重蹈了传统翻译理论重作者、轻译者，重原文、轻译文的覆辙。将译者视为唯一具有主体性的主体，可能会导致既远离原著，又不利于产生被译语文化接受的翻译文本；同时，将作者、译者和读者都作为主体的观点也忽视了三者的主体地位在翻译活动中的不同作用。译者的主体地位是显性的，作者和读者的主体地位则是隐性的，作者和读者的主体作用通过译者得以表现。虽然他们都具有主体的地位，但他们的主体作用及其关系则是处于运动和变化中的，这正是我们应该研究的重点。翻译研究从研究翻译主体性到研究翻译的主体间性，是翻译研究开放兼容的发展思路所带来的必然结果。翻译理论具有悠久的发展历史，在其发展过程中融入了许多哲学社会科学的最新发展，其意义是扩大了翻译主体性研究的视野，将传统翻译理论中彼此分裂的作者、译者和读者关系有机地结合了起来，丰富了翻译活动的内涵，加深了对翻译本质的理解。

翻译主体间性的研究既包括对翻译主体性的个别研究，也包括对翻译主体性之间相互关系的整体研究，以及影响翻译活动的相关因素的补充研究。这些因素在特定的社会历史时期，可以表现出强烈的主体性。如由权力机构调动翻译和出版资源，选择、翻译和出版满足主流政治意识形态的作品，在这种情况下，译者主体性实际上等同于权力主体性。关于政治意识形态对翻译活动主体性的操纵，20世纪五六十年代中国的文学翻译就是一个很好的例子。据查明建等人的研究，1949年新中国成立以后，文学艺术被纳入满足政治意识形态需要的轨道中，文学翻译也不例外。翻译作品的选择、译者的确定、出版的范围都同时代政治紧密联系在一起。翻译符合无产阶级革命要求的优秀和进步的作品成为当时文学翻译活动的目的。随着政治的不断变化，译语文化对翻译文本的选择、翻译活动的进行起到了决定性的主导作用。这一时期翻译的主要是苏联社会主义现实主义作品、人民民主国家和亚非拉国家的文学作品。"文化大革命"开始后，文学翻译完全停止；到了后期，有少量的文学翻译作品出版，更多的是"供批判用"的内部出版物（查明建，2004）。王向远根据《全国总书目》统计，1966年到1977年间，出版的各类翻译文学作品仅约40种，1970年一年竟没有出版一本文学翻译作品（王向远，2004：124）。关于"文化大革命"时期意识形态对文学翻译活动的极端操控，马士奎在《中国当代文学翻译研究（1966—1976）》一书中有详细叙述。不过，我们应该看到，这样极端的"主体性"表现，并不是漫长的翻译历史中的主流，它是发生在特定时期中的特例。

从普遍意义上来讲，翻译活动更多表现为作者、译者和读者主体性的相互关系和相互作用；这种相互关系和相互作用并不表现为均衡的关系，在不同的情况下，根据翻译目的的不同，这三种主体性关系也会表现为统领和服从之间的关系。也就是说，在翻译活动中，有时候会更多考虑到源语结构的表现、作者意义的传达；有时候会更多考虑到读者的期待和译语文化的需要；"直译、异化翻译"或"意译、归化翻译"等翻译策略就是在翻译活动中在这些主体性因素作用下的选择结果。

当然，这三种主体性之间的关系也有一定规律可循，翻译研究从结构、解构到建构等研究范式之间的更替和变化（参见吕俊，2001），在翻译主体性研究中可依次体现为以作者为主体，以译者或读者为主体和以作者、译者和读者为共同主体的翻译研究取向。反过来也可以说，翻译主体性研究中作为主体的研究对象产生了变化，也引起了翻译研究范式的变化。作者主体性、译者主体性和读者主体性，在翻译研究中分别对应以作者为中心的、译者为中心的和以读者为中心的翻译研究取向。作者中心论是语文学研究、语言学研究方法的主要特征，遵循的是传统翻译理论的观点；译者和读者中心论则是当代翻译理论中阐释学、文化学、解构主义以及后殖民主义翻译研究方法的主要特征；而作者、译者和读者之间的主体间性则表明了翻译研究的新的发展方向，回答了这个翻译理论界一直在思考的问题：如何去重建被解构了的翻译？基于文化诗学对话理论和德国哲学家哈贝马斯（J. Habermas）的交往理论和交互主体性的翻译主体间性的研究，为重建被解构了的翻译，即重新认识翻译的本质，提供了一个非常重要的方法。当代翻译研究从作者和源语文化向译者、读者和译语文化的转移，并不是割断译者、读者和作者的联系，而是研究重心的转移。翻译活动如果没有作者及其作品的参与，所谓翻译作品就一定是假翻译之名的"伪译"。对翻译的主体间性的研究也是对翻译活动本质的研究，翻译是作者、译者和读者主体性的相互制约、共同构建的结果。

第三节　译者的隐身与译者的显现

1. 译者的隐身与译本的透明

在翻译活动的诸多主体性要素中，译者的主体作用无疑是最重要的；在翻译活动的主体间性关系中，译者主体性占枢纽地位。在作者面前，译者是读者，对原文的理解和阐释是任何一位译者都必须经历的第一步，译者对作者意图的理解和对原文意义的阐释，是决定译文能否成功的重要因素之一。在读者面前，译者又是作者。译者在理解和阐释原文的基础上，通过语言和艺术的手段，将原文呈现在译语读者面前；在不懂源语的译语读者面前，译者是他们通向原文的唯一桥梁。

译者在翻译活动中复杂的身份和如此重要的作用，在传统的翻译理论和人们对翻译的传统认识中，通通被有意或无意地忽视了。译者的作用并不为人们所看重，译者的地位非常低下。例如，很多普通读者在阅读翻译的外国文学作品时，常常认为是在同外国作家本人对话，而根本不会意识到外国作家本人是不会用译语写作的。我们常听人说道，"我刚读了莎翁的《哈姆雷特》"，却少有人说"我刚读了朱生豪译的莎翁的《哈姆雷特》"。普通人如此，可以看成是他们对翻译的不了解；但在学术界，即使是现在，对译者主体作用的认识也是相当模糊，甚至持相当轻视的态度，这种情况的发生就不能简单地归因于学界同仁对翻译的不了解。较之于任何一项人文社会科学活动，如文学创作、艺术创作；较之于任何一位从事人文社会活动的人，如文学家和艺术家，翻译活动和译者所获得的各种比喻和称呼是最多的。谭载喜对此做了一个总结：

中国译论比喻中有："嚼饭与人"（鸠摩罗什）、"葡萄酒之被水"（道安）、"乳之投水"（道朗）、"翻锦绮"（赞宁）、"塑像、画像、临摹古画"（陈西滢）、"写生画"（唐人）、"处女与媒婆"（茅盾）、"临画、神似"（傅雷）等等；西方译论比喻有："美而不忠的女人"（梅纳日）、"译者是仆人"（法耶特夫人）、"译者是奴隶"（德莱顿）、"翻译如绘画，与原作有美的相似和丑的相似"（德莱顿）、"戴着脚镣在绳索上跳舞"（德莱顿）、"只可摹拟不得创新的临画"（田德）、"从反面看花毯"（塞万提斯）、"从宽颈瓶向狭颈瓶里灌水"（雨果）、"从板刻复制中睹原画色彩"（伏尔泰）、"人民的先知"（歌德）、"美化原作的译者如同在朋友面前为穷女婿遮遮掩掩的岳母"（无名氏）、"翻译者即叛逆者"（意大利谚语）等等。

（谭载喜，2000：220）

实际上，这样的比喻还可以列出更多，如中国周朝时将译员称为"舌人"；当代作家余光中将翻译比作是"必要之恶"（余光中，2002：36），将译者比喻为介于神人之间的"巫师"（余光中，2002：55）；以及西方谚语中将译者比作美丽的不忠实、忠实的不美丽的"美人"等。凡此种种，难以一一道尽。这些比喻，从侧面反映了人们对翻译的本质和译者地位的认识，但却难以称得上是对翻译和译者客观、全面和公正的认识；这些主观和语义模糊的词语，传达的主要是对翻译和译者的负面评价。几千年来，翻译和译者就是在这些负面评价的重负下艰难前行。

谢天振在谈到翻译文学——译者的创作成果时，不无感慨地提出要为这个既不被源语文学承认又不被译语文学承认的"弃儿"找个家：

> 文学翻译家的劳动和翻译文学作品也就受到不公正的待遇：前者被鄙薄为"翻译匠"——他们不能在国别（民族）文学史上占有一席之地，连他们的稿酬都明显地要比作家、诗人的稿酬低；后者则同样没有自己独立的地位，既不是中国文学，又不是外国文学（尽管在某些人的眼中它是外国文学，但实际上外国的文学史家们，举例说英美法俄等国的文学史家，是决不可能让中国的翻译文学家及其译作在他们的国别文学史中占有一席之地的），这样，翻译文学在中国文学史上没有它的地位，在外国文学史上也没有它的地位，翻译文学就成了名副其实的"弃儿"。
>
> （谢天振，1999：208）

翻译文学的尴尬地位事实上也正是译者的尴尬地位。译者的主体性作用长期被遮蔽，同传统翻译理论所基于的"忠实"原则有直接的关系。传统翻译理论认为，翻译只是原文的"复制"，无论如何也达不到原文的境界；译者自然也是原作者的影子，在原作者的光芒下遁于无形。这种对原文和译文、作者和译者之间关系的预先设定，是传统翻译理论中文艺学派的理论基石，前面提及的有关翻译和译者的种种比喻，就是在这一错误的理论假定上衍生出来的。这种错误的理论假定源于人类认识论上主客体两元之分，以及将认识主体绝对化和权威化的观念，也是前面提到的西方近代哲学思潮中个体主体性在翻译中的具体表现，这是有关翻译认识论上的重大错误。

西方翻译理论中的语言学派，为翻译活动从以作者为中心向以翻译过程为中心的转变、为译者的显现提供了一个绝好的契机。索绪尔（Ferdinand de Saussure，1857—1913）的结构主义语言学理论将意义限定在语言符号所表达的能指与所指的关系中，推翻了作者对原作文本意义和对于译者的绝对权威，将对文本意义的理解从作者转移到了文本本身，为译者理解和阐释原作提供了一定程度的自由，译者不再需要向作者"一一领旨"，而是充分调动自己的能动性，在语言的结构关系中寻找意义之所在。

结构主义的语言学理论和方法在翻译理论中的应用将翻译研究往前推进了一步。但是，翻译研究转向语言学并没有解决翻译的根本问题。也就是说，并没有真正触及传统翻译理论所依靠的翻译忠实论等理论标准，更谈不上动摇，反而在某种程度上还巩固了这些观点。例如，当代美国译论家奈达（Eugene Nida）从语言交际的角度提出了译文与原文"功能等效""动态对等"等观点，这些观点较之静止孤立地去服从作者、忠实原文有了一定进步。"功能"和"动态"等字眼说明在翻译中逐字逐句地去翻译原文意思是不可能的，译文与原文之间能达到的是功能上的一致或动态的一致；但是，"等效"和"对等"等说法又表明，在以结构语言学为理论背景的翻译理论后面，始终存在一个译文如何去等同原文的假定，翻译理论又回到"忠实"的老路上。从这个意义上来讲，语言学派的翻译理论和文艺学派的翻译理论在认为作者高于译者、原文高于译文上并无二致。

语言学的翻译研究方法的缺陷反映了结构主义语言学的缺陷。结构主义将形态和句法作为语言研究的中心，割断语言与语境的联系，将语言结构作为意义产生的唯一场所；一个封闭的、与外界断绝一切联系的地方。结构主义语言学对翻译研究的影响主要体现在两个层面，一是对翻译的纯理性思辨，这方面的代表人物有当代美国哲学家卡茨（J. J. Katz）和奎恩（Willard Van Orman Quine，1908—2000）。前者的代表著作有《语言的哲学》（*Philosophy of Language*，1966）、《语义理论结构》（*The Structure of a Semantic Theory*，1963）和《语言表达的可能性与翻译》（*Effability and Translation*，1978）；后者的代表著作有《语义与翻译》（*Meaning and Translation*，1980）和《词与物体》（*Word and Subject*，1960）。卡茨和奎恩运用结构主义语言学方法，讨论了翻译的可译性问题和翻译中的语言哲学问题，对翻译本质的研究具有较大的启示。另一个层面上的影响是在结构主义语言学作为总体研究范式之下的各种翻译研究方法，代表人物有当代英国译论家卡特福德（J. C. Catford），代表著作有《翻译的语言学理论》（*A Linguistic Theory of Translation：An Essay in Applied Linguistics*，1965）；奈达，代表著作有《翻译科学探索》（*Toward a Science of Translation*，1964）；德国译论家威尔斯（W. Wilss），代表著作有《翻译科学：问题与方法》（*The Science of Translation：*

Problem and Methods,1982);俄国译论家费道罗夫(A. V. Fedorov)和科米萨罗夫(V. Komissarov)等翻译理论家的著作……他们共同的特点是在结构主义语言学的影响下,将翻译视为一门科学,强调翻译研究的目的就是在字、词、句、段的翻译中,寻找翻译规律,并以此来解释翻译活动。结构主义语言学之后的乔姆斯基(Noam Chomsky)的生成—转换语言学,继承了结构主义语言学将语言结构当作研究对象的基本观点,提出了"普遍语法"的理论;他认为"普遍语法"存在于所有自然语言之中,是一切句子生成和转换的基础,需要通过形式化的方式将其固定下来,他用此来解释语言产生的机制。乔姆斯基的形式化语言学同样对翻译研究产生了影响,特别是其深层结构、表层结构以及转换模式等理论,对于解释"可译性"等翻译问题,具有启发意义。所以,一些翻译理论家也纷纷效仿,将乔姆斯基的语法模式应用在翻译研究中。例如,"奈达在阐释自己的理论时借用了乔姆斯基的模式,其中包括人脑的固有结构概念、转换的'生成'规则以及将表层符号认做一种次要的表象的观点等。尽管奈达与乔姆斯基研究的兴趣与目标都大相径庭,但两人就语言的本质却取得了相似的结论,并且使用的术语也大致相同,如'核心句(kernels)'、'转换形式(transforms)'等。奈达认为语言存在着各种各样的结构,但也显示出某些相似之处;语言的这些共性为可译性提供了根据"(廖七一,2000:40)。

对于翻译活动而言,把翻译活动归结到语言层面的转换是将翻译活动当作一种孤立的语言活动,将翻译活动所包含的艺术的、文化的意义一概排斥,这无疑大大缩小了翻译的外延,也与翻译活动的本质不符。按照语言学派的理论,翻译是不同语言之间的转换,这种转换仅仅包括词汇、结构和语义之间的转换,它们之间的转换是一一对应的、透明的。所以,在语言学派的翻译理论中,译者自然被排除在翻译研究的内容之外,译者的作用和地位更无从谈起。在中西方翻译理论研究中,但凡以"翻译科学"或"翻译学"命名的著作,译者基本上是不被提及的,前面所提到的卡特福德的著作如此,奈达的著作如此[①],威尔斯的著作

---

① 奈达在后期称已放弃翻译是科学的说法。在《翻译科学探索》一书中,他提到译者的作用及语境、文化的因素,但全书讨论的主要还是怎样将语言学理论运用于翻译研究中,并专用一节讨论译者主体性的危险。

也如此；在中国译界，一些同样以"翻译学"冠名的著作，也没有关于译者的研究。例如，王秉钦的《文化翻译学》，黄振定的《翻译学：艺术论与科学论的统一》，谭载喜的《翻译学》，郑海凌的《文学翻译学》，冯建文的《神似翻译学》，姜治文、文军的《比较翻译学概论》。这些著作的研究方法有的是语言学的，有的是文艺学的，但无一例外都缺乏对译者的研究：语言学派由于结构主义语言学理论的原因，译者当然不能成为翻译这个研究对象的内容之一；文艺学派看来在对翻译客体的研究过程中，研究者和译者常常内化为一个角色，研究者难以将译者从自己的心理中剥离出去，将译者作为自己研究的一个对象，全面客观地描写译者在翻译活动中的作用和地位，而是为译者代言，将个人的翻译经验当作普遍的翻译原则，使得翻译理论因译者研究的缺位而显得主观、空洞，缺乏说服力。这种情况的发生，究其原因，客观上，许多研究者本人也是译者，他们提出的观点包含自身的体验在所难免；另外，更深层次的原因在于传统翻译理论对译者作用的轻视和对译者地位的无视，而且这种轻视和无视还常常来自译者自己。

2. 译者的从属性与主体性

王向远从文学翻译家的从属性和主体性之间的关系来讨论文学翻译家的处境。他认为，作者和译者、原著和译著构成了翻译文学中的基本的二元关系，由此形成了译者的从属性和主体性这一双重特性；同时他还认为，长期以来人们对译者的主体性认识不足，而看到更多的是译者的从属性。他举例说，"晚清的林纾主要是文学翻译家，但林纾不以翻译自夸，而是对自己并不太擅长的诗文颇为自负"。钱锺书（1910—1998）在《林纾的翻译》中还说过，"林纾不乐意被称为'译才'；他重视'古文'而轻视翻译，那也不足为奇，因为'古文'是他的一种创作；一个人总觉得，和翻译比起来，创作更亲切地属于自己"（王向远，2004：29）。现在的文学翻译家不会像林纾那样故意回避自己所从事的文学翻译事业，也不会故意贬低自己的劳动及劳动成果，因为他们深深地体会到文学翻译的不易，以及在文学翻译过程中他们的心灵所经受过的彷徨、艰辛和痛苦。文学翻译家既要做好"仆人"的工作，又要忍受来自内心创作冲动的煎熬；前者是理所当然的，而后者却常常要受到道德的审查，前者褒以忠实，而后者却贬以叛逆。文学翻译的不容易，实际上是指文学翻译家在从属性和主体性之间的抉择非常艰难。王向远认为："关于翻译家与原作家原作品的从属性和主体性的关系，西方有人曾比作'主人与仆人'之间的关系，这在强调翻译家须尊重原作的意义上，也不失为一个形象的比喻。但即使是仆人，他一方面服从着主人，一方面仍不妨保有自己的独立人格、人性和创造性。起码作为'仆人'的翻译家有着选择'主人'的权利，也有不选择——乃至选择了复又抛弃的——自主权利。而原作者一般情况下却等待着被选择。"（王向远，2004：32）

的确，文学翻译家常常将选择自己喜爱的原作，看作一本好的译著成功的第一步。单就具体到某个文学翻译家而言，他们的确在一定程度上具有选择原作的权利，不少文学翻译家也叙述了他们在文学翻译实践中作为"仆人"选择"主人"的情况。傅雷说："选择原作好比交朋友；有的始终与我格格不入，那就不必勉强；有的人与我一见如故，甚至相见恨晚。"（罗新璋，1984：626）萧乾说："只是译的必须是我喜爱的，而我一向对讽刺文字有偏爱，觉得过瘾，有棱角，这只是我个人选择上的倾向。""由于业务关系，我做过一些并不喜欢的翻译——如搞对外宣传时；但是我认为好的翻译，译者必须喜欢——甚至爱上了原作，再动笔，才能出好作品。"（许钧，等，2001：序11）。杨武能也说："我在实践中有这样一条偷懒的经验，就是只译自己喜欢的或正在研究的作家和作品，特别是与自己的气质和文风相近的作品。我译歌德相当多，就是因为我研究歌德；我还译了海涅、施笃姆、海泽、黑塞等等，就因为他们的气质和风格为我所喜欢。"（许钧，等，2001：169）

这些著名文学翻译家在长期的文学翻译实践中积累起来的真知灼见，表达了他们对翻译活动的正确认识。但是，这些文学翻译家的个体经验并不能改变译者地位低下的客观事实，以及人们对翻译和译者形成的负面看法，甚至也不能改变译者自己对自身从属地位的认同。在作者是主人、译者是仆人的这种关系中，由于他们之间的社会、经济地位不同，主人具有绝对的权力，通常情形下，仆人选择主人的可能性是不大的；仆人不能反抗主人还有一个原因，就是他还得屈从必须服从主人的道德压力。事实上，当我们将文学翻译家作为一个群体，将他们还原到各自生活的时代，考察他们与作品的关系时，我们发现，总体而言，文学翻译家能够选择的机会是很少的。例如，在一个将外国文学作品视为洪水猛兽的闭关锁国时代，作者不可能按照自己的文学爱好和风格去选择自己喜好的作品。译者对原著的选择，不仅仅是作者和译者之间的事情，还要涉及作者、译者之外的诸多因素。这些因素往往会左右作者对作品、对翻译策略的选择；当然，这种选择并不一定是服从于作者的选择，而是要服从另一个主人，即读者的选择。

　　王向远认为，译者和作者既是从属的关系，又各自独立；这实际上已经提到了翻译活动中的多种主体性的问题，只是在这对各自独立的译者和作者关系中，还缺少一个重要的主体，那就是读者。读者主体表示的是相对于译者的译语读者和译语读者所处的译语文化。读者的主体性作用对译者在译本选择上的影响不可小视，在特定的时期，它可能会成为译本选择的决定性因素；同时，译者在选择译本时，也会自觉地去考虑读者的因素；有时候，译者还会放弃自己的喜好，在译本选择上服从读者的因素。译者的尴尬身份，用许多翻译家比喻的"一仆二主"来形容最为贴切：译者既要考虑不远离原作者，又要考虑读者的需求。由于翻译活动的特点，由于人们普遍地对译者作用的轻视，译者这种被强加上去的"仆人"身份，久而久之在译者的下意识中得到认同，直接消解了译者自身的主体性意识。

　　许钧在其《翻译论》中也对译者的"仆人"身份表达了看法。他认为译者不光是在下意识中认同这种地位，而且有的译者还从理论上去论证这种身份的合理性，这有翻译本身性质的原因，也有历史的原因。"正是因为译者服务于作者与读者这两个主人被普遍视为其天职，又被大多数译者所认同，所以，当人们进一步要求译者'隐身'、译作'透明'时，这一要求便又显得那么自然而且必要了。"（许钧，2003：320-321）许钧接着说："隐身或隐形，说到底，就是要让译者'不可见'。更准确地说，译者之隐形，是与要求作为仆人的译者'不能独立主张'的观念紧密相联的。译者要隐形，取决于以下三个条件，这就是在传统的翻译理论中经常强调的三点：一是译者要在翻译中不掺入自己的主观色彩；二是译者要在翻译中不表现自己的个性；三是译者要一切以原文为依归，惟作者是从。而译作'透明'说，实际上与译者的隐形同出一辙。"（许钧，2003：321）许钧在进一步论述了隐形、透明在传统翻译理论中的意思以后，提到了郭建中在《当代美国翻译理论》一书中对旅美作家欧阳桢（Eugene Chen Eoyang）的著作《透明之眼：关于翻译、中国文学和比较诗学的思考》（*The Transparent Eye:*

Reflections on Translation, *Chinese Literature*, *Comparative Poetics*, 1993）的评述，以及郭建中对这部著作书名中"透明之眼"的解读："'透明的眼睛'引自爱默生的一首诗，其意是当灵魂离开肉体，不仅看清了世界的一切，而且也看清了自己。就翻译而言，翻译不仅能使我们认识别人的世界，而且能更清楚地认识自己和自己的世界。……'透明的眼睛'还有另一层意思，即一般读者通过翻译去认识另外一个世界——不管是过去的世界还是现在的世界；通过翻译，也就是通过译者的眼睛。"（许钧，2003：323-324）许钧认为：

> 欧阳桢对"透明"这两个字的理解和阐述显然已经超出翻译的标准范畴，而是将其置放在文化交流的高度。"我者"和"他者"的接触、理解和交流，是通过翻译而进行的；而译者、作者和读者之间所呈现的，不是一种简单的个人关系，作者和原作代表着另一个世界，在其身后支撑的是整个历史与文化，而读者了解并理解"他者"，必须通过翻译。作为译者，要使作者及其代表的文化与读者及其代表的文化进行交流，最基本的任务便是克服障碍，以保证其交流渠道的畅通。在这个意义上，障碍越少，阻隔交流、遮蔽真实存在的因素越少，交流双方的理解自然就更透明。显而易见，在这一视角之下，作者、译者、读者之间的关系就被注入了社会、历史与文化的内涵，而原作与译者之间的关系，也就可能在文化交流的层面上去加以进一步的审视。

（许钧，2003：324）

将作者、译者和读者之间的关系放在特定的社会、历史和文化语境中，并从文化交流的层面上加以进一步的审视，这正是文学翻译主体性研究在作者、译者和读者关系问题上的关注点。特定的社会、历史和文化语境能帮助我们锁定、理解和分析某一件具体的翻译事件及其在作者、译者和读者之间的关系。只有在具体的社会、历史和文化的背景下，我们才能够厘清楚作者、译者和读者之间的关系；我们知道，在翻译活动中，作者、译者和读者都具有主体的作用，但只有译者才是翻译的主体。译者的主体性意识，即译者的主体性人格和创造性才能，是保持译者的主体地位、发挥译者主体性的重要保证；而要激发译者的主体意识，强化翻译是文化之间的交流、译者是文化交流的中介者的概念，则显得尤其重要。

　　文学翻译具有艺术和文化的双重属性，文化属性较之艺术属性更能够调动译者的主体性意识。因为，在文化交流中，文化与文化之间的不同既是交流的障碍，又是激发交流者努力跨越障碍的动力；在文学翻译中，文化成分是最难辨认和最难翻译的，但也是最能激发译者的主体性意识的。因为文化交流是双向的，译者所背靠的本族文化是译者的信心所在，是译者主体意识的源泉。译者只有在心底里将自己作为文化交流的使者，肩负文化交流的使命，译者的主体性意识才会油然而生。译者将本国的文学作品和本国文化传播到他国去，使它们在另一种语言和文化中延续生命；译者将外国文学作品和文化引入本国，在同本国文学作品和文化比较中，我们不光看到了对方，也从对方身上看到了我们自身的不足和需要改进的地方。读者和译语文化对译者的影响，固然会压制或削弱译者的主体性意识，但从读者和译语文化给译者强烈的归属感这层意义上来讲，读者和译语文化因素又提升了译者的主体意识和主体性，因为译者此时感受到，他成为文化交流中的一方，是"他者"眼中的"自我"，或"自我"眼中的"他者"，其地位同交流的对方是平等的，而不是忙于伺奉两位主人又不讨好的"仆人"。译者以这样的心态从事文学翻译活动，主体性意识的产生就是很自然的事了；他会把文学翻译活动当作一次跨文化实践活动，也会把文学文本当作是文化文本，他将忠实原文理解为尊重对方文化，将同作者和读者之间的主体间性理解为不同文化之间的相逢、相识和相交，并在交流中共同构建起译本所体现的新的文化。译者通过翻译这双透明的眼睛，在看到了他人的同时，也从他人的身上看到了自己。

3. 译者主体意识的觉醒与译者的显现

　　传统翻译理论中的文艺学研究方法将作者神圣化、权威化，语言学研究方法则将原文神圣化、权威化；前者轻视和贬低译者的作用和地位，后者则根本无视译者的存在。在文艺学的研究方法中，译者的存在只有一个意义，即听从于作者，服从于作者；在语言学研究方法中，翻译被形式化为语言符号之间的转换，译者被排出翻译的过程，即使译者存在，也只有一个意义，那就是充当将一种语言符号搬到另一种语言里去的搬运工。文艺学研究方法和语言学研究方法在对待译者的问题上惊人相似，说明它们在各自不同的理论和研究方法主导下，分享着一个共同的假定：作者优于译者，原文优于译文。这是一个先入为主、缺乏事实根据的假定，是一个源于西方哲学的长期以来占统治地位的逻各斯中心主义的假定。这样的假定使得译者始终被笼罩在作者的光环中，使得译者在透明的译文中无形可显。

20世纪上半叶，源于语言学研究的结构主义思想盛行一时。结构主义语言学将语言研究从神明昭示的、先验的、主观的状态中解放出来之后，又将语言研究引入了一个与外界隔离的封闭圈，这个封闭圈的特征之一就是主体的缺席。"在《普通语言学教程》中，索绪尔对语言和言语之间作了严格的区分。这样造成的结果是，主体即使没有被化约为沉寂之物，也被化约为了无意义之物而被毫不含糊地抛弃了。语言是可以加以科学解释的唯一对象。结果，说话的主体，言语的人均被淘汰出局。……在索绪尔看来，一旦语言学的具体研究对象（语言）被确定下来，语言学就获得了科学的身份。言语、主体和心理学的浮渣必须加以清除。"（多斯，2004：68）由此看来，结构主义语言学理论同在它之前的历史比较语言学理论、传统语言学理论一样，并没有摆脱西方哲学中二元对立的分析模式，反而通过语言与言语、能指与所指、共时与历时，以及横组合关系与纵组合关系等诸多两分法模式，进一步强化了这种二元关系。结构语言学理论和研究方法被引入翻译研究以后，翻译活动被限定为语言层面上的符号转换，翻译过程被局限为严格、细致的语言学分析过程。卡特福德的《翻译的语言学理论》就是语言学研究方法的代表之作。卡特福德的著作"在翻译界产生了极大的影响，它开拓了一条新的研究道路，即把语言学研究的最新成果与翻译研究结合起来，力图让翻译研究摆脱印象似的窠臼，从而变得更加'科学'。然而，卡特福德的理论中有一个致命的弱点，他认为'翻译过程是一个单向的线性过程，只能从原语到译语'，没有把翻译作为一种交际过程，只注意原文与译文本身，没有重视译文、译者及与读者的关系。"（廖七一，2001：266）翻译研究中的语言学研究方法，随着语言学理论的发展，也逐渐融入了诸如当代英国语言学家韩礼德（M. A. K. Holliday）的功能语言学理论和英国哲学家奥斯汀（John Austin, 1911—1960）和格莱斯（H. P. Grice, 1913—1988）等的语用学理论，翻译研究的语言学方法从只关注语符的转换，发展到也要关注译文的社会功能和语用功能，以及语境在决定语义时的重要作用。奈达认为，在翻译中要达到字当句对的效果是很困难的，所以他提出了"功能对等"和"动态对等"的翻译标准，即译文要达到原文相同的效果。从这个意义上来讲，奈达的理论和傅雷的"神似"论和钱锺书的"化境"说有异曲同工之妙。但是，就语言学作为继语文学和文艺学之后新的翻译研究范式而言，语言学的研究方法，较之于它之前的语文学和文艺学研究方法，并没有走得太远。

语言学研究方法继承了传统翻译理论中的译文要忠实于原文和等同于原文的思想，其研究对象的范围也显得过于狭小，主要包括以信息传达为目的的翻译，缺乏对普遍的翻译现象，尤其是文学翻译活动的解释力。例如，语言学研究方法就解决不了这两个问题：第一个问题是在具体的翻译活动中，对等的标准很难作为一条规定性的标准执行下去。以语用学的言语行为理论为例，在"天很冷"这句陈述句中，在具体的语境中，其言外之意可理解为表示劝告的"多穿点衣服"，表示请求的"请把窗关上"，或表示命令的"打开空调！"。说话人说这句话的时候，他的言外之意肯定只有一个，但他的话所导致的言后行为却不止一个。那么，哪一种言后行为对等于说话人的本意呢？结构主义语言学方法显然回答不了这个问题。第二个问题是，语言学研究方法解释不了在翻译活动尤其是文学翻译实践中，译文作为一种创造性成果的事实，如林纾的文学翻译作品。翻译研究中的语言学研究方法将翻译的问题放在语言层面上来解决，对于以信息传达为目的的非文学翻译，应该是有效的；而对于文学翻译却是无益的，因为它将翻译的理解主体和创作主体——译者，以及影响翻译过程的诸多现实性因素排除在外的同时，也就直接否定了文学翻译的创造性本质。

20世纪中叶以后，解构主义思潮兴起。解构主义思想对意义的重新定义和解读，直接推翻了结构主义将意义凝固化和静止化的作法，颠覆了结构主义通过二元对立方法赋予意义的权威性和绝对性。是否存在一个恒定的意义？解构主义的发问及否定的回答给了翻译研究一个巨大的启示，它直接指向千百年来人们都不曾怀疑或者敬畏的作者和原文的权威性，质问了这种权威性的合法性以及存在的理由。德里达（Derrida，1930—2004）的著名命题"文本之外无他物"和"语境之外无他物"，指出了任何意义都是一次语境事件，我们不能够将意义从具体的语境中抽取出来，也不能预先，或在语境之外设定一个意义（Davis，

2004：9）。解构主义认为，文本的意义具有开放性、互文性和非始源性。意义的不断"散播"和"扩延"，使文本的意义场始终处于开放的状态，并同其他的文本形成互涉的关系。一切意义都产生于文本之间的互文关系中，任何最初的、恒定不变的意义都是不存在的。"没有任何文本是完全意义上的'原文'，文本要具有意义，就必须追根溯源，同它之前的各种文本产生联系，对先前的各种文本加以引用。所以，用来翻译的原文本，在翻译之前就已经是意义纷杂、同其他文本相互影响了。阅读是接近文本的唯一方式，而阅读本身就是一种翻译。原文与翻译之间的区别，并不是通过翻译去发现或证明一个预先存在的东西，而是一种建构和体制化的行为。翻译总是面临着修改。"（Davis，2004：16）

解构主义的翻译理论最具意义的作用是解放了长期以来被遮蔽和贬低的译者；既然不存在一成不变的意义，译者和译文对作者和原文的忠实和对等也就无从谈起；既然意义不是预先设定的，那么译者的作用就不是去发现和证明已经存在的意义，而是在文本之间、文本与译者之间的互文关系中去构建意义。结构主义的壁垒轰然倒地后，译者积极的主体性作用得以凸显。

对译者积极作用的肯定，还表现在译者研究逐渐成为翻译学科的一个重要研究领域。在这个领域中已经有了一些成果，但在以下两个方面还需加强。一是要尽量摆脱印象似的、局限于文本分析的译者研究，将所研究的译者置于他所生活的时代，厘清那个时代的意识形态、诗学对译者翻译活动的影响。只有这样，才会清楚地知晓译者所采取的翻译策略和手段的原因，了解译者的活动对社会、历史发展的推动作用，从而更进一步理解译者的作用；二是进一步从理论上阐述译者在翻译活动中的主体性作用，将译者的研究纳入翻译的本体研究中，从而使译者研究具有学理上的依据。

20世纪80年代以来，随着中国改革开放的形势进一步发展，国外文学作品和社会科学著作的译介逐渐形成蓬勃发展之势。许多从事翻译研究的学者将这一时期称为中国翻译历史上的第四次发展高潮。与前几次不同的是，这一次翻译高潮的显著特点是在大量译介国外著作的同时，翻译家和翻译研究者也对翻译本体的问题，尤其是翻译的学科性问题进行了思考和讨论。任何一门学科的建立，研究对象的确立都是最主要的问题，翻译研究的对象应该包含哪些？除了研究翻译的本质、方法和结果外，翻译活动的主体——译者也应该是翻译研究的一个重要研究对象。从这个时候开始,国内陆续出版了评介中国翻译历史上著名译家的专著,翻译文学史也开始有专门的章节介绍著名翻译家。在对译者历史和社会作用的评述中,译者的地位得到前所未有的提高,译者从从属和被遮蔽中解放出来,获得了自由和荣誉。

国内涉及翻译家研究的著作可分两个部分:一是研究翻译家专著,二是将翻译家研究作为重要内容的翻译文学史。按时间顺序主要有:

- 钱锺书《林纾的翻译》(载《七缀集》,1981)
- 商务印书馆编辑部《严复和严复的翻译》(1982)
- 马祖毅《中国翻译简史——"五四"运动以前部分》(1984)
- 陈玉刚《翻译文学史稿》(1989)
- 吴洁敏、朱宏达《朱生豪传》(1989)
- 巴金等《当代文学翻译百家谈》(1989)
- 戴明瑜、马珂主编《译苑人物》(1990)
- 袁锦翔《名家翻译研究与赏析》(1990)
- 施蛰存主编《中国近代文学大系翻译文学集(1—3集)》(1990)
- 高惠群、乌传衮《翻译家严复传论》(1992)
- 金梅《傅雷传》(1993)
- 孙致礼《1949—1966:我国英美文学翻译概论》(1996)
- 金圣华《傅雷与他的世界》(1996)
- 穆雷《通天塔的建设者——当代中国中青年翻译家研究》(1997)
- 马祖毅、任荣珍《汉籍外译史》(1997)
- 丁严模《曹靖华》(1998)
- 郭延礼《中国近代翻译文学概论》(1998)
- 许钧主编《翻译思考录》(1998)
- 马祖毅《中国翻译史(上卷)》(1999)
- 郭著章等《翻译名家研究》(1999)
- 王向远《二十世纪中国的日本翻译文学史》(2001)
- 王友贵《翻译家周作人》(2001)

- 许钧等著《文学翻译的理论与实践——翻译对话录》（2001）
- 黎难秋主编《中国口译史》（2002）
- 许钧、唐瑾主编《巴别塔文丛》（2002）
- 王建开《五四以来我国英美文学作品译介史：1919—1949》（2003）
- 林本椿主编《福建翻译家研究》（2004）
- 谢天振、查明建主编《中国现代翻译文学史（1898—1949）》（2004）
- 孟昭毅、李载道主编《中国翻译文学史》（2005）
- 廖七一《胡适诗歌翻译研究》（2006）
- 韩江洪《严复话语系统与近代中国文化转型》（2006）
- 马红军《从文学翻译到翻译文学——许渊冲的译学理论与实践》（2006）
- 刘全福《翻译家周作人论》（2007）
- 郑鲁南主编《一本书一个世界》（2019）

……

特别应该强调的是由湖北教育出版社出版的"中华翻译丛书"有关翻译家研究的专著和翻译文学史，以及该出版社出版的"巴比塔丛书"。严格地说，"巴比塔丛书"并不算翻译研究著作，而是通过当代15位著名文学翻译家的随笔，记录了他们从事文学翻译事业的心路历程，给文学翻译主体性研究提供了生动的材料。这些书籍的出版，表明翻译家的研究进入了有组织、有系统的、精心策划的过程，对翻译家的研究和翻译研究具有重要的意义。

另外，这期间还出版了一些介绍和研究翻译家的翻译辞典。例如，林煌天《中国翻译词典》（1997）、林辉《中国翻译家词典》（1988）、马珂等《中国当代翻译工作者大辞典》（2001）、孙迎春主编《译学大词典》（1999）等；同时，一些期刊如《中国翻译》等也刊登了许多翻译家研究的论文。应该说，中国译界关于翻译家研究的时间并不算短，但着重于对具体翻译家的作品、翻译风格等的评论，具有零散和印象似的特点。将译者作为翻译过程的一个重要部分，并从理论上对译者的地位和作用进行论述的专门著作，目前有葛校琴的《后现代语境下的译者主体性研究》；另外，许钧在《翻译论》、谢天振在《译介学》、胡庚申在《翻译适应选择论》，都有专门的章节从理论上阐述译者的地位和作用；尤其是许钧在《翻译论》中有关读者主体性的讨论，对2003年前后在《中国翻译》等杂志上热烈讨论的译者主体性问题做了进一步的厘清；谢天振在《译介学》中提出的文学翻译家的创造性叛逆，则是对文学翻译家的创造性的充分肯定。可以想象，随着翻译研究的不断发展，人们对译者地位和作用的认识会不断深入，相关的研究成果也会不断出现。"我国的翻译家研究基本上是从无序到有序地进行着，从自发的、随意的、简介式的研究向自觉的、有总体目标的、有理论深度的研究方向进步着。"（穆雷，诗怡，2003：16）

同中国译界比较重视具体译者的评述不同，西方翻译理论的译者研究比较注重于将译者作为一个整体进行研究，并表现出强烈的理论色彩。英国译论家哈蒂姆和梅森的《语篇与译者》和《作为交际者的译者》是从功能语言学和交际学的角度来研究译者作用的两部著作。虽然作者并没有打破原文中心论和作者中心论的局限，但他们所提出的翻译的交际功能、翻译的语境等问题，客观上也起到了对译者能动性的强调作用。西方翻译理论中对译者的研究主要集中在翻译研究的文化转向之后，翻译研究范式的转移使译者从隐身走向真正意义上的凸显。巴斯内特、勒菲弗尔、赫曼斯等分别撰文，对译者的主体作用进行了阐述。尤其是巴斯内特，她认为20世纪90年代翻译研究的主题就是讨论译者的显现，译者被赋予了前所未有的重要地位。

在当代西方翻译理论中，从文化角度研究译者的专著就笔者所掌握的资料，主要有以下4本：加拿大译论家德莱尔（Jean Delisle）和沃兹沃思（Judith Woodsworth）编辑的《历史上的翻译家》（*Translators through History*，1995），鲁滨孙的《转向译者》（*The Translator's Turn*，1992）、《谁在翻译？超越理性的译者主体性》（*Who Translates? Translator's Subjectivity beyond Reason*，2001）和韦努蒂的《译者的隐身》（*The Translator's Invisibility*，1995）。

《历史上的翻译家》由国际翻译家协会（IFT, International Federation of Translators）等组织赞助出版。书中以翻译家与人类文明发展的许多方面的关系为题，论述了古今中外翻译家在历史发展中的重要作用，颂扬了他们为人类进步所做出的杰出贡献。这些主题包括翻译家与字母的发明、翻译家与民族语言的发展、翻译家与民族文学的出现、翻译家与知识的传播、翻译家与权利的使用、翻译家与宗教的宣扬、翻译家与文化价值的传输、翻译家与辞典的编撰及口译者与历史的缔造等等。在这本著作所描写的古今中外的翻译家中，中国古代佛经翻译家玄奘和近代翻译家严复名列其中。这本以史为据的有关翻译家历史作用和贡献的著作，虽然在选取描写翻译家上难免挂一漏万，但书中所塑造的翻译家群体，凸现了翻译家的地位，明确了翻译家的身份，肯定了翻译家的创造力，为同时期在翻译理论上掀起的有关翻译家主体性的讨论提供了背景上的支持。在该书书名页后的题词页上有这么一句话："翻译家是我最好的批评家，翻译将文学作品剥光衣裳，将其身体裸露在世人目光下；翻译将一切面纱摘去，告诉我们更真实的东西。"书中摘录了美国作家辛格（Isaac Bashevis Singer，1904—1991）有关翻译的如是说，并认为，"翻译家经常受到贬低，他们的工作也经常受到批评，人们之所以如此，其原因并不在于害怕翻译家本人，而是害怕翻译家给他们的文化所带入的新的、异域的，有时甚至是奇怪的价值观。我们总是为翻译所带来的新奇性、差异性和他者性而感到不安，因为这些东西向我们固有的价值观发起挑战，并在我们面前立起一面镜子，来审视我们自己。翻译最终是一件有关发现的活动，一次穿越知识的神奇土地的探索之旅"（Delisle，Woodsworth，1999）。

韦努蒂所著的《译者的隐身》，则将译者主体性同翻译所表现的意识形态含义、译者的文化身份和弱小民族的文化觉醒意识联系起来。韦努蒂考察了自17世纪以来到现在外来文学作品被翻译成英语并成为英语中外国文学经典的事实，指出在外译英的过程中，流畅（fluency）常常成为翻译的第一原则，归化翻译成为翻译的首要手段；在这种翻译策略的背后，隐藏着的是殖民主义的我族中心主义和文化霸权主义。韦努蒂认为，要反抗这种霸权，一个有效的方式就是采取"抵抗式翻译"，即采取一种类似于异化翻译的翻译策略。在这种策略中，译者控制、操纵语言，使自己从隐身走向显现，与此同时译者也成了弱小文化面对强势文化时自身特色的捍卫者和代言人。

鲁滨孙所著的《转向译者》和《谁在翻译？超越理性的译者主体性》是两部独辟蹊径的著作，为我们讨论译者主体性提供了新的视角。尤其是前一部著作，鲁滨孙自称书中提出的观点是翻译研究的"一种替代性的范式"（Robinson，1991：ix）。通常，在讨论译者主体性时，我们过多关注译者作为一名社会演员（social actor）和文化使者（cultural agent）的社会作用和群体社会形象，而较少关心译者作为一个活生生的人在不同情景下的细微情感，这在当代翻译理论中尤其明显。也就是说，当我们将一些理性的、抽象的概念赋予译者时，我们头脑中的这些译者通常是我们理想的译者，与生活中将翻译视为他们生命的一部分、情感的一部分的译者相距甚远。以翻译的主体性为例，"翻译家是文学翻译的主体"，这是我们对翻译的一种认知，但这样一个抽象理性的认知概念是否与翻译家内心的翻译体验有关？翻译家是如何将主体性内化为他们的情感活动而不仅仅是理性认识活动？认识不到这一点，我们就无法彻底全面地了解翻译这一非常复杂的活动，也无法解释为什么在翻译研究中，常常出现翻译理论研究者和翻译实践者之间情绪抵触、互不买账的情况。鲁滨孙认为，就具体的翻译家而言，翻译是他们本能的天才行为，就如同他们所做出的任何身体动作行为一样。鲁滨孙将此称为翻译的身体学（the Somatics of Translation）。翻译的过程就是理性（观念）和本能（身体）的对话过程。鲁滨孙认为翻译既是一种认知活动，也是一种体验活动，这两种活动的行为者——译者，在认知活动和体验活动中所具有的主体性作用，也就不言而喻。这两种活动有何差异？它们之间的联系如何？鲁滨孙所称的翻译的身体学对译者主体性的认识，乃至对翻译本身的认识有何意义？鲁滨孙翻译的身体学理论和目前作为语言学研究热点的认知语言学体验理论有很大程度上的互证与互补，它们的相互阐发使译者主体性由一个苍白的概念和符号成为有血有肉的实体存在。对此，笔者将在本书第四章作重点介绍和分析。

第四节　小结

文学翻译同文化研究具有一种天然和直接的联系。文学翻译是在两种不同文化之间进行的，是使一种文化进入另一种文化的沟通行为。文学翻译者在跨越语言的障碍、用艺术的形式再现原著的风貌时，文本中所包含的源语文化意象成为译者面对的又一个障碍。文学文本承载着一个民族的文化积淀，是文学文本中最厚重的一部分，也是翻译中最困难的一部分。除此之外，译语文化与源语文化的关系以及译者在其中的文化态度，也成为决定译者翻译策略的重要因素。文学翻译在源语文化和译语文化相互作用所形成的张力中进行，文学翻译是一种文化现象，更是一种文化构建行为（Bassnett, Lefevere, 2004）。

文学翻译的文化性还表现为任何文学翻译活动都是在一定的社会历史语境中进行的。源语文化，尤其是译语文化对文学翻译活动的进行和翻译文学经典的形成具有很大的决定作用。在后殖民主义文化语境中，翻译活动对文化交流的开展、文化身份的形成和文化权利的表达产生巨大的影响。

主体性研究是翻译研究的重要内容之一。文化诗学对主体性的强调实际上是对主体阐释重要性的强调，在解构主义将意义消解以后，意义是否存在？谁来重构意义？文化诗学力图通过对多种主体的对话性的重建来重构文本的意义。

翻译理论的发展以研究范式的更替为特征。例如文化范式替代语文学范式和语言学范式，具体表现为作者中心论被译者中心论替代，源语文化取向被译语文化取向替代。这种替代反映了人们对翻译认识的不断加深、对传统译学观念的修正。但是，由于新的范式采取的是二分对立方法，在抛弃旧的范式的同时也将其中有益的东西抛弃了，使得新的范式的"中心论"或"取向论"的确立实际上只能是独白，既不能解释和描写文学翻译复杂多样的内涵和方法，也不能有效地推动翻译理论的发展。

当代西方翻译理论所面临的尴尬境遇可以通过对话性得以消除，对话性可以厘清文学翻译各种因素之间的互动关系，增强翻译理论的解释力度。总之，文化性需要对话来传达，翻译就是以对话的方式来进行文化交流活动；而对话性则需要文化来支撑，文化相同性是对话的基础，文化多样性则是对话的内容。

文学翻译主体性研究借助解释派哲学理论，从阐释学、读者反映理论的角度，厘清了文学翻译中作者、译者和读者之间的关系。在文学翻译活动中，作者之于译者的主体作用是由翻译的性质所决定的；译者所谓"戴着镣铐舞蹈"，指的就是译者的创作是在作者的创作基础上进行的，译者的主观能动性要受到来自作者和读者的种种限制。但同时，译者的主体作用，在翻译活动中表现为译者的创造性，是翻译能否成功的关键。阐释学和读者反应理论告诉我们，作品一旦完成，其意义就处于一种开放的状态，译者实际上具有读者和译者的双重身份，他对作品的阐释和有限度的操纵，体现了译者在翻译活动中的主体性地位。作者、译者和读者之间主体间性关系的妥善协调是衡量一个译本水平高低的重要标志。这种协调的内容包括语言的、文体的、文化的翻译策略，以及影响和决定翻译策略的意识形态和权力话语。

第二章

跨越差异与拥抱差异：
当代文化研究视角下的文学翻译主体性研究

第二章
跨越差异与拥抱差异：当代文化研究视角下的文学翻译主体性研究

第一节　译者主体性与翻译伦理

1. 译者主体性的文化阐释

人类学意义上的文化理论和文化研究起源于 19 世纪的欧洲和美国，而当代文化研究通常以第二次世界大战作为该领域发展的时间标记（Munns，Rajan，1995：3），以开始于英国的文化研究为中心。其中的代表人物有威廉斯（Raymond Williams）、福柯（Michel Foucault，1926—1984）、巴特（Roland Barthes，1915—1980）、霍尔（Stuart Hall）、詹姆斯（C. L. R. James）等。当代文化研究综合了社会学、影视传播学、文学理论、文化人类学等诸多学科理论，研究当代社会事件与政治、阶级、性别、种族等之间的关系。当代文化研究作为跨学科的文化研究理论和方法在 20 世纪产生了重大影响，尤其是在 20 世纪 90 年代成为非常重要的人文社会科学研究理论。而这一时期恰好是翻译研究学科飞速发展的时期，翻译研究理所当然受到了当代文化研究的深刻影响。

在文学翻译主体性研究中，一个重要的研究对象是译者主体性，这是作者、译者、读者主体间性中最为关键的一个主体性。从本章开始，我们将其作为重点，同时兼顾作者主体性和读者主体性的影响讨论。

翻译研究的文化操纵学派认为，翻译是对文学的文本操纵，是译者选择立场、决定翻译策略的结果。翻译之为操纵这一隐喻表示翻译研究从结构主义影响下的多元系统理论向后结构主义、后殖民主义的理论发展。翻译中的权利关系和翻译文本的生产方式成为翻译研究文化转向的主要内容。翻译研究的历史文化范式被文化研究的范式所代替，翻译研究的描写方式被文化互动的解释方式所代替。翻译研究的视野被大大拓宽，呈现出多重的、包容的、开放的和运动的状态。"翻译过程和翻译行为的研究为我们提供了一个方法，去理解复杂的文本操纵过程是怎样发生的。比如，选择什么样的文本翻译，译者在选择中的作用如何，编辑、出版商和赞助人的作用如何，翻译策略是由什么标准决定的，以及译语文化对译本的接受情况等等。"（Bassnett，Lefevere，2004：125）19 世纪英国诗人和翻译家菲兹杰拉德（Edward Fitzgerald，1809—1883）在翻译《鲁拜集》（*Rubaiyat*）时，通过对原著的改写，形成了新的诗歌风格，影响了当时英国文学系统；当代美国诗人庞德（Ezra Pound，1885—1972）创造性地翻译中国诗歌，对美国意象派诗歌的出现和发展具有很大的推动作用；林纾使用归化方法的文学翻译，满足了中国19世纪末士大夫的阅读趣味；20世纪二三十年代，中国现代文学中对"被损害民族文学"的翻译，则是同当时文学界的进步思想倾向相适应的。译语文化中各种文化因素在权力的框架中建构起相互之间的关系，形成一股文化合力，操纵翻译的发生、进行和结果。

  翻译的文化研究派认为，人类学意义上的文化翻译抹杀了翻译所隐含的权力与暴力，帮助了欧洲殖民主义的建立和扩张。西方翻译家在充分发挥他们的主体性，"操纵""改写"来自非西方文化的作品时，表现了欧洲中心论的殖民主义思想。翻译使欧洲充当了"原著"的角色，而殖民地则成为低于原著的"译本"或"副本"，非西方文化被置于"他者"的地位。在后殖民语境中，翻译成为一种权利话语、一种政治手段。文化研究派强调文本生产中操纵过程的重要性，翻译是存在于源语语境和译语语境中权利关系的一个分支，翻译研究关注的是单个的文本与文本产生和被阅读的文化语境之间的关系。"翻译是散碎化（fragmentation）和文化非稳定性（cultural destabilisation）的一个符号，是不同文化之间'谈判'（negotiation）的手段。"（Bassnett，Lefevere，2005：157）当今，在全球化（globalization）和差异性（diversity）所形成的张力中，翻译尤显重要。全球化的实施和差异性的表现都需要翻译的介入，翻译成为文化对话的媒介、调适的手段，并构建起不同文化之间的关系，如西方的与东方的、主流的与边缘的。传统意义上的经典被颠覆，文化之间的互动和对话成为新的关系建立的基础。翻译是在权力参与下的文化对话和构建，这是当代文化研究理论在翻译研究中的主要内容。后殖民翻译理论在颠覆欧洲中心主义的同时，也促使了弱小、边缘的民族文化的显现，而且这种显现常常是以在翻译中昭示自身的文化身份为特征。

  当代翻译理论对译者主体作用的描写性研究，表现在两个不同的层面上。第一个层面是译者作为翻译活动的具体执行者，他们的历史贡献和社会作用被提升到一个前所未有的高度，并给译者带来直接的益处，包括对译者这个职业在体制上的认可、社会对译者工作的创造性及其工作强度的认同、译者的劳动得到恰当的承认、经济报酬较以往有大幅度的提高等等。这样的改善和提高，对增强译者的主体性意识，发掘他们的创造力起到了非常积极的作用。第二个层面是将译者作为一个抽象的群体概念来加以研究，在此研究中译者并不表现为某一个具体的人，而是作为翻译活动的一个主要构成因素和行为方。在这个层面意义上的译者，实际上是译者作为一个具体的人同他所处的社会、文化等相互作用所形成的混合体。译者与翻译目的、译者与译语文化规范、译者与权力等关系所产生的张力，形成了译者的主体性作用。在以上两个层面上的译者主体性研究中，第二个层面是翻译主体性研究的重心所在。第二个层面上的研究为第一个层面上的研究提供了一个更大的描写、解释的背景，具有更强大的解释力。

所以，理解译者主体性的具体内涵和指向是讨论这个问题的前提。在理论层面强调译者主体性的重要性，并不意味着实践层面上就一定要以此为根据，给译者以不加约束的自由。就如我们在讨论菲兹杰拉德、庞德、林纾的翻译时，并不意味大家都要像他们那样去翻译，我们只是描写和解释他们的翻译存在的状态和缘由。实际上，任何译者的主体性都是相对的。译者的主体性只是翻译主体间性中的一个方面，译者的主体性是被历史化和被语境化了的主体性；同样，在翻译实践中，译者的主体性表现为译者的主观能动性，它必须是在基于原文之上的译者的审美、艺术和语言能力的发挥。理论和实践处在两个不同的维度，它们各自有着自己的问题需要解决，虽相互作用，但不能混为一谈。

2. 翻译规范与翻译伦理的回归

伦理是指人与人之间相互遵守的道德准则。翻译伦理则是指源语文化和译语文化对译者提出的道德要求。翻译伦理不同于翻译规范，后者包含诗学、社会、政治等多方面的规则，具有一定程度的体制强制性。而翻译伦理则主要表现为译者的道德自省和自制能力。

在讨论翻译伦理之前，我们先对图里的翻译规范做一个简单的评述。图里是佐哈尔在以色列特拉维夫大学（Tel Aviv University）的同事，也是多元系统理论的倡导者之一。图里没有像佐哈尔那样，将多元系统扩展为普通文化理论，而是将多元系统理论缩小到对文学翻译的具体研究中；他在多元系统理论的框架下，提出了翻译规范（Translation Norms）的理论。图里认为，翻译除了语言转换，还要受到源语和译语历史文化因素的限制，源语和译语的语言和文化形成两套相互联系又相互区别的规范系统，影响和制约着翻译活动的进行。规范存在于翻译活动的每一个层面——语言层面、文本层面以及文本之外的层面中；同时，规范也存在于翻译活动的每一个环节中，如译本的选取、翻译策略的决定；翻译是一个由规范控制的活动。图里在他的理论中首先区分了规则（rule）、规范（norm）和个人风格（idiosyncrasies）之间的关系。规范是社会文化对翻译的约束力，它处在两极之间，一极是规则，另一极是个人风格。规则是客观性极强的规范，而个人风格则是主观性极强的个人规范，两极的连线组成规范连续体。翻译就是在这个连续体中寻找最佳点。图里接着说道，翻译不可能与两极中的任何一极重合，意即绝对地对等于原文规范或绝对地服从于译文规范都是不可能的；同时，翻译也不可能在规范连续体的中间地带找到最佳点，因为任何翻译都必然倾向于某种规范。译文在规范连续体中的位置或者是接近规则，拘泥于原文系统的规范，具有充分性（adequacy），或者是靠近个人风格，服从于译文系统的规范，具有可接受性（acceptability）；翻译始终是在这两种倾向的遭遇中进行。（Toury，2001：53-69）

同时，图里很明确地将他的翻译规范理论确定为对译语文化规范的描写上，"严格意义上的翻译规范只适应于译语文化"（Toury，2001：53）；他将翻译的规范分为三种：预规范（preliminary norms）、起始规范（initial norms）和操作规范（operational norms）。预规范包括在特定时期译语文化决定译本选择的翻译政策，如对某些作家、作品、文类的特意选择和对另一些的有意忽视；另外，预规范还包括是否允许以另一种语言的译本作为原本进行翻译，对此是否允许、限制、容忍，或者鼓励，可以接受的媒介或中介语是什么等等；预规范为起始规范和操作规范发挥作用建立起一个大的文化背景。起始规范是翻译操作的宏观抉择，与操作规范相对，是指导译文生产的基本规范之一。起始规范与译者的翻译目的有关，它包括译者是选择趋向源语规范，还是选择靠近译语文化，或者兼而有之；起始规范的确定会直接影响到操作规范。操作规范是翻译过程中的微观抉择，是对具体的翻译技巧和方法的选择，如根据不同对象选择不同译文语言变体，翻译过程中的层次转换、形式对应、行文等值和创造性等（Toury，2001：53-59；

Gentzler，2004：128；方梦之，2004：32-33）。

图里的翻译规范理论对"充分性"和"可接受性"的解释，重新诠释了翻译理论中的"忠实"问题。翻译中的"忠实"或"对等"等问题，是翻译的核心问题，它们直接指向的是翻译为何物这一翻译的本源问题。图里的翻译规范理论否定了传统译论"忠实""对等"的观念，为他将研究中心转向译语文化系统，并使这一研究中心的转向成为翻译研究新的范式的主要特征作好了理论上的铺垫。译语文化规范决定了文学翻译的产生，任何文学翻译都是向译语文化的趋近，即获得在译语文化中的可接受性；那些忠实于原文规范、充分性程度再高的译文在一定程度上都偏离了原来的意义，原文的文化身份在翻译过程中也因此发生了改变。译者在翻译过程中要趋近译语文化规范，符合译语文化规范的要求，那么，他必然会违背源语的文化规范。于是，对原文的操纵和改写也就在所难免了。

在将文学翻译置于文化视野中进行观照时，翻译规范是文化中的翻译这一主题中的重要内容之一。图里本人也认为："应该将翻译活动视为具有文化意义的活动。"（Toury，2001：53）由于翻译规范指的是社会文化因素对翻译活动的限制和影响，所以翻译规范本质上也是一种文化规范，图里认为翻译规范贯穿整个翻译活动的过程，这同以文化的视野观照翻译活动的每一个层面和每一个细节是完全一致的。图里的翻译规范连续体，同翻译作为跨文化交流的基本模式也具有相同之处。源语文化与译语文化互相联系的相对性存在，否定了传统译论中非此即彼的绝对性存在，为解决翻译策略选择上所面临的问题，提供了理论上的解决方案。但是，图里所设想的翻译规范连续体是一个线性的过程，翻译是在这个线性的规范刻度上寻找停留点的一种活动；它同我们所认为的翻译的生产是在源语文化与译语文化所形成的张力中进行的、是两种文化的共同构建的观点有所差异。图里的翻译规范仅仅局限在文学翻译系统中，他并没有对翻译规范的具体所指做出明确的说明。比如，文学翻译中的语言规范、文学规范、美学规范、道德规范，以及文学翻译范畴之外的属于意识形态范畴，但对文学翻译有很大影响的社会规范、政治规范等。另外，规范也是一个不断变化和被不断定义的概念，旧的规范在发展中不断地被新的规范所代替，并被赋予新的内涵。如图里所强调的译语文化规范，其实始终都处于不断的变化过程中，而这种变化的缘由，如多元理论所提及的，是源语文化通过翻译进入译语文化推动所致。图里在突出译语文化规范时忽视了源语文化规范对译语文化规范的建构作用，这不能不说是一个遗憾。

图里对源语文化规范的忽视，一是出于他想切断源语规范和译语规范之间的联系，从而抛弃忠实于原文、与原文对等的语言学翻译研究方法；二是从根本上来讲，图里的翻译规范理论也是一种结构主义翻译理论，同佐哈尔的多元系统理论并无二致；结构主义理论的基本特征是结构分析的封闭性与静止性，图里的翻译规范理论没有将文学翻译系统之外的社会文化因素纳入在内，以及他的理论将源语文化和译语文化规范设计为一个线性的连续体，使得源语文化与译语文化缺乏相互沟通、共同构建的机会。

从翻译是一种文化相异性的传送活动这一观点来看，图里的翻译规范理论也同翻译的这一基本目的相抵触。尽管图里也认为翻译最终既不属于源语文化，也不属于译语文化，但由于他的理论缺乏将源语的异质因素以译语文化接受的方式进入译语的变通手段，在趋同还是求异的两难选择中，他选择了趋同，即他所认为的在译语文化规范的限制下，对可接受性的追求。

图里的翻译规范理论同佐哈尔的多元系统理论一样，都表现出译者主体性的缺位。尽管图里在他的起始规范中，将译者的翻译目的作为调控操作规范的重要手段，但他没有进一步说明译者的翻译目的与预规范所表示的社会文化规范在怎样的情况下可以表现得有所不同，而这种不同在翻译实践中是经常存在的。译者根据个人的文化心理和审美爱好形成自己的翻译规范，这种翻译规范还不完全等同于图里所提到的个人风格。因为译者的主体意识还包括译者对自己所担负的文化使命的认识，即帮助译语文化的人们了解异质文化。在翻译作为文化相异性的传送活动中，译者的作用非常重要，源语文化规范和译语文化规范都聚集在了译者那里，经译者调适、处理后，成为被译语文化所接受的、具有异质特征的翻译文化。同时，译著在译语文化中被接受的现实，也会反馈回源语文化，推动、促进源语文化重新认识原著，认识源语文学传统及其源语文化。西方翻译史中有关莎士比亚的翻译就是一个很好的例子。莎剧诞生时，在英国文学中并没有引起多大影响，后来，莎剧被翻译到德国，为德国读者所热爱，并迅速成为德语翻译文学的经典。这种现象反馈回英国后，英国文学界重新审读、评价莎剧，莎剧于是逐渐成为英国文学，乃至世界文学的经典名著。译语文化规范和译者规范是两个不同的范畴，当两者趋于一致时，译者主体性服从于译语文化规范；当两者出现不一致时，译者的主体性也会凸现出来。韦努蒂的"抵御式翻译"就是一个例子。图里忽视了译者规范的重要作用，使他的理论对文学翻译的解释力也大为削弱。

翻译规范是文化派翻译理论的一个重要理论来源，它直接表示翻译在文化语境中的位置以及翻译策略的使用；图里以后的许多译论家或是补充、修正图里提出的翻译规范，或是对翻译规范重新定义，使得有关翻译规范的讨论更加热烈。在有关翻译规范的讨论中，有切斯特曼（Andrew Chesterman）提出的期待规范（expectancy norms）和专业规范（professional norms），俄国译论家科米诺夫（Vilen Komissarov）提出的对等、文类与体裁、语言用法、语用功能以及习俗五个规范要求，赫曼斯提出的构成性规范（constitutive norms）和调节性规范（regulative norms）等等。在对图里的翻译规范的修正中，笔者认为皮姆对翻译规范的定义最符合以文化交流为目的的文学翻译活动的情况。皮姆认为，译者处于一种互文化性中，翻译规范也就不能仅仅针对某一种文化而言。单一的文化系统不是决定翻译过程的主要因素，也不是决定翻译伦理的因素，甚至可以说，在单一的文化系统中形不成翻译的可能性。因为译者时刻处于文化的交汇点和重叠处，译者的活动不仅受译语文化规范所控制，还要受到源语的社会、文化、语言规范的制约。只有这样，翻译研究才能真正成为跨文化研究（李和庆，黄皓，薄振杰，2005：114－118）。

翻译伦理的研究可以在理论和实践两个层面上展开：在翻译实践的层面上，理解原文，尽可能传达原文意义，这是对翻译实践者的基本伦理要求，也是由原文乃翻译的文本基础这一特性所决定的；在理论层面上，翻译伦理的研究则应该随着翻译研究的范式转变和对翻译认识的不断深入而变化和发展。人类自从有了翻译活动，便有了翻译伦理的概念，传统翻译理论的"忠实""对等""信、达、雅"等原则和标准，就是翻译伦理的具体要求。长期以来，它们对译者进行道德伦理训诫的作用远远大于帮助人们认识翻译和指导翻译的作用，翻译原则的有效程度大大低于伦理规范的有效程度。忠实虽不能达到，但努力为之，翻译历史上翻译家们为求一字踯躅岁月，就说明了这一点。当代阐释学理论对意义的重新诠释和解构主义对意义中心的消解,使得传统翻译理论以忠实为核心的伦理观受到了质疑。在理论的层面上否定了忠实于原著的可能性,也自然否定了传统的翻译伦理观。特别是翻译研究的文化转向后,随着译者主体性研究以及权力和意识形态对翻译的影响研究的展开和深入,传统的翻译伦理观被人们逐渐淡忘。

韦努蒂是西方较早从文化研究的角度来讨论翻译伦理的翻译理论家之一。除《译者的隐身》外,他的另一本著作《翻译之耻——走向差异伦理》(*The Scandals of Translation—Towards an Ethics of Difference*,1998)将翻译伦理同在翻译中表现语言和文化的差异联系在一起,"翻译在书写、阅读和评价的过程中应对语言和文化的差异予以更大的尊重"(Venuti,1998:6)。韦努蒂在他的著作中表明了他的翻译伦理观,同时,他借用贝尔曼的话来阐述他对翻译活动的基本观点:"好的翻译就是以自己的语言展现外语文本的他国性。"在这本著作中,韦努蒂以诸多关键词作为每章的题目,如"异质""著作权""版权""文化身份的形成""文学教学法""哲学""畅销书""全球化",并通过大量的翻译实例解析了翻译的政治、文化功能。他用"存异伦理"(ethics of difference)和"存同伦理"(ethics of sameness)来表示他在《译者的隐身》一书中所提出的"异化"和"归化"翻译策略表现的伦理意义。当然,韦努蒂是倾向"异化翻译"和"存异伦理"的,并将异化翻译策略作为维护第三世界国家的民族文化的手段。但韦努蒂的"存异伦理"也不是静止不变的,而是不断变化,不断寻求新的发展。在《翻译之耻——走向差异伦理》中,我们注意到了韦努蒂在几个关键术语上的变化。比如,用"少数化翻译"(minoritizing translation)来代替"异化翻译";存异伦理在全球化一章中该词被发展成了"地方性伦理"(ethics of location)。"地方性伦理"表示任何一个文化都是地方性的,翻译中所表现的文化异质性在不同的地域表现也不相同,所以翻译中表现出来的差异性要体现地方性。韦努蒂的"地方性伦理"同美国人类学家格尔兹(Clifford Geertz)所提出的"地方性知识"(local knowledge)有相同之处。他们所提出来的"地方性"(location)概念的意义在于,地方性表明文化具有层次性,这种层次性是文化多样性和文化异质性的基础。刘亚猛在评述韦努蒂的翻译伦理观时说道:《翻译之耻》的讨论"始于对'存异伦理'的肯定,却终于对一种'因地制宜伦理'(ethics of location)的呼唤。后面这种伦理将翻译放在一个广阔的全球语境考虑。

它意识到当今世界存在着各种'殖民和后殖民状况',使'求同与存异[翻译]之间的区别复杂化'。……翻译实践的'关键问题'显然绝不能'单单关系到采用哪一种话语策略——是流畅翻译呢还是抵抗性翻译,它还应该包括翻译的意图和效果,也就是通过翻译究竟是否达到了促进文化更新和变化这一[根本]目的"(刘亚猛,2005:44)。

2001年,《译者》(*The Translator—Studies in Intercultural Communication*)出版了一期特刊,由皮姆主编,刊名为《回归伦理》(*The Return to Ethics*)。书中收录了有关翻译伦理的9篇文章。皮姆在前言开篇提及:"翻译研究已经回归到伦理的问题(Translation Studies has returned to questions of ethics)。"(Pym,2001)

皮姆所称的回归伦理难道是又要回到忠实于原著的老路上去吗?对此,皮姆的回答是否定的。首先,翻译理论问题的重提就与传统翻译理论中翻译伦理的缘起完全不同。皮姆认为,回归伦理是一个非常宽泛的社会浪潮的一部分。在当今世界,由于克隆和安乐死等方法的出现,使得人的身份受到质疑,从而导致了许多跨文化的问题:全球化经济召唤全球经济、环境和人权的调节者;以国际人权为名义的武装干涉不断发生;网络需要监管;作家放弃伦理,投入到不需要文学的社会中;显现(visibility)成为妇女、同性恋、少数民族等的呼唤;混杂性打破了同一性等。在这些社会思潮面前,每一个文化和民族都面临艰难的抉择,伦理成为一种跨文化的关注,在翻译研究中同样如此(Pym,2001)。所以,现在重提翻译的伦理,其内涵和目的同传统翻译理论中的伦理观有着根本性的差别。翻译伦理在当下的语境中,应该是在跨文化交流中我们所应坚持的文化态度和文化策略。

关于翻译伦理的范围和研究模式,《回归伦理》特刊的作者之一切斯特曼总结了当前的四种模式(Chesterman,2001:139-154):第一种是表现的伦理,主要指两方面的翻译伦理——一是传统翻译理论中理想的译者忠实表现原文的伦理,二是从德国浪漫主义时期开始的表现他者的翻译伦理,具体指的是在翻译过程中直译手段的使用,代表人物有施莱尔马赫(Friedrich Schleiermacher,1768—1834)、贝尔曼和韦努蒂等。第二种为服务的伦理,意即翻译可理解为一种为客户提供服务的活动;翻译的功能理论和翻译目的论是这种伦理的理论基础。第三种是交际的伦理,即翻译被认为是一种有利于双方的交际活动,一种合作活动，译者是两种不同文化之间的协调人，他的任务就是使不同文化之间能够相互理解。第四种伦理模式是基于规范的伦理，这种模式的理论基础是图里提出的翻译规范理论。在翻译中遵循伦理的要求就是遵守译语文化的规范和译语读者的期待。在对以上四种模式进行评析以后，切斯特曼提出了第五种翻译的伦理模式：承诺的伦理。他认为任何人一旦从事翻译活动，他就做出了承诺，承诺将最好的译本呈献给他的读者，承诺将信守一个译者的职业道德。切斯特曼的伦理模式更强调译者个人的觉悟和自律性，对译者的个性、秉质提出了要求。

从以上所列举的伦理模式可以看出，翻译伦理是多元的，也是在不断发展的。回归翻译伦理的提出实际上是在一个更高层次上研究翻译伦理，并以此开拓翻译研究的空间。皮姆对当前所进行的翻译伦理研究总结如下：（1）目前开展的翻译伦理的研究不同于传统翻译理论的伦理研究，因为目前的研究不再关注语言对等等传统翻译理论的伦理问题；（2）翻译的伦理研究已经超越了传统翻译理论所研究的翻译单位，如翻译文本，将研究范围扩大到了原著、译者和读者所处的文化场，研究在文化场中各个成员之间的关系和相互作用，研究的范围大大扩大了。翻译伦理的问题实质上就是一个涉及面广的语境问题，研究翻译问题必须依赖于具体的文化所在地和相关语境因素；（3）翻译伦理研究将关注点从文本转向译者，尤其是口译人员在会话和社区翻译中的作用研究；（4）研究者的立场和观点会影响翻译伦理的研究，在翻译伦理研究中没有中立的立场；（5）在以批判为目的的解构主义思潮中，我们仍然可以找寻到普遍的价值观。（Pym，2001）

至此，我们可以对翻译伦理研究这个当今翻译研究的热点问题有一个比较清晰的认识。翻译伦理的重提，并不是要开始对译者主体性进行清算，而是随着人们对翻译主体性全面、动态的认识的不断深入，翻译伦理也需要有所发展，在道义上为译者主体性的研究提供支持。这就要求翻译伦理的研究要从关注原文、译文之间的对等，扩大到研究在翻译作为一种跨文化的交际活动中译者所拥有的文化伦理观。通过对翻译伦理的研究，我们可以清楚地看到，翻译伦理的重新提及，并非是对译者主体性的否定；恰恰相反，回归伦理的观点是为了支持和巩固译者主体性的研究，是译者主体性研究发展到一定程度的需要。在认识层面上解决和提高对译者主体性的认识，同样需要在认识层面上解决和提高对翻译伦理的认识，尤其是在翻译研究的文化转向以后，译者主体性同社会、历史和文化之间的关系越来越密切。翻译伦理的研究如果还拘泥于传统的研究视野，则势必会阻碍整个翻译研究学科的发展。所以，将翻译伦理作为当前翻译研究的重点之一，是翻译研究发展的需要，也是翻译研究发展的必然，其意义十分重大。从皮姆对当前翻译伦理研究所做的总结中可以看出，现代翻译理论对译者主体性的认识和对翻译伦理的认识在许多方面都是相通的。译者主体性和翻译伦理都是在一定的历史语境中存在的，它们都共同面临在跨文化交流中的选择；它们都受到文化、意识形态和权力的影响，它们的抉择都代表着它们的文化身份和文化态度。除此之外，切斯特曼的承诺伦理模式将译者个人的觉悟和自律性放到了一个十分重要的位置，对译者的个性、秉质提出了要求。承诺的伦理就是译者向作者、读者和译语文化做出承诺，将原文最好地表现出来，最大限度地满足读者的期待和译语文化的要求。按照皮姆的说法，译者的主体性应该是合乎伦理的主体性（ethical subjectivity）。（Pym，2001）

3. 翻译伦理与文化他者

2005年，由美国学者贝曼（Sandra Bermann）和伍德（Michael Wood）编辑的论文集《国家、语言和翻译伦理》（*Nation, Language, and Ethics of Translation*，2005）出版。书中收录了当今西方在文化研究领域中颇具影响的学者关于翻译、语言、国家关系的文章，其中包括我们熟悉的萨义德（Edward Said，1935—2003）、斯皮瓦克（Gayatri Chakravorty Spivak）等人的文章。选集分为四个部分，第一部分的题目是"作为媒介的翻译和跨越媒介"，第二部分为"翻译的伦理"，第三部分为"翻译与差异"，第四部分为"超越国家"。按照编者的说法，选集中所有文章都同翻译伦理有关，而第二部分中的文章则把翻译伦理作为主要研究题目。选录在该部分中的六篇文章中，有四篇涉及译者对待翻译伦理的态度问题，即如何对待忠实全面传达原作者的声音和原文意义这一问题。忠实全面传达原文意义已经被证明不可能，但这并不意味着译者可以抛开原文，为所欲为；译者的态度应该是明知不可为却一定要为之，这是翻译的基本伦理观念。另两篇文章则涉及翻译中的伪译问题，以及由此引发的翻译伦理问题。

斯皮瓦克的文章《译入英语》（"Translating into English"）是这一组关于翻

译伦理文章的代表。斯皮瓦克认为，译者承担着创造符合伦理的翻译的主要责任。如果翻译一直以来更多地表现为一种冲突，而不仅仅是一个完成了的任务，那么翻译除了将原文转换为译文，还增加了额外的责任，这种责任尤其表现在当译者将非欧洲语的文本译成英语的时候。译者在从事翻译活动中，必须将他者的痕迹、历史的痕迹、文化的痕迹等都镶嵌进他们的译文中（Bermann, Wood, 2005: 89）。在当今西方思想界，活跃着一批非欧美裔的思想家和理论家。他们置身于西方学术前沿，同时又由于自身种族和文化背景的原因，不能完全融入以欧洲主义为核心的西方主流思潮中；他们或以想象的东方主义作为对欧洲主义的抵抗，或以抽象的"家园"（homeland）概念来突出他们的"离散"（diaspora）状态。萨义德、斯皮瓦克、霍米·巴巴（Homi Bhabha）就是其中的代表人物。翻译研究领域中，韦努蒂、尼南贾纳等翻译理论家同他们在思想上一脉相承。翻译成为这些后殖民主义思想家和理论家主要关注的对象，他们考察和研究翻译非传统意义上的功能和作用，将翻译研究作为表达他们思想和理论观点的一种有效的方式。"在文学研究领域中，对翻译伦理思考最多、最深的人当属斯皮瓦克，她孜孜不倦地追求着不可及的文化他者性。"（Staten, 2005: 111）

斯皮瓦克等理论家认为，翻译昭示了两个层面上的他者：一个是当翻译将一种语言转化为另一种语言时，在翻译过程中表现的是语言的他者；而当翻译将一种文化展现给另一种文化时，它就在当今关于国家（nationhood）的讨论中，成为一种表现文化他者的方式。当今，在全球化的语境中，翻译的语言和文化形式所承载的东西远远超过了从前，影响着我们的知识观和伦理观；翻译要关注文化价值、政治和经济的不平等、个人选择等；尤其需要关注的是对他者的注意。上述问题，实际上也就是翻译伦理所涉及的问题（Bermann, Wood, 2005: 1）。

斯皮瓦克有关翻译的一个主要论点是——翻译是阅读。所谓阅读的过程，并不是一个简单的语言识别过程，而是一个理解和欣赏文本所表现出的修辞性的过程，一个文本所拥有的独特的修辞性恰恰是这个文本区别其他文本的重要特征。也就是说，文本修辞性的具体手段与内容同这个文本所产生时的文化语境是密切相关的。翻译是阅读的观点表明，翻译的过程就是一个识别、处理原文中所蕴藏的源语文化所形成的他者性的过程。这种在翻译中的文化态度直接支配着我们对翻译策略的选择。就如斯皮瓦克在《翻译的政治》（*Politics of Translation*）一书中所提到的,"每一种语言的修辞性都以某种方式去颠覆其逻辑的系统性。如果我们强调逻辑而牺牲这些修辞干扰,我们就会安全无事"。但这种牺牲修辞在翻译中所带来的后果,可能就是全盘译入英语。"全盘译入英语的行为可能背叛民主的理想而实行适者生存的法则。当第三世界的文学全都译成一种时兴的翻译语言(translatese)时,巴勒斯坦的女性文学在散文上的感觉就会相像于中国台湾地区的男性文学。中文和阿拉伯语的修辞性!高度发展的资本主义的亚太地区的文化政治!被蹂躏的西亚!这些差异中被刻写着性差异!"(斯皮瓦克,2005:216-217)由此可以看出,在西方后殖民主义的语境中,斯皮瓦克所说的语言的修辞性具有强烈的政治性和意识形态色彩。

斯皮瓦克的文章题目"Translating into English"(《译入英语》)也有弦外之音。斯皮瓦克说,德里达所称的进入文本的礼仪就是去抓住作者,在使用他们的语言时、在形成一种非同寻常的语码时所拥有的预想。这不是有关语言的普遍规律,而是有关这一个特定文本的规律。所以,翻译是一种最亲密的阅读行为。斯皮瓦克认为她是一名译入英语的翻译者,而不是将任何具体的语言翻译成英语的翻译者(Spivak,2005:94)。"译入"和"译成"一字之差,表现了译者在翻译中不同的文化态度。斯皮瓦克所谓的译入,是指在英语中保留非英语国家文学作品的语言特点和文化信息,保留英文译文中的文化他者性,因为作者的预想中包含历史因素,也包含地理因素;而翻译后的意思则是指在翻译中改变原文的语言特点、降低原文的文化信息度、消解译文中的文化他者性。斯皮瓦克对翻译伦理的研究就是关注译者在将源语文本,尤其是非欧洲语言的文本译入英语时,对源语文本的责任感。翻译伦理并不简单表现在翻译文本中,而是与对人类他者更大的责任紧密地联系在一起。

当代西方翻译理论的翻译伦理研究,在中国翻译界引起的反应并不大,目前只有少量的介绍性文章发表,其中包括王东风、刘亚猛等有关韦努蒂理论的研究文章。中国翻译界对翻译伦理研究范围的扩大还没有充分的认识。其原因是西方翻译研究的文化转向并未在中国译界得到广泛的认同;将翻译视为科学,对翻译的文化研究进行证伪并加以极端批评的学者也不乏其人。中国翻译界对翻译伦理的认识还仅仅局限在翻译的语言转换层面上,翻译的伦理体现为如何遵循忠实、对等的翻译标准。另外,西方翻译伦理研究的后殖民主义语境我们也不熟悉,认同感低,我们很难像斯皮瓦克、韦努蒂那样将翻译伦理的政治和文化性认识得如此深入。

第二节 "离散译者"与"趋同求异"

1. 文化的趋同和求异与翻译的"归化"和"异化"

不管是"趋同"还是"求异",二者表明其前提是不同文化存在差异。"趋同"是寻找不同文化之间的普遍性,而"求异"则是保持文化自有的独特性。文化的"趋同"和"求异"并不是一种二元对立,两者之间的相互作用在文化交流过程中是一种常态。异中求同,同中显异,和而不同,这是不同文化之间平等相待、相互包容的表现。如何对待"趋同"和"求异",是文化态度的问题。在后殖民语境中,用文化政治学的观点,文化之间的"趋同",并不简单表现为不同文化之间为求同所做出的双向努力,而是一种单向的流动;"求异"是对这种单向流动的阻止,是对文化一体化的反抗。所以,叶舒宪认为:"'同'的副作用首先表现在对'异'或'差异'的消解和压制、遮蔽。当西方人的'雪'(snow) 概念与爱斯基摩人的 20 多种陈述雪的语词相遇时,前者必然对后者造成压抑和取代……当全人类的知识体系按照西方标准的科学框架和术语坐标重新整合为'同'的整体时,有多少因时因地而异的东西被抽象掉或遮蔽住,又有谁能够计算出个究竟。由于'同'意味着普遍化和抽象化,越是具体而微妙的东西越容易遭到忽视和忽略的厄运。"(叶舒宪,2003:20)

"趋同"和"求异"的概念,在中外翻译理论和实践中早已有之。西方早在古罗马时期,西塞罗、贺拉斯(Horace,公元前 65—前 8 年)、哲罗姆(St. Jerome,公元 347—420 年)等就提出"意译"的概念,以区分当时宗教翻译的"直译"。西塞罗等学者认为,"直译是缺乏技巧的表现。应当避免逐字死译;翻译应保留的是词语最内层的东西,即意思"(谭载喜,2004:24)。施莱尔马赫在《翻译方法论》("On the Different Methods of Translating",1813)这篇论文中,就翻译方法的划分提出了独到的见解。他认为,翻译方法只有两种,即"译者尽量让作者留在原处,让读者去接近作者;或者,他让读者留在原处,让作者去接近读者。两者截然不同，必须各自严格遵守；混合两者，则会产生高度不可靠的结果。作者和读者不可能结合在一起"（Schulte，Biguenet，1992：43）。施莱尔马赫对翻译方法的二元对立的划分，就是后来韦努蒂所提出的"归化翻译"和"异化翻译"的雏形。韦努蒂在《译者的隐身》一书中，用"归化翻译"和"异化翻译"来命名施莱尔马赫的两种翻译方法："归化翻译是基于我族中心主义，使外国文本适应于译语的文化价值观，将作者带回家；异化翻译则是一种异族的压力，将外国文本的语言和文化差异标注在译语的价值观上，将读者带到国外。"（Venuti，1995：20）这样的讨论，如果不考虑其内涵差异的话，在西方翻译理论历史中持续了两千多年。

再看看中国的情况。在中国古代佛经翻译中，就出现过"文"与"质"之辩。"文"与"质"是一对对举的观念范畴，源自《论语·雍也》："子曰：'质胜文则野，文胜质则史，文质彬彬，然后君子。'"孔子所说的"文"，指的是外观形式的文采，"质"则指内在实质，即内容（陶东风，2004：226）。"文"是追求外部形式的相似，可以理解为"直译"；"质"则是追求内容的传达，可以理解为"意译"。佛经翻译家支谦和道安分别是意译派和直译派的代表。支谦虽然讲究"因循本旨，不加文饰"，但就文体而言，他的译文一向被赞誉为"曲得圣义，辞旨文雅"。道安主张"遂案本而传，不令有损言游字；时改倒句，余尽实录也"，他是直译派的代表人物。近代中国文学翻译史上鲁迅的"宁信而不顺"和梁实秋的"宁顺而不信"，以"硬译"与"顺译"之争，继续了前人有关翻译方法的讨论。"信、达、雅""神似""化境"是归化翻译的最高境界（陈福康，2000）。在当代中国译界，这样的讨论就一直没有停止过。有学者提出译著高于原著（许渊冲，许钧，2001：46-59）的归化翻译方法和21世纪中国文学翻译将趋向于异化的翻译（孙致礼，2002：40-45）的翻译主张，在译界引起激烈的反响。有关"意译"和"直译"、"归化"与"异化"的讨论，应该说在中国的持续时间更长。

在翻译中，文化的同质性和异质性是并存的。施莱尔马赫提出的"归化"与"异化"这种非此即彼的翻译方法，在翻译实践中很难行得通。具体而言，译者既要考虑读者的阅读能力和习惯，又要考虑读者对异域文化的好奇心和新鲜感。平衡、调适两者的关系，常常需要译者煞费苦心。翻译的表面目的是消除异质,而翻译的深层次目的则是向异质开放,否则,翻译就没有必要进行。过度的归化和异化都可能使读者失去阅读译著的冲动和兴趣。异化翻译就是不断地打破归化翻译形成的翻译规范,打破译语读者长期形成的阅读欣赏定式,以"陌生化"的效果,引起读者对异国文学文化的好奇和好感。另外,异化翻译和归化翻译会随着译语文化的变化而相互转化。随着国际文化交流不断扩大,一个国家的语言文学传统也在发生变化。以前读起来非常"异化"的文字,今天读起来可能就非常"归化"。

在这里,笔者无意评判"意译"与"直译"、"归化"与"异化"在技术层面上的优劣;作为具体的翻译方法,它们的取舍应由译者的目的和译语文化的期待来决定。文学翻译主体性研究将它们纳入视野中,是希望能结合当今文化发展的状况和趋势,将它们作为一种文化现象来解读,即解释翻译策略的选择如何反映了当下的文化观念,或者当下的文化观念如何影响译者对翻译策略的选择。

在讨论作为文化现象的翻译策略之前,我们需要厘清以下两个相关问题。

第一个问题是"意译"与"直译"、"归化"与"异化"之间的区别。"意译"与"直译"是以是否忠实于原文来划分的,"归化"与"异化"则以是否接近作者或读者来划分的。其差异在于,前者仅涉及语言层面的问题,例如语法结构、语义结构等问题,后者除此之外还涉及作者或读者的文化背景,"牵涉到语言的风格、价值观念、宗教信仰、诗学传统等诸多方面的问题"(孙会军,2005:220)。

第二个问题是"归化"与"异化"在不同时代语境中的区别。我们在理解"归化"与"异化"时,应该理解它们在不同时代语境中的具体含义。在传统与现代、现代与后现代、殖民与后殖民的语境中,"异化"与"归化"有具体的文化意义指向,代表不同的时代话语。在翻译理论不同的研究范式中,传统译论中的"直译"以忠实于原文为目的,以源语、源语文化和作者为中心;鲁迅的"硬译",应该属于"直译"或"异化",是相对于"死译"而言的。鲁迅的"宁信而不顺"反对的是"宁顺而不信"的归化翻译,而不是反对以"信"为标准的归化翻译。他的"直译"思想,同"意译"主张并无原则性的区别。但是,这种"归化"翻译,较之翻译的文化学派以"改写"为特征的归化翻译就大相径庭了。同样,传统译论中的"异化",主要表现为语言层面上的异质,如鲁迅所说的是在汉语中输入新的表现法；而后殖民语境中的"异化"，则是在翻译中放大语言的异质性，凸现译者的在场，彰显弱小民族文化的存在，"异化"成为一种文化策略。所以，"是归化还是异化，并不仅仅是语言或语言中所含文化的单纯的转换问题，在当前的语境下讨论归化/异化应该有更宽的视阈"（葛校琴，2002：35）。

翻译是将源语文化中异质的成分转换为与译语文化同质的过程，或称文化移植的过程。孙艺风认为，翻译的性质就是殖民化。源语文化会对译语文化带来影响；反过来，译语文化也会抵制"殖民化"的入侵，对源语及其附带的源语文化进行改造，经文化过滤以后，方可纳入译语系统，而这个过滤的过程完全有机会压抑源语的一些异质声音（孙艺风，2004：69）。孙艺风从后殖民主义译论的角度将翻译的性质定为殖民化，有他特指的话语场。否则，某个文化为了吸收外来文化的先进东西而主动发起的翻译活动，就很难用"殖民化"去解释。由于翻译活动总是由译语文化发起的，翻译行为的发起、译本的选取、译者的挑选、译本的发行，以及译本本身的语言、风格等，都必须满足译语文化的期待、要求，符合译语文化的规范。在翻译实践中，归化翻译占据主流，中外翻译实践已经证明了这一点。从某种程度上讲，翻译成为对文化异质的抑制和遮蔽及向译语文化的趋同。

人类社会正在经历从"异"到"同"的发展变化。2008年北京奥运会的口号，"同一个世界、同一个梦想"，反映了人类对世界大同的美好理想的追求和向往。信息网络化和经济一体化的推进促进了全球化的发展；但是，我们也需看到，当今世界政治和文化朝着多元化的方向发展。全球化和区域化、统一性和多样性之间的对抗和相容构成了世界发展的基本格局。在人类社会"趋同"的过程中，"求异"的努力就一直没有停止过，只不过这种"求异"与作为人类社会最原始状态的"异"有着本质上的区别。这是一种超越物质意义之上的"异"，是对一个特定文化最本质、最本土的特征的细心呵护和尊重。而尊重差异，就是尊重他族的文化；在从他族文化持有者的角度思考同时，也为审视自己的文化增加了一个独特的视角。全球化和多元化形成巨大的张力，将构成人类社会的一切要素包括文化，都聚合在周围。作为理解文化、描写文化、阐释文化、构建文化的翻译研究学科，在描述和解释当今文化的发展中应该发挥更大的作用。

2. 跨越差异与拥抱差异

19 世纪，德国浪漫主义诗人歌德（J. W. von Goethe，1749—1832）在 1827 年首次提出世界文学的概念。他认为："世界文学形成的最起码的和最重要的结果，就是实现各民族之间的普遍容忍。为此，各民族应通过包括文学交流在内的精神交流，学会相互了解、相互关心、相互尊重。"（杨武能，2005：557 - 558）要达到这样的目的，文学翻译对歌德而言，无疑是最好的方式。所以，歌德就文学翻译发表了许多真知灼见。歌德把翻译分为三种，其中最后和最好的一种就是努力使译著等同于原著；歌德还提出了翻译的两种境界，一是要求将外国的作家接到我们这里，使我们能够视他为自己人；另一种要求是我们去到外国作家那里，适应他的生活状态、言语方式和其他特殊习惯（杨武能，2005：325）。歌德在这里已经谈到了"归化"和"异化"的问题，并认为"异化"翻译更有用，"努力等同于原文的翻译最终将接近逐行对译，并使原文的理解变得来极其容易"（杨武能，2005：325）。各国文学的交流必须依赖翻译，翻译中的异质性为各国文学的相互比较和借鉴提供了基础。歌德非常清楚地看到了这点，并强调其重要性，这体现了他对他族文化开放包容的胸怀。与歌德同时代的其他德国浪漫主义作家、哲学家或思想家，如赫尔德（J. G. von Herder，1744—1803）、施莱格尔（A. W. Schlegel，1767—1845）、施莱尔马赫、洪堡（W. von Humboldt，1767—1835）等也是"异化"翻译的倡导者。他们将"异化翻译"和"归化翻译"同源语文化和译语文化联系起来，将文化作为讨论这两种翻译策略的起点和终点，从而跳出了"直译"与"意译"的语言学解释框架，使得"异化翻译"和"归化翻译"的讨论和选择具有文化学上的意义。以上述及的德国浪漫主义学者提倡的"异化翻译"同歌德的"世界文学"的影响也是密不可分的，表现了他们理解、接受、包容文化差异的胸怀。

20 世纪，德国浪漫主义的"异化翻译"主张被重新拾起，本雅明、海德格尔（Martin Heidegger，1889—1976）、美国译论家斯坦纳（George Steiner，1929—2020）、贝尔曼、韦努蒂等从语言哲学、阐释学和文化学的角度对"异化翻译"和"归化翻译"进行了进一步的讨论，并形成有关"异化翻译"的两种趋势：一种以本雅明、海德格尔为代表，将"异化翻译"缩小到语言层面的

"直译",认为翻译的实质就是使原著在另一种语言中获得"新生"(afterlife);另一种则以韦努蒂等为代表,进一步强调了"异化翻译"的社会历史功能。鲁滨孙认为,这些理论家"将翻译进行了典型的两分法区分,对这两种方法公开地予以道德上的评判:要么归化原著,战战兢兢地将原著融入译语文化平淡、去自然(denatured)的普通语言中;或者采取异化翻译,通过直译保留原著的一些异质,以此勇敢抵抗商品资本主义的压力。这两者之间没有调和余地,没有中间的选择,在这种选择背后的道德力量不容抹杀"(Baker,2004:127)。韦努蒂所提出的"抵抗性翻译"就是通过异化翻译的方式,抵御作为文化霸权的归化翻译,"异化翻译旨在限制翻译的我族中心暴力。它是当今国际事务中的一种战略性的文化介入方式。它坚定地钉在那里,反对霸权的英语语言国家,以及他们同世界上其他国家之间的不平等文化交往"(Venuti,1995:20),目的是"发展一种翻译的理论和实践,来抵抗主流的译语文化价值观和表现原文的语言和文化差异"(Venuti,1995:23)。

然而,我们必须明白,韦努蒂提倡的并不是传统意义上的、逐字逐句的、直译式的异化翻译,而是以突出译文中的异质性为目的的异化翻译。为此,归化翻译的技巧有时也可以用在异化翻译中,比如删减、适当的改写等。韦努蒂的"抵抗式翻译"具有特定的语境,只有当非英语国家的作品被翻译成英语译著时才适用;如果是英语作品被翻译成非英语作品时,"抵抗式翻译"显然就不适用了。将充满英语表达方式的译著硬嵌入非英语的译语文化中,从文化政治学的角度来讲,带来的可能是对被殖民地民族的伤害和对弱小民族的语言文学传统的动摇。在这种情况下,则可以采用归化的翻译方法,使翻译同样成为表现非英语民族文化身份的一种方式。

3. "离散译者" 与第三种翻译方式

德国译论家弗米尔将译者称作是"双文化的",霍恩比则将译者比作"跨文化专家"(Katan,2004:14)。但是,具有这两种身份的译者通常都难以做到将源语文化和译语文化同等对待;他们的翻译往往是以译语文化为取向的,即如何将自己熟知的他族文化,在满足译语文化规范的前提下,翻译到自己同样也熟知的译语文化中去;所以,他们通常也是以归化翻译为主。传统文化观中将"自我"与"他者"二元对立,使得译者的文化身份和文化定位被静态地预先设定。译者主要采取归化的翻译策略,与译者具有的译语文化身份和所肩负的译语文化使命有关。在后殖民文化理论的启迪下,孙艺风提出了"离散译者"在"文化放逐中完成文化使命"的构想,提出了译者在"异化"和"归化"的文化状态之间所处的第三种文化状态(孙艺风,2006:3-10)。

"离散"(diaspora),是后殖民文化理论的一个重要概念。传统意义上,这个词用来描述犹太民族在经历了种种艰辛的流亡生涯后,依旧保持绵延不断的文化和宗教联系。现在,这个词用来描绘离开祖国、流亡在外的民族之间的文化联系(Brooker,1999:62)。鲁滨孙在《翻译与帝国》一书中专门用一节来讨论"离散"问题。他认为,过去"离散"一词常常被用来贬低那些失去祖国、流离分散的民族所拥有的宗教或文化的团结统一;而现在,在后殖民主义研究中,"离散"则用来表示差异、异质、混杂,以及我们都来自他乡、生活在异处这一现实;同时,"离散"也表示通过融入当地人的规范和价值观,与他们血脉相连;尽管我们已经习惯了新的文化环境,但在我们身上,还存留着过去的印迹。鲁滨孙说,与"离散"相关的另一个词是当代美国思想家霍米·巴巴提出的"杂合"(hybridization)这一概念。"杂合"指游移(migrant)文化超越人为的国家疆界,彼此之间聚在一起,形成疆界文化(border culture),或离散的状态。霍米·巴巴认为,文化是不可译的;这并不是因为文化具有独一无二的、特别的、彼此不同的特点,而是因为文化总是相互交融,总是冲破人为设置的国家疆界,你中有我,我中有你,翻译的界限变得非常模糊。传统的翻译观认为,两种语言和文化之间的差异是静止的,译者是沟通差异的桥梁;而在游移和疆界文化中,传统意义的翻译根本就不可能实现。因为在离散的状态中,一切都是游移不定、互动互构的,充满了"杂合"的性质。在传统意义上的翻译被认为不可能实现的同时,另一种意义上的翻译在疆界文化中却成为常态,那就是随着不同文化聚合在一起,双语的翻译成为生活中必不可少的事情。最后,鲁滨孙认为,提出疆界文化和离散状态等概念的目的,是通过研究西方文化中或介于西方文化和非西方文化之间的疆界文化或游移文化,将西方主流文化分散化、边远化(provincializing),最终实现去殖民化(decolonization)(Robinson,1997:27-30)。

孙艺风将译者放在这种文化状态中,使译者在"异化"和"归化"的左右为难中，获得一种神圣的使命感。"如果译者从文化离散的角度不辱使命地承担起翻译这一角色，就可以在协调文化关系以及应对文化差异时，找出别出心裁的翻译模式，从而不必诉诸于本土策略——理智的文化调解可以确保文化价值的成功传播。"（孙艺风，2006：9）何为别出心裁的翻译模式？孙艺风并没有给出准确的答案。笔者认为，这种翻译模式应该是在一个特定的文化状态——"离散"中的异化翻译，或者是异化翻译和归化翻译——经过调适后所采取的第三种翻译模式。同前面所提到的一样，在调适后的翻译模式中，异化翻译和归化翻译的各自权重，则取决于译者"离散体验中的理解情况"（孙艺风，2006：9）。孙艺风关于"离散译者"的讨论，最具启发意义的是"离散"文化中的异质重构这一观点。与传统译论对待异质采取"生存还是毁灭"的方法不同，异质在离散文化的运动中被重新构建，它既别于源语文化，又别于译语文化。离散文化接纳了它，它也成为离散文化的一部分。"翻译并不单是展示差异，而是跨越差异"（鲁滨孙语）。文化差异绝不应以异化的名义被生硬地移植到目的语中，否则难以生存。但是异化或许的确有见证一种日渐成长的趋势：人们在全球化的语境下从文化交流并从移植的角度来解释各种翻译行为。如果跨文化交流与文化离散有机结合起来，目的语读者就可能更加倾情地阅读与体验异化翻译（孙艺风，2006：3-10）。

在后殖民语境中，"离散"是一种文化生存状态，"杂合"是这种状态的实质；"杂合"就是各种异质的文化成分的聚合。有学者将"杂合"理论运用于翻译研究中，并用来解释翻译实践。但是，我们应该知道，"杂合"理论产生在后殖民主义语境中；如果脱离了这种语境，脱离了诸如"离散""游移"等后殖民文化生存状态，翻译的杂合研究就失去了理论的深度和创新的可能性；而如果用杂合理论来解释翻译实践，则是转了一圈又回到"异化"和"归化"的问题上了。杂合表现翻译存在的异质成分，这是任何译文都有的。广义上来讲，所有翻译都具有杂合性质。例如，有学者说到："杂合与异化和归化这两种翻译策略有着直接的对应关系……即便是那些公认的比较归化的译文，其实也是杂合的，从中仍然可以看出异化的痕迹。比如有的学者将傅东华、张谷若和杨必看作归化派的代表，但他们的译文中仍然有许多异质性的东西。"（韩子满，2005：151，153）这样的杂合概念，仅仅涉及源语的语言表现形式和源语文化意义的传达，同后殖民语境中的杂合概念有很大的区别。后者所指的翻译杂合现象，是特定文化语境中的一种异化翻译的结果，是离散译者的文化使命的表现。将杂合的概念用于普遍意义的翻译中，杂合所具有的丰富内涵和厚重的历史感就会荡然无存。离开理论产生的特定语境，泛化其具体的指向，理论的解释力也会随之减弱。从文化地理学的角度来说，这种特定文化状态中理论的概括力有相当大的局限性。鲁滨孙和孙艺风在讨论翻译中的"离散"状态时，是以具体的文化人群为对象的，例如鲁滨孙提到的非洲裔美国人等，孙艺风也有长期生活在海外和香港地区的经历。因此，将"杂合"和"离散"等概念引入翻译研究，我们必须非常认真地考虑中西方文化语境的不同，如果将"杂合"和"离散"等西方后殖民的理论概念生硬地搬进我们的研究中，则真正有被文化殖民的危险；即使从广义上讲，"杂合"和"离散"等概念揭示了现代社会的每一个人在经历了不同文化的碰撞后所形成的移民文化心态，以及"流浪远方"的精神情结。

"异化翻译"的文化意义在于对文化异质性的强调；差异是翻译存在的理由，又是翻译的目的。翻译之所以存在，是因为差异的存在；翻译之所以不同于译文，正如翻译文学不等同创作文学，也是因为译者在跨越差异的同时又表现了差异。"异化翻译"是一种翻译策略，同时也是一个文化概念，是译者主体确立自身文化身份的依据和手段。

第三节　女性译者主体意识的文化意义

1. 女性主义与女性主义翻译

翻译研究的文化转向和文化研究的翻译转向表明，翻译研究和文化研究在许多研究领域中都有共同的话题。当然，就翻译研究和文化研究所覆盖的范围及影响力而言，翻译研究无疑被文化研究所包含。在文化研究所涉及的种族研究、性别研究、大众文化研究等领域中，可以说前两者直接讨论的就是文化与翻译的问题。"文化研究'发现'了翻译。毕竟，文化全球化意味着我们都生活在'被翻译了'的世界里。我们所栖息的知识空间里聚集着不同来源的观念和方式，跨国交流和经常性的迁移使得每一个文化地都成为一个十字路口和集散地。"（Simon,

1996：134）翻译作为一种跨语言交流的工具，其蕴涵的文化和政治含义不仅加深了我们对于跨文化交流的理解，同时也使我们对我们知识系统中一些根深蒂固的观念有了新的认识。例如，女性主义的翻译理论就为我们认识翻译研究与文化研究的关系，认识翻译的文化建构功能和女性译者的主体性作用提供了新的视角。本节将着重讨论女性译者的主体性意识所表现的文化意义。

女性主义翻译理论的历史背景源于欧洲文艺复兴和宗教改革时期的女性主义思潮。当时的人文主义学者针对封建等级制度和宗教神权的统治所提出的"人人平等"的口号，就包含了"男女平等"的思想萌芽。20世纪上半叶，英国女作家伍尔夫（Virginia Woolf，1882—1941）写出了题为《一间自己的房子》（"A Room of One's Own"，1939）的论文，吹响了现代女性主义运动的号角。伍尔夫在文中抨击了西方社会所存在的性别歧视，提出了妇女走向独立的社会前提条件。20年后，法国女哲学家波伏瓦（Simone de Beauvoir，1908—1986）发表了名为《第二性》（*The Second Sex*，1949）的著作。在书中，她提出了对女性主义运动具有广泛影响，尤其对当代女性主义翻译理论具有决定性作用的观点："女人不是天生的，而是被塑造成的（One is not born, but rather becomes a woman）。"伍尔夫和波伏瓦的思想，对西方女性主义运动的发展起了重要的引导作用（孙绍先，2006：363）。

女性主义一词的英文"feminism"，在我国先后被翻译成"女权主义"和"女性主义"。两个译名虽然只是一字之差，却很贴切地表现了女性主义运动的发展过程。20世纪上半叶的女性主义运动，主要是以争取同男性平等的权利为目的的；而20世纪中叶以后，女性主义转向了对女性独立的、自足的差异性的表现。我们可以简单地将这两个阶段称作女性主义运动的第一阶段和第二阶段。这种由"求同"到"求异"的转变顺应了时代的发展，扩展了女性主义运动的视野，同时，也为女性主义研究同其他学科研究的结合提供了机会。

女性主义翻译理论以女性主义理论的核心概念、反对父权制和文化性别作为理论基石。也就是上一段所提到的在女性主义运动的早期，其主要目的是反抗存在于社会各个角落的、各种形式的父权专制；而到了后期，女性运动的目的已转向研究女性社会或文化性别的形成机制，张扬女性差异的文化意义。女性主义翻译的基本主题同女性主义的核心概念是一样的：颠覆有关翻译的、在翻译界内部所存在的男性优于女性的二元理论,在翻译理论和实践中彰显女性主义意识。女性主义理论是一种批评理论,女性主义批评的中心地主要在法国和美国。孙绍先认为:"美国女性主义批评从 20 世纪 60 年代兴起,大致经历了三个阶段:'妇女形象批评'(women's image criticism)、'妇女中心批评'(women-centered criticism)和'身份批评'(identity criticism)。"(孙绍先,2006:370)在女性主义翻译理论中,这三个阶段可以分别与"女性译者社会历史作用的发现""女性译者主体意识的觉醒""女性译者主体性的文化政治意义"三个方面的研究相对应。

在西方历史上,性别的歧视表现为在各种知识和社会活动中,女性很难得到同男性同等的对待。在中世纪和文艺复兴时期,翻译是为数极少的女性可以从事的活动之一,女性不能从事写作,但能从事翻译。因为传统的观念认为,翻译总是低一等的,女性作为传统观念中的第二性别,也只能从事翻译这种低等的职业。在英国,女性被限制只能从事宗教文本的翻译。早在 1603 年,翻译蒙田(M. de Montaigne,1533—1592)作品的英国翻译家佛罗里奥(John Florio,1553—1625)就将翻译与女性地位之间的联系讲得很清楚:因为翻译总是有缺陷的,所以翻译必须是女性的(Delisle,Woodsworth,1995:149)。

所以,在女性主义理论被引入翻译理论之前,女性译者所遭受的歧视是双重的。一重歧视来源于将翻译视为女性的隐喻;翻译与创作、译文与原文相比较,人们总认为翻译是原文的再现和复制,是低于原文的,译者必须忠实于作者,译文必须忠实于原文,女性译者所从事的翻译工作从一开始就同女性的社会性别一样,被高度性别化而受到了歧视。另一重歧视来自译界内部对女性译者的歧视和在语言上对女性译者施加的暴力(Simon,1996:13)。

从 20 世纪 70 年代开始,翻译研究开始了文化转向。在女性译论家看来,男性译论家一边从阐释学的角度对原文的意义重新解读,从而否定原文具有恒定意义,为翻译的创造性正名;一边又用男性暴力的语言来叙述翻译理论,在翻译界内部制造出对女性译者的性别歧视。斯坦纳在《通天塔之后——语言与翻译面面观》(After Babel: Aspects of Language and Translation, 1975)中论述翻译过程,将其分为四个步骤:信任(trust)、侵入(aggression)、融合(incorporation)和恢复(restitution)。其隐喻表示翻译就是男性对女性的肉体占有;斯坦纳将翻译视作男女的交合,并以男性的口吻,将男性视为当然的主体,进而以此来界定作者与译者、原著与译著之间的关系。女性主义翻译理论著作均提及此事,并加以批判。作为翻译理论家,斯坦纳在他的著作中从哲学阐释学和诗学的角度对传统翻译理论进行了清理和批判,其学术贡献不容置疑。也许恰恰正是由于他的著作是一部现代经典,人们才格外关注他的话语方式。所以,女性主义翻译理论认为,斯坦纳通过男性话语,表现了男性译者对女性参与翻译活动的蔑视,以及对女性译者在翻译历史所做出的贡献的无视。加拿大女性主义翻译理论家张伯伦(Lori Chamberlain)将其原因归结为来自男性译者内心的"焦虑"(anxiety)。按照福柯的权力话语理论,权力是确定一切社会关系的决定性因素,是调节一切社会关系的杠杆。一种新的理论话语的出现,便意味着旧的权力分配机制被打破,由此产生的焦虑可以表现为对新生事物的压抑。斯坦纳写成《通天塔之后——语言与翻译面面观》的时代,也正是女性主义运动日渐成熟、更加理性的时代,女性主义运动不仅要求同男性同等的待遇,而且开始要求在知识领域中同男性分享话语权。翻译理论中的男性话语,在一定程度上也反映了男性担心女性主义思潮波及翻译理论界男性译者的权力会因此失效的焦虑。

在西方翻译史中,女性"被迫"(指当时的社会只允许女性从事翻译活动)从事翻译活动。从积极的角度来讲,这也为女性走出家庭、走向社会提供了机会。在西方中世纪和文艺复兴时期,翻译是女性进入文学天地的方式。西蒙认为,由于女性不能从事写作,或者即使从事写作也不能署上自己的真实姓名,所以女性长期被排除在拥有自己的著作权之外。在这种情况下,翻译成为女性在公众中表达自己的合法方式。在19世纪和20世纪早期,女性要成为真正意义上的作家,便须从翻译文学作品开始。翻译相当于她们在成为作家之前的写作练习。另外,翻译也是女性参加的重要社会活动之一,例如反对奴隶制的斗争;女性通过翻译,建立起服务于进步的政治改革和文学传统创新的交际网络。19世纪和20世纪法国、俄国和德国现代主义的许多伟大作品,就是由女性翻译的,她们将翻译作为表达自己政治信念的方式。正如斯达尔夫人(Madame de Stael, 1716—1817)所说,她们相信文学交流对任何一个民族的民主生命都是至关重要的(Simon, 1996:2)。

早在西方文艺复兴时期,在对古希腊、古罗马的文献进行发掘、整理和翻译的过程中，女性译者就作为一股重要的翻译力量为人所知。鲁滨孙认为，翻译的"女性化"在16世纪就开始出现了。在这个时候，女性开始使用译者的话语来公开表达自己，并以此确立自己在文学创作界的地位（Flotow，2004：69）。这一时期的英国，著名的女性译者就有玛丽·赫伯特（Mary Herbert，1561—1621，即Mary Sidney, Pembroke 伯爵夫人）、玛格丽特·穆尔·罗珀（Margaret More Roper, 1505—1544，英国小说家托马斯·莫尔的女儿）、玛格丽特·泰勒（Margaret Tyler）、凯瑟琳·菲利浦斯（Katherine Philips, 1631—1664）等。同英国的女性译者相比，欧洲大陆女性译者所获得的自由度要大一些，在16世纪初她们就已经形成宗教文本翻译的传统。她们中最著名的人物是法国人安莉·达瑟（Anne Dacier, 1654—1720）。

关于谁是西方历史上第一位职业女性译者的说法不一：西蒙认为是英国启蒙主义时期与德莱顿（John Dryden, 1631—1700）同时代的阿拉·本恩（Aphra Behn, 1640—1689），而《历史上的翻译家》一书则认为是莎拉·奥斯汀（Sara Austin, 1793—1867）。事实上谁是第一的问题很难说清楚，因为在西方女性译者从事翻译活动的早期，许多女性都是匿名发表作品，她们中的许多人或许就淹没在翻译历史的尘土中不为人知。女性主义翻译理论的任务之一，就是去重新发现那些为历史做出贡献但却被历史忘却了的女性译者。弗洛托在《翻译与性别——女性主义时代的翻译》（*Translation and Gender: Translation in the 'Era of Feminism'*）一书中就提到，女性主义翻译理论家从女性历史研究的角度，重现了历史上"消失"（lost）了的女性译者。

不难看出，女性主义翻译理论在用女性主义的视角来研究翻译问题时，最初的一个步骤就是厘清翻译历史上的女性译者及其历史贡献，尤其是那些不为人知的女性译者；在对历史上的女性译者整理和重现的过程中，对女性译者在历史发展中所做出的贡献给予了充分的肯定，对女性译者的历史境遇、翻译策略进行了深入的研究；尤其以现代的目光，考察女性译者是如何受制于权力意识下的男性暴力，以及女性译者又是如何艰难地表达自己。这种压制与反压制所形成的张力成为女性主义翻译理论表现女性译者主体性意识的一个重要基础。

19世纪英国著名的女性译者还有哈莉特·沃特斯·普雷斯顿（Harriet Waters Preston, 1836—1911）和乔治·艾略特（George Eliot, 1819—1880），她们两人本身就是著名的作家。在 19 世纪后期，著名的英国女性译者还有格雷戈理夫人（Lady Gregory, 1852—1932），她将古爱尔兰语文本译成英语文本，在文学和政治领域有一定影响。此外，19 世纪时期，还有三位西方女性译者也值得一提。虽然她们的主要活动并不是翻译，但是她们将翻译作为一种文化交流的手段，努力从事文化交流活动，而获得"文化中间人"（cultural mediators）的称誉。她们是法国的斯达尔夫人、美国的玛格莉特·富勒（Margaret Fuller, 1810—1850）和德国的依莉娜·马克思（Eleanor Marx, 1855—1898），后者是世界共产主义理论的创始人卡尔·马克思（Karl Marx, 1818—1883）的女儿。20 世纪初叶，西方最著名的女性译者当推英国的康斯坦斯·加利特（Constancy Garnett, 1862—1946），她将许多杰出的俄罗斯文学作品译成英语，例如托尔斯泰（Leo Tostoy, 1828—1910）、陀思妥耶夫斯基（Fyodor Dostoyevsky, 1821—1881）、契诃夫（Anton Chekhov, 1860—1904）等俄罗斯作家的作品，数量达 60 多部，以至于有这样的说法，在英语世界中欣赏俄罗斯文学作品，实际上听到的是康斯坦斯·加利特的声音。

20 世纪的发展历程也是女性主义运动从兴起、发展到成熟的过程，这一时期女性译者所表现出来的显著特点就是女性译者的主体意识的觉醒。这种觉醒带来的是对理论的诉求，如将女性译者的遭遇和历史作用同文化研究结合起来，从权力和意识形态的角度去解读女性翻译，同时在翻译中彰显女性译者所独有的、独立的差异性。这一时期，有苏珊·哈伍德（Susanne de Lotbiniere-Harwood）、苏珊·莱文（Suzanne Jill Levine）等女性译者，也有西蒙、弗洛托、戈达德（Barbara Godard）、斯皮瓦克等从事翻译实践，也撰写女性主义翻译理论文章的女性译者兼女性主义翻译理论家。

2. 女性主义的 "重写翻译" 与 "身体翻译"

波伏瓦的名言"女人不是天生的，而是被塑造成的"，指出了女性性别的文化和社会属性。女性通常被认为是第二性低人一等的，这种观念是由历史和社会发展中占统治地位的男性强加在女性身上的。这种观念在语言中表现得最为明显，语言中对女性的歧视常常是通过排斥（exclusive）与包含（inclusive）两种方式来进行。排斥的方式是将女性作为男性的对立面，以与主流词汇不一样的词汇来指称女性，从词汇、结构和语体等方面将女性边缘化和他者化；第二种方式则是无视女性的存在，以男性词汇作为所指意义广泛的无标记词汇来同时表示男性和女性，例如英语中用"man"来表示人类等等。语言与性别是社会语言学的一个重要研究领域，同时也具有重要的文化意义，因为在研究一个具体性别词语的使用时，我们常常会由此进入使用这种语言的文化深处，了解这种词语及其用法所形成的历史背景和缘由。人类语言学所认为的语言是一种文化资源，是指引我们通向历史和文化深处的桥梁。

西方女性主义运动充分意识到了语言所体现的意识形态观念，认为女性的解放首先就是语言的解放，要清除在社会中无处不在的性别歧视，一个主要的方法就是去消灭语言中的性别歧视，在消灭语言中的性别歧视的同时也表现出女性的自我。翻译首先是一种语言活动，在翻译这种跨语言的活动中性别歧视同样存在。例如，源语中的性别语言如何被翻译成译语，译语又是如何用性别语言去改写原文等等。同时，翻译又为女性主义运动提供了绝好的舞台，女性译者是否不同于男性译者，女性译者是否应该不同于男性译者，女性译者是如何不同于男性译者等等。对于这些问题的解答构成了女性主义翻译理论的一个重要的议题，即翻译理论和实践中女性译者的译者主体性的觉醒。

女性主义翻译批评主要是通过重读和重写已经存在的翻译文本来表达女性译者的主体意识的（Flotow，2004：49）。重读指的是从女性主义的角度，重新审视已经存在并被视为经典的翻译文本。在这些经典文本中，由于以男权主义为中心的文化观念的影响，一些与译语文化观念相抵触的，特别是和女性有关的词语或句子被改写或省略，女性主义翻译批评就是要去发掘、挽救那些被改写或省略的文字。重写则是从女性主义的角度，重写那些以男性词汇作为无标记词项的著作。有关从女性主义角度重写的翻译文本，西方翻译史上一个著名的例子就是对《圣经》的重译。

在西方家喻户晓的《圣经》，表现的是基督教的原罪救赎：亚当受夏娃的诱惑，背叛上帝，而受到上帝惩罚。女性成了罪恶之源，并依附于男性，《圣经》的男权意识在所使用的语言中，非常清楚地表现了出来。女性译者获准能够从事《圣经》的翻译，也为她们提供了一个修正和改写《圣经》中男性语言的机会。所以，女性译者在对《圣经》的翻译过程中，有意识地用一些中性词语替代男性专有的词语。例如，将以往版本中的"man"（男人、人类）换成"all persons"（所有的人）等。这样的改写开始于文艺复兴时期，在欧洲的许多语言中都有"女性主义化"的《圣经》版本，英语中有两个版本值得一提：美国女性翻译家豪格拉德（Joann Haugerud）的《我们的词汇》（*The Word for Us*, 1997）和《包含两性语言的圣经文选》（*An Inclusive Language Lectionary*, 1983）。这两本《圣经》中部分章节的翻译文选，采取的方法就是用中性词语替代男性专有词语，并形成了一种新的语体，即考虑到男女两性的语言（inclusive language）。女性译者用这种中性的、适合于男女两性的语言翻译《圣经》，就是要反对《圣经》语言中的男权意识，明确女性平等参与宗教以及其他社会活动的合法性和重要性。"女性主义对《圣经》的修正不是去改变《圣经》的内容，她们关心的是这些内容是如何被表达的。"（Flotow，2004：53）

在女性主义的翻译实践中，女性译者一开始追求的是在翻译实践中男性和女性在语言上的平等。这种"求同"的诉求同女性运动早期的目的是吻合的。它表明了女性译者不甘心被置于男性化的语言中，被男性语言同化而失去自身的语言特征，进而失去自身的社会文化特征。所以，她们把这种平等寄希望于一种中性的语言。但这种所谓中性语体的使用，仅仅是在表面上暂时掩盖了根深蒂固的对女性的歧视，对女性译者而言，也仅仅是一种虚幻的满足，对于从根本上来扭转性别歧视来说实际上是无济于事的。

女性主义翻译理论延续了女性主义运动的一条正确的道路，即将语言作为进入历史，进入男性与女性的角斗场的途径。"在菲勒斯中心的社会里，男人与女人的二元对立意味着男性为正面价值，代表男性价值的菲勒斯则是一个超验的能指，女性只是被排除在中心之外的用以证明男性价值的'他者'。也就是说，她只是用以建构男性主体的一种场所，一种不具主体性的物的存在。"（张岩冰，1998：116-117）消除这种以男性为中心的二元对立，一直是女性运动为之奋斗的目标。后期女性主义者，尤其以法国和美国的女性主义者为代表，并不是简单地向男性趋同，而是转换了观念，改变了策略，以一种具有包容性、不拒绝差异的态度去对待代表男性价值的菲勒斯文化，这就是女性主义文论中的"双性同体"（androgyny）概念。双性同体从生物学上来讲，指的是同一身体具有雄雌两性的特征。双性同体是女性主义运动的重要概念，法国著名作家、思想家海伦·西苏（Helene Cixous）从消除两性对立的意义上来解释双性同体，她认为："双性同体既是对立的消解，也是差异的高扬……是包含多元的包容性，两性之间非但没有尖锐的对立，而且也不排斥其中的任何一性，并且两性在相互交流中，可以产生无限的活力……它'并不消灭，而是鼓动差别，追求差别，并增大其数量。'"（张岩冰，1998：107-108）西苏在这里暗示的是女性主义写作的合法性，差异是女性主义写作的特征。这种差异不应该同男性写作的特征构成对立，而应该是相互包容，求同存异。女性主义的双性同体概念为西苏所倡导的女性主义"身体写作"（writing through body）方式提供了理论基础。

所谓"身体写作"，指的是在男权统治的社会里，有关女性的题材都是被模式化了的，女性的形象也是被固定化了的。比如，在男性的笔下我们看到的是一模一样的女性形象——纯情的情人、妖艳的妓女、终日操劳而性别模糊的母亲以及圣洁的处女。女性作家将性看作所有这些模式化形象之下的决定因素，并试图用性的因素去超越这些固定的女性形象。以女性的视角，对女性的性欲和欲望进行描写，成为女性主义作家偏好的写作实验（Flotow，2004：17）。女性作家并没有以羞涩的写作来满足男性在写作中把玩女性的内心欲望，而是将赤裸裸的性的描写推向极端，改变了文学作品中有关女性的程式化形象，打破了男性作家和读者的期待视野，使写作成为一种颠覆男性主体的根本性的力量。西苏在《美杜莎的微笑》（*Laugh of Medusa*，1975）一书中写道："女性必须通过她们的身体写作，她们必须发明这种无法攻破的语言，这种语言将摧毁隔阂、等级、花言巧语以及清规戒律。"（Flotow，2004：17）这种描写躯体、表现女性欲望的女性写作是反理性的、无规范的，具有极大的破坏性，它破坏和颠覆着父权制文化，但同时又不是对男性话语的全盘拒绝（张岩冰，1998：120）。女性是双性同体的，她一直在男性话语内活动，她只是打乱了男性话语内的秩序。

在女性主义翻译实践中，如何以女性独有的视角，用属于女性的词语、结构和文体来翻译文本，并在翻译中展现女性独立和主体的思想是女性译者的一个重要任务。在翻译时，女性译者在考虑译语文化的文化禁忌和接受程度的前提下，使用与女性身体相关的词汇来翻译，弗洛托将此称为"身体翻译"（translating the body）（Flotow，2004：17），并引用了加拿大诗人、作家布罗萨德（Nicole Brossard）所写的剧本——《象征的冲突》（*A Clash of Symbols*）中的一句台词的不同英文翻译,来说明女性译者是如何进行"身体翻译"的。布罗萨德在剧中表现了几位女性进入社会的经历,其中一句台词表达了这样的意思:女性不再是以传统的"情人"的形象,而是以独立、自足的女性形象参与社会生活中去。英语有这样几种翻译:

"今夜,我将踏进历史,但不是靠我美丽的裙子"(Tonight I shall step into history without lifting up my skirt);

"今夜,我将踏进历史,但不是靠我的大腿"(Tonight I shall step into history without opening my legs);

"我踏进了历史,不是靠我的腿,而是用我的声音"(I step into history opening my mouth not my legs)

(Flotow,2004:19)

这样的翻译与法语原文不符,可算是"误译",但却具有极其震撼的戏剧效果。这种"身体翻译"突破了观众的预期,甚至打破了他们在当时环境中对有关身体语言的接受限度,将原作者埋藏在心底没有表达出来的话说了出来,观众在震惊之余陷入深深的思索之中。

女性译者在翻译实践中通过这种"介入性女性翻译"(interventional feminist translation)(Flotow,2004:24),表现了她们希望被人听见、被人注意的主体性意识。在具体的翻译实践中,她们常常会采用诸如"补充"(supplementing)、"撰写序言"(prefacing)、"加注"(footnoting)和"劫持"(hijacking)等翻译策略(Simon,1996:14)。其中所谓"劫持"策略,指的是殖民地国家在将英语国家的作品翻译成本国文字时,常常采取一种旨在抵抗被文化殖民的手段,进行选择、消化、变形,只选择翻译对本国文化有益的他国文学作家的作品,并将他国的文学主题用本国语言词汇进行改写,使之适合本国的国情。坎博斯的"食人主义"(cannibalism)理论所倡导的就是这样一种翻译策略。女性主义翻译理论也常常在翻译实践中使用这种"语境移置"(transcontextualization)的翻译策略。女性译者通过上述翻译方法,首先是表现了女性译者不断觉醒的自我意识,公开表示自己的女性译者身份,强调女性译者对文本意义进行解释的责任感和合法性。

  女性主义翻译理论将语言作为理论言说的场所，批判语言中所体现的男权思想，并彰显女性译者的主体意识，使长期以来被忽略的女性译者这一群体开始为人们所瞩目。在这一点上女性主义翻译理论无疑为翻译研究带来了积极的意义，在翻译批评的译家译品研究中我们理应关注女性译者群体；除研究女性译者的历史地位与作用外，还要研究女性译者在翻译活动中的心理特点、审美取向、艺术手法和表现特征。在文学翻译实践中，女性译者和男性译者在作家作品选择、翻译语言的语域使用上都存在较大差别，男性译者适合于选择男性作家的作品翻译，女性译者则适合于选择女性作家的作品翻译，这一点已为翻译实践所证实，同时这也说明女性译者的翻译活动应该受到尊重和重视。

  西方语境中的女性翻译实践，尤其是消除性别差异的"兼顾两性的语言"（inclusive language）和"身体翻译"，其政治、文化意义远远大于实践意义。事实上，这样的语言革命从一开始就受到来自女性主义阵营内外学者的批评。在翻译中对中性语言的追求只是女性主义者的一厢情愿，从社会语言学的角度来看，任何自然语言都反映一定的社会现实，绝大多数现存的语言，要么是女性的，要么是男性的，奈达就说过"我们找不到认知的模型来理解这样的中性语言"（Flotow，2004：78）。同样，以"身体翻译"为特点的女性翻译话语，其隐喻性远远大于实践中的可操作性。"语言，是一种约定俗成的社会行为，具有长期性和稳定性，不是某一个体作家的意志行为可以改变的。女性话语的存在与否及其本质，是一个极富争论性的话题，就目前来说，女性话语在很大程度上仅是一种乌托邦式的幻想。"（王泉，朱岩岩，2006：384）

  我们都知道19世纪德国著名作曲家罗伯特·舒曼（Robert Schumann，1810—1856）一生创作了大量优美的音乐作品，流传至今，受到世界各国人民的喜爱。罗伯特·舒曼的夫人克拉拉·舒曼（Clara Schumann）也是一位杰出的作曲家，却鲜为人知。因为她没有办法全身心地投入到音乐创作中去，她要帮助丈夫准备音乐会，编辑乐谱，还要教育他们的8个孩子。所以，世人在聆听美妙的音乐时，记住了舒曼，而却不知晓舒曼夫人。舒曼夫人在给朋友的一封信中写道："我即使不是一个创造性（creative）的艺术家，但也是一个正在从事再创造（re-creative）的艺术家。"张伯伦在引用这个故事时说，传统的艺术、社会、经济或政治观念在如何看待女性的表现上,形成了一种一成不变的认识模式,那就是怀疑女性艺术家的能力和贬低女性作品的地位。张伯伦认为,我们常说找不到杰出的女性艺术家,实际上说明了在我们社会上存在一种以性别为取向的思维范式,而这种范式又直接同权力联系起来,控制着家庭和社会(Chamberlain,1992:57)。

女性主义翻译理论本质上是一种政治理论。要厘清翻译理论和实践中有关女性译者的问题,首先得在一个更大的社会语境中去厘清与女性相关的问题。翻译的问题就是社会政治的问题,社会政治的问题可以以翻译为媒,去了解、研究和解决。加拿大女性主义作家哈伍德(Lothiniere Harwood)认为:"女性翻译就是一种政治行为,一种加强女性团结的行为。"(Flotow,2004:19)斯皮瓦克也说:"我同意翻译转换的不是意义的整体。而根据这一共识,我想要考虑一下语言作为代理者所起的作用,这个代理者就是行动的人,即使意图并未完全表现出来。女性主义译者的任务就是把语言作为性别代理机制的线索。"(斯皮瓦克,2005:215)

女性主义翻译作为一种政治行为,其中重要的内容是辨析创造(productive)与复制(reproductive)之间的关系及其由来。这种关系被当作一种社会的基本关系,而非一种偶然的关系被强加在社会的各种关系上,体现了一个社会的主流意识形态对权力的运作。怎样看待翻译行为本身,如何去翻译,在当今的语境中,同义化权力密切相关,而权力就是政治的核心所在。就"productive"和"reproductive"这对英语单词而言,前者表示生产的、多产的,而后者表示再生产的、繁殖的、复制的。前者是主体的,后者是客体的;前者是主动的,后者是被动的。在以男权意识为中心的社会和将翻译作为语言转换的传统翻译理论中,男性和创作被认为是属于前者,而女性和翻译则被认为属于后者。女性主义翻译理论通过对语言、翻译和政治三者关系的考察研究,通过女性译者的大胆翻译实践,去质疑这种男尊女卑的二元对立关系存在的合法性,去颠覆业已存在的、以性别为取向的话语权力。戈达德说:"在女性主义话语理论中,翻译是创造,而不是复制。"她认为翻译的过程是一个三维的过程,而不是一个从源语到译语的平面线性过程,在这个空间里,女性译者的任务是表演(perform),即在解读原文基础上的创造性活动(Flotow,2004:44)。女性主义翻译与政治之间的关系研究，客观地讲，已经在相当程度上偏离了诸如霍姆斯（James Holmes，1924—1986）等翻译研究学者所建议的翻译研究范围，更多地属于文化研究的领域；对于女性主义翻译与政治之间的关系研究从时间上来讲，可分为殖民主义时期和后殖民主义时期；从对象上来讲，可分为英语国家女性译者、第三世界国家女性译者，以及来自第三世界国家但已成为英语国家公民的女性译者，其中的关系错综复杂，唯有将其放回与之相适应的社会历史语境中才能梳理清楚其中的关系。从翻译学科的角度而言，女性主义翻译理论很难作为一个具有学理和方法论意义的分支；如同解构主义翻译理论一样，它更多的是给我们提供了如何看待翻译问题的视角，扩展了翻译研究的视野，应该属于元翻译理论的范畴。

3. 女性主义翻译理论在中国的接受

忠实于作者和原文，是中西方传统翻译理论的共同基本原则，但在中西方传统翻译理论对翻译的种种隐喻性称谓中，我们发现了一点不同。西方传统翻译理论是以性别为基础的，如将原文称为"处女"，将不忠实于原文的译文称作"不忠的美人"，或者直接将翻译与女性等同起来，认为其是原文和男性的依附物。中国传统翻译理论却不以性别为基础，有关翻译的隐喻基本上是与性别无关的。这是否说明在中国传统翻译理论中就没有性别差异和歧视呢？当然不是。中国传统的翻译理论与实践在排斥女性方面，较之西方只能说是有过之而无不及。西方传统翻译理论竭力将女性译者"他者化"，原因如张伯伦所说是对女性译者，或者从更大的层面来讲，是对翻译的不信任所引起的焦虑。他们担心译者背叛作者，翻译篡改原文。由于女性在一定程度上从事翻译活动，他们更焦虑女性译者所表现的女性思想会对男权统治造成威胁。中国传统翻译理论几乎没有给予过女性译者任何生存的空间，所以也就谈不上女性译者在翻译实践中所体现的差异性及意义；中国传统翻译理论缺失这种焦虑感和威胁感，一方面说明了中国传统封建社会对女性的压迫，另一方面也造成了中国传统翻译理论的匮乏。在翻译理论中给女性主义一席之地，在中国也仅仅是最近十来年的事情，而且对当代西方翻译理论中的女性主义翻译理论的接受也是介绍远远大于阐发。

中国的传统翻译实践始于东汉末年的佛经翻译。佛经翻译从东汉末年安世高译经开始，在魏晋南北朝有了进一步发展，到唐代达到极盛，北宋时式微，元以后则是尾声了（马祖毅，1998：18）。佛经翻译是中国翻译史上的第一次翻译高潮，从事佛经翻译的人主要是从国外云游传道至中国的僧人。同西方中世纪和文艺复兴开始允许女性从事宗教文本翻译的情况不同，在中国传统社会里，翻译活动是完全禁止女性参加的。在中国，女性真正能够从事翻译活动并出版具有一定影响的翻译文学作品，则是五四时期新文化运动时的事了。这一时期是中国翻译史上继佛经翻译、明末清初的西学翻译后的第三次翻译高潮。在这一时期，许多进步的作家以文学为武器来实现救亡图存、振兴国家的目的。他们除了创作，还翻译了大量的外国文学作品。在这批作家兼翻译家群体中，也包括翻译叙利亚作家凯罗·纪伯伦（Kahlil Gibran，1883—1931）的《先知》、印度作家泰戈尔（R. Tagore，1861—1941）的《吉檀迦利》《泰戈尔剧作集》《诗集》《园丁集》等的女作家和翻译家冰心（1900—1999），翻译俄罗斯文学的女作家和翻译家萧珊（1912—1972）、彭惠（1907—1968），翻译英美文学的女作家和翻译家、1949年以后定居台湾的沉樱（1907—　）等。在以鲁迅（1881—1936）、胡适（1891—1962）、郭沫若（1892—1978）、林语堂（1895—1975）、茅盾（1896—1981）等为代表的，影响中国整个现代文学史和翻译文学史的作家兼文学翻译家中，女性译者的数量极少，且缺乏影响力。西方女作家的文学作品，反而是由男性译者来翻译的。以19世纪英国女作家的作品翻译为例，奥斯汀（Jane Austen，1775—1817）的《傲慢与偏见》在1937年出过两个译本，分别由董仲篪和杨滨翻译；英国文学史中著名的勃朗特三姐妹的作品，尤其是夏洛蒂（Charlotte Brontë，1816—1855）和艾米莉（Emily Brontë，1818—1848）的作品深受中国读者喜爱，有多种译本。20世纪三四十年代伍光建（1866—1943）、李霁野（1904—1997）、梁实秋（1902—1987）等人就翻译了夏洛蒂的《简·爱》《维莱特》和艾米莉的《呼啸山庄》。其中《简·爱》和《呼啸山庄》就有三种译本。乔治·艾略特的代表作《弗罗斯河上的磨坊》于1939年出版了朱基俊的译本（谢天振，查明建，2004：226-230）。以上提到的译本无疑是优秀的译本，我们只是从女性主义翻译理论的角度提出这样一个假设：如果这些作品由女性译者来翻译，是否更接近于作者和原文？女性译者是否能够更细致入微地将女性作家的语言特征、审美感受和心理活动在译文中表现出来？这当然只是理论上的推测；事实是，由于中国传统的封建思想和教育方式，知识女性的数量是非常少的，能够使用外语、具有翻译能力并具备文学修养的女性更是少之又少。同当时西方文学和思想界已出现伍尔夫所写的"一间自己的房子"的女性主义宣言相比,当时的中国,女性作家和女性译者还基本上处于被无视的状态。女性主义的最初形式,即妇女争取解放、自由、平等的观念则是由男性译者在翻译易卜生的《玩偶之家》、托尔斯泰的《安娜·卡列尼娜》中,以反封建的目的传播到中国的,这在现代中国妇女解放运动中起到了很大的作用。

1949年以后的中国文学翻译界比较有影响的女性译者有《堂吉诃德》的第一位西班牙文翻译者杨绛,翻译《名利场》、杨绛的胞妹杨必(1922—1968),《草叶集》的翻译者赵萝蕤(1912—1998),新中国成立后《红与黑》的第一个中译本的译者罗玉君(1907—1988)等。在当代中国译坛上,有日本文学翻译家唐月梅、文洁若,英美文学翻译家戴乃迭(Gladys Yang,1919—1999),以及港台翻译家金圣华和张爱玲(1921—1995)等。鉴于我们所讨论的文学翻译主题,在以上所列举的为数不多的女性译者中,没有包括新中国成立后活跃在中国译坛上的女性口译者,如王海容、唐闻生等。

正如我们在前面讨论西方女性主义翻译理论的发展过程中所提到的,女性译者历史作用和地位的重新发现、女性译者主体意识的觉醒、女性译者主体意识觉醒的政治含义等议题,是同西方女性主义运动的发展紧密联系在一起的,而西方女性主义运动在其发展的第二阶段又同西方文学理论与文化研究紧密联系,使其具有强大的影响力。中国由于历史发展、文化传统以及文学现实同西方相比有着很大的不同,女性主义思想在中国的发展也同西方女性主义的发展有着很大的不同。总体而言,在中国"从来就没有出现真正意义上的女权运动"(张岩冰,1998:190)。同样,"由于国情不同、语言形态不同、宗教因素不同等原因,我国迄今尚没有真正的女性主义译者"(蒋骁华,2004:14)。关于第一个命题,我们如果要证伪它,必须首先证实中国的女性运动是以反对男权思想的统治为目的而开展的。但纵观20世纪初妇女解放运动和新中国成立后"妇女能顶半边天"的历史,我们的答案是否定的。张岩冰认为,辛亥革命、五四运动给妇女的地位带来了变化,但妇女运动只是社会运动的一部分,妇女自身不是目的,妇女解放只是一种争取社会进步的标志、一种反封建的手段。妇女将男性的标准作为自己的标准,自觉自愿地投入到社会活动的进程中,忘记了对自身的反省以及对自身特殊性的认识。1949年以后，妇女骄傲地撑起了半边天，但这种表面上的平等更是以女性忽略自身特殊的自然本性和社会本性为前提的，是一种女性向男性转变的"雄化"（张岩冰，1998：190-192）。

女性主义思想的传播和接受需要有两个基本的条件：一是相对宽松的社会文化环境和自身价值意识的觉醒；另一个就是这个活动的主体应该是女性自己。真正意义上的西方女性主义思想传入中国，也就是在上述两个条件成熟以后。20世纪80年代初，朱虹开始将女性主义文学理论引入国内，成为国内介绍西方女性主义的第一人（穆雷，2003：41-44）。而此时正是国内译介和研究女性主义的高潮，随着女性主义文论影响的逐步扩大，中国文学创作界提出了"女性文学"和"女性意识"的概念，并引起一定程度的讨论。但女性主义理论对我国的翻译理论和实践影响甚微，直到20世纪末，当女性主义思潮趋于平缓，中国翻译理论界才开始对西方女性主义翻译理论有所关注。据蒋骁华统计，2000年出版的廖七一所著的《当代西方翻译理论探索》论述了女性主义翻译理论，成为当代中国翻译理论界最早涉及女性主义翻译理论研究的学术著作。之后的2002年，中国译坛陆续开始了对西方女性主义翻译理论的评介和从女性主义翻译理论的角度来研究翻译实践的文章，其中包括王晓元的《性别、女性主义与文学翻译》、孟翔珍的《女权主义在翻译文学中的创造性叛逆》、廖七一的《重写神话：女性主义与翻译研究》、阎建华等的《性别差异与翻译：解读女性主义翻译观》、刘亚儒的《翻译与女性》、刘勇的《从女性翻译理论看女性自我意识的觉醒》（蒋骁华，2004：10-15）。这一时期的文章主要集中在对女性主义翻译理论的介绍上，其中也有文章将女性主义翻译理论用于翻译批评进行译本分析；但因对此理论的总体把握和对中国语境的深入了解不够，他们仅在语言层面进行分析，将一些语言中的非标记现象当做标记现象，缺乏说服力。2003年发表有穆雷的《翻译与女性文学——朱虹教授访谈录》、葛校琴的《女性主义翻译之本质》等文章。2004年是国内翻译界对女性主义翻译理论研究比较深入的一年，以《中国翻译》组织的第4期专栏为代表，表现了中国翻译界对女性翻译理论全面而理性的思考和研究，尤其注重西方女性主义翻译理论在中国语境中的接受研究，以及中西话语的双向阐发研究。这些文章包括刘军平的《女性主义翻译理论研究的中西话语》、蒋骁华的《女性主义对翻译理论的影响》、徐来的《在女性主义的名义下"重写"——女性主义翻译理论对译者主体性研究的意义》、张景华的《女性主义对传统译论的颠覆及其局限性》等。西方女性主义翻译理论的实质是以解构主义为哲学基础的社会批评理论,当代西方女性主义翻译理论同后殖民主义理论交融在一起,愈来愈具有政治的意义。我们切忌将在西方历史、社会、文化语境中生成的女性主义翻译理论照搬进中国语境中,而应在细读和掌握的基础上,把握该理论的实质和指向,取其精华,去其糟粕。西方女性主义翻译理论给我们带来两个方面的启示:一是女性主义翻译理论以反对女性服从男性、翻译低于原著为目的,从文化、政治的角度对"忠实"的解构,增加了我们对翻译本质的了解,使文学翻译"创造性叛逆"的特性得到有力的支持;二是加深了我们对译者主体性,尤其是女性译者主体性的认识。译者主体性这个整体概念是由男性译者和女性译者的主体性共同构建而成的,他们之间的关系是对话性的,也是共同构建的,男性译者与女性译者各自的"异",各自互为对方的"他者",在彼此之间的对话中构成了适当的张力,合成了共同的"同"。女性主义译者的"双性同体"意识,同样可以适用于男性译者。笔者不赞成在翻译实践中过度张扬女性语言的特征,而形成所谓的"女性翻译";而必须将女性主义翻译作为一种文化、一种政治隐喻,与它作为一种翻译实践区分开来。后者如我们前面所讨论到的女性写作一样,从纯语言技术上讲同样是一种乌托邦似的幻想。

第四节 小结

作者、译者和读者之间的主体间性支撑着文学翻译主体性的存在。文学翻译的主体性,还表现为文学翻译在一个国家历史和文化发展中所起的巨大作用;文学翻译对于一个国家、民族的影响,常常会超出文学翻译作为一种文学创作行为本身的意义,而直接对一个民族的落后起到警醒的作用,对一个民族的觉醒起到指引的作用,对一个民族的前进起到号角的作用。在一个国家的民族文学的发展过程中,翻译文学起到了不可替代的作用,中国五四运动前后的文学翻译活动以及产生的翻译文学作品对中国现代文学史的贡献,就很有说服力。对翻译的研究需要采用共时和历时相结合的办法,共时方法就是考察翻译活动同其他文化活动之间的互动关系,历时方法就是考察翻译在历史发展中所起的作用。当翻译走向

"他者"、重返历史时，翻译的主体性才能得以充分的显现。韦努蒂说："翻译从被遮蔽走向显现并不仅仅是在大学的学科分类中获得一席之地，而是在同其他体制性的文化实践联系中，例如翻译文本的出版和评论，使翻译具有相当大的解释权力和政治权力。调查这种权力的形成和实施除了考察翻译所栖身的体制性文化形态和实践外，还应在不同的历史阶段去考察，并将研究对象置于彻底的历史化中。这意味着将文化形态和实践置于充满了档案记录般详细的历史叙事中，同时，这种叙事又被拉近到现在，同现在翻译被遮蔽和轻视形成对照。通过回顾翻译在历史发展的作用，指出翻译具有催生社会变革和启迪指引社会生活的作用。"（Venuti，1992：10）文学翻译主体性研究，在研究作者、译者和读者之间的主体间性时，须将翻译活动作为译语文化的一种文化实践来加以考察。翻译同历史、现实的互文关系，同样也是翻译主体性研究的主要问题，尤其在西方后结构和后殖民的语境中，翻译既是权力的工具，又是权力的话语场。翻译的主体性研究集中表现在对译者主体性的研究上，其原因在于在西方后殖民语境中，译者既是权力的执行者，又是权力的反抗者。

第三章

"他者的世界":
文化人类学视角下的文学翻译主体性

第三章
"他者的世界":文化人类学视角下的文学翻译主体性

第一节 文化人类学与翻译作为跨文化交流活动

1. 表现他者的世界:文化人类学与翻译研究

"人类学(anthropology)是全面研究人及其文化的学科。"(庄孔韶,2004:1)在所有社会和人文学科中,人类学发展到今天已经成为一门最为多样(diverse)和不定(eclectic)的学科之一。……"跨文化研究视角"(cross cultural perspective),号召从跨文化的视角来研究人类的文化和行为,"整体性视角"(the holistic perspective),是对某一种文化进行全貌性的深入研究;"民族志田野工作"(ethnographic field work),则以长时段的实地研究为基础,建立本学科的基本知识框架。这是人类学最基本的三个概念,也是人类学的主要研究方法。由此衍生出下列数个重要论题,它们是文化普同论(universalism)、全貌论(holism)、整合论(integration)、文化适应和变迁论(adaptation)和文化相对论(cultural relativism)等等(庄孔韶,2004:12-13)。在当今知识全球化的浪潮下,文化的多元化和不同文化之间的相互理解和交流是这个时代最显著的特点,也是不同国家和民族的追求。人类学将文化作为研究对象,将文化的持有者——人——作为关怀对象,涉及多种学科的共同议题,为人类学与其他学科的互通提供了可能性。作为人类学四大分支之一的文化人类学(也包括另一分支语言人类学)与翻译研究就是在关注文化这一共同议题上实现了两个学科的相互借鉴和阐发。

文化人类学实践同翻译实践具有天然的联系,文化人类学理论和翻译理论也具有相当大程度的对比性和相互阐发性。在讨论翻译作为不同文化之间的沟通方式时,文化人类学的文化理论就不可避免地进入到翻译理论中。文化人类学和翻译研究所面对的对象都是文化异质性,文化人类学和翻译研究之所以存在,也就是因为这个永恒的主题。文化人类学的文化决定论和文化相对论为翻译研究,尤其是翻译研究的文化研究方法提供了理论依据。文化人类学的文化概念以其宽泛而开放的外延、丰富而深刻的内涵,将不同文化之间的理解、沟通、移植、冲突、调适等作为其重要的学科命题；而翻译研究在这方面恰与文化人类学重合。由此可以说，所谓翻译研究即文化研究，或者文化研究即翻译研究。这也正说明了文化人类学和翻译研究在学科互通上的必然性和合理性。既然翻译或文化研究是在不同文化之间进行的，作为翻译或文化研究的主体自然将自己自我化，将对象他者化。这首先是一个角度问题，也表现为意识形态等方面的原因。心理分析学研究进一步表明，即使是自我中存在他者，自我并不是一个自足的整体，而是反映、吸收和转换的结果。这种自我与他者的相互联系，就翻译而言，表现为在文化多元性的语境中，不同文化之间的交往互动的关系。自我与他者是一对互为预设的对立体，自我因他者的存在而存在，反之亦然。翻译的问题，实际上就是调适自我与他者的关系问题，而不管这种关系是反映在语言学层面、审美层面还是文化层面上。早期的文化人类学仿效自然科学，寻求普遍意义的文化法则；如今，文化人类学从人文性的解释学出发，探索并把握特定文化的意义编码方式，解读、理解、阐释成为文化人类学的特点。文化人类学的理论和方法，为翻译研究提供了一个广阔的视野，也为文学翻译主体性研究提供了一种有效的解释路径。

民族志（ethnography）是文化人类学家和社会人类学家以文字形式形成的研究成果；同时，也是对他族文化的一种写作方式。民族志和翻译具有很大的相似性，表现在它们都是对他族文化的阐释。前者对经验、记录和观察进行阐释，后者对已经存在的文本进行阐释。民族志学者通过民族志的田野工作方法，对他族文化进行理解和研究，以文本的形式记录下来，介绍给本族同胞；译者则是通过阅读和理解源语文本，将源语文本中所表现的异族文化传达给译语文化。民族志（比如语言人类学家的民族志工作）和翻译都涉及语言层面上的转换，将他族语言的语码转换成本族语言的语码，但这仅仅是两者语言学意义上的生成形式。民族志和翻译的根本性质和最终目的是文化之间的互动和交流，这是两者能够相互阐发的基础。民族志学者和译者都具有相同的对象——他族文化，在对他族文化的阐释和再现中，他们又都面临语言的、文化的种种选择。他们既受制于一定的规范，同时，又都具有一定程度的主体性。

在文化人类学研究中，民族志的撰写是文化表述的重要方式。民族志学者对待他族文化、再现文化他者的立场和方法对整个文化人类学的发展，具有重要的意义。民族志的跨文化特性决定着民族志实践就是一个对他族文化阐释性的描述过程，或称翻译的过程。人类学家埃文斯－普里查德（Evans-Pritchard）在 1951 年的一次报告中，把民族志研究的中心任务描述为"文化翻译"；人类学家林哈特（Godfrey Lienhardt）在 1954 年的一篇名为《思想模式》（"Modes of Thought"）的文章中，也提出人类学的任务就是翻译，他认为民族志意义上的翻译跟"转化""教化"（convert）同义，也与改变、交流的意义相近；1973 年，另一位人类学家利奇（Edmund Leach）也提出，他所从事的学科的"根本问题是翻译问题"，并得出"社会人类学家从事的是创立文化语言翻译的方法学"（赫曼斯，2000：16）的结论。民族志随着人类学的产生而产生，尤其是人类学研究从"摇椅"（Armchair Anthropology）上下来，走向田野工作，民族志就成为人类学研究的不可缺少的一部分。在西方人对"遥远、奇异"的土著文化的描述中，他们以民族志的形式，将异族风貌呈现给他们的同胞。西方民族志经典常常是以客观真实再现他族文化的面貌，出现在人们有关他族文化的阅读中，构筑起传统民族志的权威和对西方视角的服从，使得西方传统民族志的撰写过程成为表现西方人我族中心的过程。在西方殖民主义者对他族进行思想和文化殖民的过程中，民族志通过语言和文字的方式，在一定意义上起到了"共谋"的作用。后现代主义的语言理论认为，语言并不是中立的，任何一个语言符号都有其在具体语境中的意义指向，当所有的语言符号汇集在一起的时候，就形成社会的话语流，集中反映这个社会的思想观念、价值取向、美学品位和错综复杂的权利关系。民族志学者作为他族文化的"读者和作者"，在对他族文化的理解阐释中，他的"前结构"视野中就自觉或不自觉地充满了源于欧洲中心主义的优越感。在民族志撰写中，一个明显的表现就是对罗马文字所谓优越性的迷恋。在西方文化中，虽然口语（Orality）和书面语（Literacy）都被认为是两种不同的表达方式，但后者却被赋予凌驾于前者之上的神圣性和权威性。西方人对于书面语的崇拜直接导致他们对他族语言，尤其是非字母语言和口语的轻视，进而发展到对由这种语言所表现的文化的蔑视。16 世纪，欧洲人在对南美洲的殖民主义过程中，他们十分惊讶地发现土著人没有"字母"，于是，他们把土著人称为"野蛮人"（Valerro-Garces，1995：556）。这种"野蛮人"的字眼强化了他们头脑中有关欧洲人是"文明人"的想法。西方人对书面语优越性的迷恋源于他们哲学思想中对二元对立中逻各斯主义的迷信和人类社会发展基于生物进化模式的假设。书面语被认为是欧洲文化发达的标志。德里达曾对列维-斯特劳斯（Claude Levi-Strass，1908—2009）关于巴西的南比夸拉人（Nambikwara）没有书写的观点提出批评。他说，列维-斯特劳斯的观点是建立在普遍的或我族中心主义的错误认识上的，这种错误观点认为书写专指欧洲语言的表音和线性符号；因为在南比夸拉人语言中没有西方人概念中的书写形式，所以西方人便否认南比夸拉人已经拥有了广义上的书写这一事实。德里达认为非字母符号同样具有书写的尊严（Niranjana，1992：5，67）。从以上事实中可以看出，西方我族中心主义的思想的表现形式之一，就是通过语义的二元对分，将一切非西方的东西他者化，并以此建立和强化西方人的优越感。在此影响下，传统民族志中的翻译就等同于教化，成为单向的流动，并由此阻断了在民族志撰写中以文化交流为特点的翻译之路。

20 世纪初，以美国人类学家鲍厄斯（Franz Boas，1858—1942）为代表的人类学批评派或历史派崛起。他们提出的文化相对主义的主张在一定程度上消解了西方的我族中心主义，使文化间的交流和再现成为可能。鲍厄斯致力美国印第安语言和文化的调查与保护工作。他在长期的人类学实践中得出这样的结论：每一种文化都是独一无二的，都是相对于另外一种文化而存在的，是本族文化持有人在一定的历史和社会语境下相互交往的结果。对他族文化的描写和表现并不是简单地将他族的书面语言或口头语言转换成本族的语言，而且还是一种对他族文化的了解、阐释、决定的过程。文化相对论强调文化的异质性，认为这种异质性为不同文化间的交流提供了基础，并呼吁不同文化间的相互尊重和交流。文化相对论为后来的西方多元文化理论奠定了基础，在当时，文化相对论对人类学研究的直接贡献就是：文化翻译作为民族志的任务被正式提出。为了客观真实地再现他族文化，民族志特别强调调查方法的使用，如参与观察法。研究者通过较长时间生活在其所研究的民族中，在体验、观察和访谈的基础上撰写翔实的民族志资料来表现他族文化。民族志借用了语言学家派克（K. L. Pike）的两个概念"etic"和"emic"来分别表示文化客位和文化主位，以区分两种不同的研究视角和研究立场。文化客位就是站在局外人的立场来看待所研究的文化，文化主位则是站在局内人的立场来看待所研究的文化。民族志学者应从文化持有者的角度来理解和阐释他族文化，以局内人的视角来描述他族文化。之后，文化人类学家格尔兹（Clifford Geertz）又提出了文化研究是一种阐释行为的理论。他认为："所谓文化就是这样一些由人自己编织的意义之网，对文化的分析不是一种寻求规律的实验科学，而是一种探求意义的阐释科学。"（格尔兹，1999：5）按照他阐释的人类学理论，民族志撰写是一种再阐释，是在所研究文化中的文化持有者对本族文化阐释基础上的再阐释，是阐释之阐释，其目的是去发现文化表象之下的文化意义的构建规律。格尔茨的理论强调研究者的主观能动性和阐释能力，指出文化意义并不存在于文化的表象中，客观再现他族文化是不可能的。民族志学者只有在种种文化表象之下，通过分析和阐释，寻找文化意义的构建规律，才能真正地理解和描述所研究的文化。从以上综述可以看出，人类学的文化理论和在民族志的具体实践，从视他族文化为"无"到承认其"有"，已经有了很大的进步和发展，但在殖民主义文化观的控制下，无论是鲍厄斯的文化相对主义，还是格尔茨的阐释人类学理论，它们都未摆脱寻找文化本原意义的西方逻各斯意义理论的桎梏，他们的理论还是坚持在西方人能客观全面再现他族文化的基础之上的。这样的结果，导致在民族志文本中的西方中心主义的一家独语，其表述方式充满了对他族文化的不尊重或蔑视。民族志中的翻译成为一个西方权力独自漫步的空间，他族文化经过被翻译、被他者化而越来越被边缘化。

尼南贾纳在谈到人类学和翻译研究的渊源关系时说道，美国人是在人类学研究和基督教传教活动的背景之下开展翻译理论的，而英国人则是为了配合殖民统治之需（Niranjana，1992：78）。这里有一个问题，谈到西方翻译理论，人们通常认为开始于罗马帝国时期的西塞罗，他首先把翻译区分为"作为解释员"的翻译和作为"演说家"的翻译；而人类学作为一门学科则产生于19世纪60年代，同英国人类学家泰勒（E. B. Tylor，1832—1917）的积极倡导密切相关。翻译理论的出现远远早于人类学的出现，怎么可以说翻译理论是在人类学研究背景下开展的呢？以当代文化研究的翻译观来考察西方翻译理论的发展，我们可以这样解释：西方翻译理论与实践，从一开始便是在拥有共同的古希腊罗马文明传统的欧洲各国、各文化和各语言之间展开的，虽然他们对翻译的本质、翻译方法进行过争论，但在他们的文化翻译中，并不存在实质性的差别，更多的是语言层面上的翻译。但当西方人开始基督教的传教活动，开始对非西方文化进行人类学的考察和对他国实施殖民统治的时候,作为重要方式之一的翻译活动就具有了意识形态的色彩,也就是从这个时候开始,翻译研究就具有文化研究的价值,并成为文化研究的一部分。传统翻译研究和作为文化研究的翻译研究的根本区别也就在这里,这种区别导致了不同的理论话语的形成。如忠实于原著、忠实传达作者意图等翻译主张,许多学者已经从当代语言学理论、读者反映理论、阐释学理论及文本理论等方面证明了其不可能性;从文化研究的角度切入,结合从民族志中的翻译研究得到的启发,我们可以把忠实于原著的翻译视为同样源于对西方书写语言(写成的源语文本)的敬畏,并由此而形成的对原作者的崇敬和对源语文本意义权威性的服从。西方翻译史中曾出现过六次大的高潮,如开始于公元前四世纪左右的第一次大规模的翻译活动,由于相信古希腊文化优于自己,尽管当时古希腊已成衰退之势,古罗马还是对古希腊文学作品进行了大量翻译。罗马文学的伟大作家安得罗尼柯(Livius Andronicus)、涅维乌斯(Gnaeus Naevius)和恩尼乌斯(Quintus Ennius),以及后来的普劳图斯(Plautus)、泰伦斯(Terence)等都用拉丁文翻译或改编荷马的史诗,以及埃斯库罗斯、索福克勒斯、欧里庇德斯、米南德等人的希腊戏剧作品。从中世纪开始的第二次大规模的翻译活动便是向当时建立各自封建国家的"蛮族"传播基督教精神,翻译《圣经》的宗教翻译活动成为这一阶段的特征。这一段时间的翻译标准,自然就是围绕着如何忠实地传达上帝的福音来展开的(谭载喜,1991:5)。综观西方翻译史和非西方国家的翻译历史和现实,我们有两点发现:是西方翻译实践更多的是在拥有共同的文化传统和语言传统的欧洲各文化之间进行的。由于是在欧洲人书写语言之间的翻译和改编,欧洲人对西方翻译史中自西塞罗以来便一直争论的直译与意译、死译与活译、忠实与不忠实、准确与不准确等问题的容异度要大得多,主要是在美学或语言学层面的讨论;二是在西方国家和非西方国家的翻译交流活动中,西方国家的文本,如文学作品,被作为经典大量地译介进非西方文化中。这种单向的文化输入的背后所隐藏的历史、社会、经济等原因自不用说,但在当今这样一个多元文化相互交流、共同构建的世界里,反思我们的翻译活动,并进一步思考由翻译活动所体现出来的文化意义,无疑是大有裨益的。在西方人的翻译实践中,一旦对他族文化的文学作品进行翻译时,他们就不再讲究忠实与否,我族中心主义思想暴露无遗。菲兹杰拉德在翻译《鲁拜集》时,曾这样写道:"这些波斯人,我拿他们想怎样就怎样。实在很开心。他们够不上诗人的水平，难以叫人不对他们恣意改写，他们也确实需要一点艺术来塑造自身。"（Lefevere，2004：1）同民族志一样，在翻译中，文化他者并不是被直接言说的，而是翻译者刻意过滤和安排的，就西方人而言，翻译是将一切非西方化的东西他者化的手段。巴斯内特在评价奈达的文化翻译实践时说道："西方翻译理论在文化转向之前，一直沿着诸如奈达等《圣经》翻译者的文化工作这条线发展。奈达有关文化翻译的理论都来自于人类学，他辉煌的翻译工作有一个特别的目的：通过翻译基督教文本，将非基督教徒教化为基督教徒。奈达的一部名为《风俗与文化》（*Customs and Cultures*）的著作，就是以'基督教使命的人类学'为副标题的，此书开篇第一句话就是'优秀的圣徒从来就是优秀的人类学家'。"（Bassnett，Lefevere，2001：129）巴斯内特显然拒绝将奈达的文化同文化研究的文化联系在一起，因为这两种文化分属不同的范畴，奈达的文化是殖民主义的，而巴斯内特的文化是后殖民主义的。就翻译而言，奈达的文化指的是源语文化，他的文化翻译观要求译者对源语文化，也就是对《圣经》文化的译入要详细准确，并以贴切的方式译介进译入语文化中。巴斯内特的文化则是译入语的文化，翻译研究要研究的是翻译文本在译入语文化中的接受，译者的翻译活动怎样受到译入语文化中的种种因素的限制等等，如勒菲弗尔将其概括为意识形态、诗学和赞助人的影响。

1986年，文化人类学家克利福德（James Clifford）和麦尔库斯（George E. Marcus）编辑的《写文化：民族志的诗学和政治》（*Writing Culture: Poetics and Politics of Ethnography*）出版，标志着人类学思潮中一个新时期的到来。在这本论文集中，作者们对民族志撰写中的经典范本从多学科的角度进行了分析和反思，指出民族志作为一种写作其修辞方法的重要性。写文化将人类学研究同文学创作隐喻性地结合起来，文化不是表现或再现出来的，而是以文学或半文学的方式表述出来的，是"书写"出来的。写作是一种修辞手段，同写作者的志趣爱好、思维能力、价值取向相关，也同写作时的历史背景、社会因素等密不可分。写文化之争直接质问传统经典的民族志著作的权威性，对这些著作"客观全面地"反映他族文化的可能性表示怀疑，并考问在这种权威性和客观全面性之下西方我族中心主义的合法性。写文化之争使人们加深了对文化描述的建构及人为性质的理解，极大地削弱了民族志的权威模式；同时，也使人们认识到"跨文化研究所面对的是一个不断变化的、权利不平等的世界,由于权利的不平等,导致了西方学者在文化表述中缺乏对被研究者应有的尊重。族性、权力、对抗、制度化约束等文本创作的历史文化背景在民族志构成中起着重要的作用"。

1992年,勒菲弗尔和巴斯内特在他们编著的《翻译、历史与文化》(*Translation, History and Culture*)中,也提出了翻译是一种"改写"(rewriting)的观点。他们在书中正式宣称翻译研究开始了文化转向。巴斯内特认为,文化转向的文化并不接续人类学意义的文化,而是同文化研究汇流,将文化研究的理论,如后殖民理论、多元文化理论、女性主义等引入翻译研究的语境中,在一个更广阔的空间里开展翻译研究。勒菲弗尔认为翻译是一种"改写",强调文学翻译是一种文学创作。在文学翻译中,由于时间的变迁、语言的畸变、意义的消隐和文化的差异,文本的原义难以企及,或者按解构主义的观点,根本就没有一个原义。相反,译本是在译入语文化各种因素的合力之下"操纵"和"改写"的结果。翻译研究应将源语文化和译语文化中一切言语和非言语的东西都纳入其研究范围,将一切影响翻译任务的决定、翻译者的委托人、翻译文本的选择、翻译策略的采用、翻译文本的出版和发行等因素都作为翻译研究的对象。在多语共生的多元文化系统中,翻译就是一个文化的建构过程。当代翻译研究区别于传统翻译的最大特点便是解放了被遮蔽的翻译者,将研究从以源语文化为取向转向以译语文化为取向,并以翻译的权力关系和文本的生产为研究目的。因为同民族志的撰写一样,族性、权力、对抗、制度化约束在文学翻译文本的构成中也起着相当大的作用。

尼南贾纳有一段精辟的话,可以看作是对民族志和翻译研究新的发展的评注:"意义的传统理论支持这样一个观点,即符号再现现实毫无问题,使现实'在场'。但是,将符号看作是反映或再现就是否认了巴特(Roland Barthes)所说的'语言的生产性质'和德里达谈到的'写作'。新一代的民族志学者从后结构文学理论中得到启发,强调写作对'民族志学者所从事的工作的中心作用',语言不是透明的媒介,民族志学者'发明'了文化,而不是再现了文化。他们认为文化翻译的作品使用了文学的程序,这些文学过程不仅影响了民族志的写作,也影响了民族志的阅读。揭示文化翻译的建构性性质表明翻译总是'生产'而不仅仅是反映或模仿一个'本原'。"(Niranjana, 1992: 81)

第三章
"他者的世界":文化人类学视角下的文学翻译主体性

在人类学的视野中,文化传统和再现他族文化是民族志和翻译聚合在一起的可能性所在;文化研究将权力、霸权等术语作为分析工具,将民族志和翻译视为殖民主义的一种文化手段,认为它们在西方我族中心主义的建立中起到了很大的作用。民族志理论和翻译理论具有相当程度的相互阐发性,当代人类学的文化理论和翻译研究都将文学的因素结合起来,强调文学创作的修辞手段。民族志的"写文化"和翻译研究的"改写"都具有主体的、历史的和社会的特征。民族志理论和翻译理论的比较研究,通过梳理西方我族中心主义在民族志文本和翻译文本中的建立,以及在后殖民时期被解构、消解的过程,能帮助我们在一个更开阔的层面上来理解翻译在文化活动中的作用。

在人类学的视野中,译者被赋予了文化使者的角色,肩负起"蜜蜂"和"桥梁"的文化使命,翻译在人类不同文化的沟通和交流中起着不可替代的重要作用。但是,以人类学的视野讨论翻译的作用,还必须注意另一个内容,即探讨翻译过程中权力话语的实施及其作用;尤其是在后殖民主义语境中,权力话语影响、渗透、贯穿了翻译的每一个环节。以文化相对论为理论背景的翻译活动和以后殖民主义理论为理论背景的翻译活动有很大的不同,前者将翻译作为不同文化在相互理解和尊重的前提下的文化交流,并认为这是文化交流的基本形式;后者则将解构主义作为思想基础,将意识形态作为批评武器,关注翻译在西方殖民主义时期,如何表现了欧洲中心主义思想,如何成为西方强势文化对第三世界弱小文化实施文化殖民的工具,并认为文化交流从来就不是平等的,权力是促进或制约文化交流的重要因素。

笔者认为,翻译活动涵盖了上一段所谈到的两个方面的问题。翻译活动的开展首先是不同文化的人们交流的需要。这种需要是真诚的,只有在相互理解和尊重的基础上才能得到满足。否则,我们很难解释翻译作为人类社会最古老的活动之一的原因。即使在今天,文化间的理解和尊重也是我们翻译外国文学作品最根本的出发点。

但同时我们须注意到,将文化之间的平等交往作为一种文化常态可能掩盖翻译活动在特定的环境和时间所表现出来的强烈的政治意识形态性质。人类学视野中的翻译活动隐含这样一个预设,即各个文化之间都是平等的,翻译是不同文化之间的平等交流。但事实上,这样的平等并不是任何时候都存在的;在一定语境中，这种假定可能来自弱小民族对平等的幻想，或者是来自强势民族掩盖我族中心思想的虚伪。总之，当我们用当下的视角，将具体的翻译事件还原到发生时的历史环境中，在译文与历史的相互联系中，我们可以看到，翻译并不完全是一种平等的你来我往的文化交流，而是不同文化之间"协商"（negotiate）的过程，左右这种协商结果的就是文化之间的权力关系。所以，在承认翻译是人类学意义上的、广义的文化交流行为的同时，还须认识到在特定的翻译活动中，在具体的历史语境中，权力所起的决定性作用。在我们所接触的许多当代西方翻译理论著作中，如文化学派译论、后殖民主义译论，都对人类学的文化翻译观持批判的态度。这同西方的有识之士对西方霸权在殖民主义时期，对第三世界民族实行的文化殖民进行反思的情况相符合。中国译界须警惕以局部替代整体、以片面替代全面的盲从思想，而应客观、清楚地分析当代西方译论的内容、目的及其意义，以此决定是否适合中国的情况，以及在多大的程度上适合中国的情况。

文学翻译是基于语言转换的一种特殊形式的跨文化交流活动。文学翻译的特殊性也就是我们所讨论过的文学翻译的艺术审美和艺术表现特征，即形式主义文论中所提到的"文学性"问题；文学翻译的最终目的是成为一种跨文化交流活动，实现不同文化之间的对话和交流。文学翻译是不同文化之间的碰撞和融合，文学翻译活动的进行受制于源语文化和译语文化的共同作用。"源语文化提供了原著，而译语文化提供了对原著多角度阐释的可能。……翻译活动是一种源语文化和译语文化共生的新的复合体。在这个复合体中表现了两种文化间的对话和交流，而研究者则应力图在整个文本的范围和框架之下，研究体现在翻译过程中（translating）和翻译成果（translation product）上的两种文化的作用，而不应将其视作一种线性的语言转换活动。"（冯庆华，2002：47-48）

文学翻译作为文化交流的特殊形式，具有文化交流的所有特征。文化之间的普遍性是文化交流的前提，也是文学翻译可译性的基础；文化之间的"同质"大于"异质"，这是一个基本的事实。人类生活在同一个地球上，所有文化实际上都面临着对人与自然、人与人、人与自我关系的孜孜不倦的追问。也正是由于不同的文化共享着许多共同的东西，即文化共核（cultural core），所以，在这样的情况下，文化之间的"异质"才显得尤为突出，具有特别的意义。因为，文化异质构成了文化他者，使文化自我有了对照物，并反射出文化自我的长处和缺点。跨文化交流的目的是跨越文化障碍，促进文化交流；但这种跨越文化障碍绝不意味着对文化异质的消除，文化异质是跨文化交流活动的最基本动因，是使跨文化交流始终保持一种双向、互动的状态的最基本保证。文学翻译的文化翻译从对原著文化意义的认知到传达原著的文化意义，不可避免地要受到译语文化的影响，但是否保持源语文化的异质性，并使其圆通地进入译语文化，是译者是否能够担当起文化传达任务的关键。

文化翻译过程中，译语文化对源语文化的影响首先表现在译语文化的文化过滤（cultural filter）作用上。译者在理解原著的文化意义、洞察原著的文化心理以及感受原著的文化气质的同时，译者自身的文化心理、作用于译者的译语文化心理以及由此文化心理所形成的译语文化期待形成了译语文化的文化过滤机制。通常情况下，过滤机制所挡住的是源语文化中异质的部分，这些部分不仅同译语文化中的部分不同，而且还有可能根本就不存在于译语文化中。于是，如何处理过滤后的异质文化成分，就成为文化态度的问题，成为一种文化选择。在文化选择过程中，译者面临诸如文化对比（cultural contrast）、文化定式（cultural stereotype）、文化差异（cultural difference）、文化适应（acculturation）、文化迷惘（cultural shock）、文化误读（cultural misreading），以及文化缺省（cultural default）等多种文化现象和文化问题，译者必须在其中做出自己的选择。

法国译论家赫维（Sandor Hervey）和希金斯（Ian Higgins）在《关于翻译的思考：从法语到英语的翻译方法》（*Thinking Translation: A Course in Translation Method: French to English*，1992）中提出了若干文化翻译的具体方法，其中包括：

• 文化借用（cultural borrowing）。文化借用指源语中的某些词语，由于在译语中无法找到恰当的对应语，只能按字面意义逐词地译入译语。借用的词语可能不做任何改变，也可能稍做改动，但其意义在译语文本中必须明白无误。

• 文化置换（cultural transposition）。文化置换指在源语文化译入译语文化时，不会有真正意义上的直译，而是存在不同程度地偏离，所有形式的文化移植都是替代直译。在做不同程度的文化移植时，通常会优先考虑译语和译语文化，而不是源语和源语文化。其结果是，译文只含有少量外国文化和有限的源语特色，译文更贴近译语文化和译语习惯。

●文化移植（cultural transplantation）。文化移植指用来表达"文化置换"的最高程度。在文化移植过程中，源语文化被译语文化成分所替换，部分原文在译语文化背景下重述。

除上述文化翻译方法外，对如何处理文化缺省的问题，有译论家提出了文化补偿（cultural compensation）的概念。文化缺省是在同一文化中为了提高交流的效率而经常使用的一种方式，如对已知信息的省略等；而在跨文化交流中，这一方式则可能造成文化信息的缺失，给交流带来困难。在文学翻译中，为使读者能完整理解原作者的意思，译者通常采用直译加注、意译和归化翻译等文化补偿的方式来补足这部分信息，便于读者理解。

文化替代（cultural substitution）也是一种用来处理文化缺省问题的方法。文化替代最初用于《圣经》的翻译中，指用译语文化的所指事物来替代源语中不为译语所知的事物，两项所指具有相同的功能。这种动态对等或功能对等的方法也属于归化翻译的范畴。

另外，许渊冲提出的"文化竞赛论"（cultural contest）也可以看成是发挥译者主体性和归化翻译的典型。他提出，翻译是两种语言的竞赛，文学翻译更是两种文化的竞赛，译作和原作都可以被比作绘画，所以译作不能只临摹原作，还要临摹原作所临摹的模特。译语和源语不相上下，发挥译语优势，就是要用译语的最好方式来表达源语。①

2. 译者：在两种不同的文化中穿行

如前所述，在文化人类学研究中，民族志的撰写是文化表述的重要方式。民族志学者对待他族文化、再现文化他者的立场和方法对整个文化人类学的发展具有重要的意义。民族志的跨文化特性决定着民族志实践就是一个对他族文化阐释性的描述过程，或称翻译的过程。

---

① 上述文化翻译方法参见 Mark Shuttleworth & Moira Cowie, *Dictionary of Translation Studies*, Shanghai Foreign Language Education Press, 2004, pp. 34 – 36；方梦之主编《译学辞典》，上海外语教育出版社，2004年，第305 – 312页；许渊冲《翻译的艺术》，五洲出版社，2006年。

第三章 "他者的世界"：文化人类学视角下的文学翻译主体性

在翻译的跨文化交流中，译者的身份同文化人类学中的民族志学者的身份相同，起着文化协调人的作用。哈蒂姆、梅森和根茨勒持同样的观点。他们认为，以协调为着眼点，可以有效地观察译者如何做出决定。意大利译论家卡坦（David Katan）也认为，译者作为文化协调人应该非常清楚他们自己的文化身份，他们应当了解他们自己的文化如何影响了他们的感知。弗米尔认为译者应该是"双文化的"，霍恩比将译者称为"跨文化专家"，赫森（Lance Herson）和马丁（Jacky Martin）则将译者称为"文化操作者"等（Katan，2004：14）。

译者穿行在两个不同的文化之间，起着文化协调人的作用；要做好此项工作，译者又必须对两种语言文化非常了解。这是通常意义上我们对译者文化作用的认识。但译者真能对两种文化做到具有完全相等程度的了解而不偏不倚地协调两个文化吗？对此，翻译理论界有着不同的看法。尤其是翻译研究的文化转向以后，翻译研究的中心由源语文化转向译语文化，似乎译语文化成了文学翻译的决定性因素，源语文化只是被译语文化"操纵"和"改写"的对象；用皮姆的话来说，这是翻译研究的"理论从一个极端走向另一个极端"（Pym，2007：178）。

皮姆在《翻译历史中的方法》（*Method in Translation History*，2007）中列举了三位在当代西方翻译理论界鼎鼎有名的译论家有关译者文化地位的观点，以此来说明他认为"翻译理论从一个极端走向另一个极端"的说法并非空穴来风。他指出，勒菲弗尔在《翻译、改写以及对文学名声的操纵》（*Translation, Rewriting, and the Manipulation of Literary Fame*，1992）中提到，译者属于他出生或收养他的文化；此话看似不假，但仔细揣摩这句话中"或"一词的语义，可以看出，勒菲弗尔的意思是说，译者要么属于"生他"的文化，要么属于"养他"的文化，源语文化与译语文化成为一对二元对立体，译者也须按此站队，找准立场。皮姆认为，勒菲弗尔的问题在于他将译者定位在非此即彼的文化中，实际上是使翻译成为一种单向的文化行为，而非两个文化的互动。皮姆认为，翻译实践证明，译者的文化立场并不完全由他出生或生长所在的文化来决定。固然，译者的文化观主要受译语文化的影响，但译者作为文化协调人，非常清楚自己的文化身份，也非常清楚如何对待源语文化，比如，如何获得文化人类学所提出的"文化持有人"的文化视角。这样，译者实际上是处于译语文化视角和源语文化视角的交相辉映中。只有这样，译者才能如鱼得水，游刃有余。皮姆干脆就以勒菲弗尔为例。他说，勒菲弗尔出生在比利时，成长在美国，他用英语和荷兰语写作诗歌，从事英语和荷兰语、德语和法语的互译（Pym，2007：178）。勒菲弗尔本人就穿梭在不同文化之间，可以肯定，他的文化观也是多元和多文化的。笔者认为，勒菲弗尔的观点同他认为译语文化"操纵"和"改写"源语文化的观点是一致的；他之所以将译者定位在一种文化中，其目的就是为了强调由译者来具体实施的、译语文化对翻译的"操纵"和"改写"作用。从文化批评的角度来切入翻译研究，自然是翻译研究的范围扩大、视野拓展的一个重要原因；但如果因此而忽视或无视译者代言两种不同的文化这一事实，翻译研究就会面临失去跨文化交流这一学理基础的危险。

虽然韦努蒂看待译者文化归属的角度不同，但他同样也假定译者属于译语文化。韦努蒂说，译者在将作品翻译成英语时，要像英国人或美国人一样捍卫自己的权利。皮姆认为韦努蒂坚持译者应该让读者知道文化之间的差异的观点是另有他意（Pym，2007：179）。韦努蒂的"抵抗性翻译"理论是建立在不同文化，尤其是强势文化与弱势文化之间的巨大差异和不可调和性的基础上的，并将其作为后殖民主义语境中政治和意识形态冲突的具体表现方式。所以，韦努蒂不会将译者作为跨越文化沟壑的桥梁；相反，他会认为"桥梁"的说法是一种幻想，掩盖的是殖民主义的文化殖民行为。

另一个同样将译者归在译语文化中的译论家是以色列译论家图里。图里似乎承认跨文化（interculture）的存在。他说，事实上，存在着一系列不同的"跨文化"，但每一种跨文化指向的都是译语文化，即翻译文学的所在地和翻译文化（Pym，2007：179）。图里的"翻译规范理论"将跨文化活动的发生和进行放置在译语文化中，译者在翻译这种跨文化活动中的作用就是衡量如何使翻译符合译语文化的规范。

翻译研究的中心从源语文化转移到译语文化，是翻译研究文化研究范式的重要内容，在修正传统的译学观念、扩大翻译研究视野等方面具有重要的意义。勒菲弗尔、韦努蒂和图里等译论家将译者归到译语文化中，其用意是为了进一步强调译语文化的作用，这一点无可非议；但如果强调过度，则译者将被隐没在译语文化中，译者跨文化的协调作用将受到轻视，并最终违背翻译作为跨文化交流的基本规律，这样的结果当然无助于翻译研究的发展。皮姆与勒菲弗尔、韦努蒂与图里在译者文化归属上的分歧也从一个侧面反映了我们对文化翻译的思考。例如，文化翻译的分层研究，即作为翻译方法的文化翻译和作为研究方法的文化翻译；文学翻译过程中的文化翻译研究和文学翻译结果的翻译文化研究；文学翻译内部研究中的文化翻译和外部研究中的翻译文化等等。翻译问题是一个文化问题并不是形而上的断言，而是一个实实在在的翻译行为问题。例如，译者的文化归属问题和译者的文化态度问题在文学翻译实践中就直接表现为"归化"和"异化"的问题。

皮姆认为，将源语文化与译语文化对立起来，让译者做非此即彼的归属选择，其始作俑者应是德国译论家施莱尔马赫（Pym，2007：179）。施莱尔马赫提出了翻译的两种完全不同的路径：一是尽可能地不扰乱原作者的安宁，让读者去接近作者；二是尽可能地不去扰乱读者的安宁，让作者去接近读者（谭载喜，2004：135）。施莱尔马赫不承认文化杂合（cultural hybrid）的概念，认为译者必须在这两者之间做一选择，译者要么采取归化翻译，要么保持他国性。他的这种归属对分法（binary belonging）直接导致了翻译实践中诸多互为对立的翻译方法的出现；同时，从文化交流的角度上讲，也为民族主义提供了舞台，因为从翻译实践的情况来看，"归化翻译"一直是翻译方法中的主流。

翻译理论与实践中，与"异化"和"归化"相关的对分翻译策略和方法还可以列举如下：奈达的"形式对等"和"动态对等"、纽马克的"语义翻译"和"交际翻译"、列维（Jiří Levý，1926—1967）的"反错觉理论"（anti-allusory translation）和"错觉理论"（allusory translation）、佐哈和图里的"充分性翻译"（adequacy translation）和"可接受性翻译"（acceptability translation）、郝斯（J. House）的"显性翻译"（overt translation）和"隐性翻译"（covert translation）、诺德（Christina Nord）的"文献式翻译"（documentary translation）和"工具式翻译"（instrumental translation）、韦努蒂的"抵御式翻译"（resistance translation）和"透明翻译"（transparent translation）等。译者作为跨文化交流的协调人，是否有从理论上分清自己文化归属感的必要和可能？在文学翻译中，从来没有任何一部翻译作品是纯粹的"异化翻译"或"归化翻译"，也从没有任何一名译者声称自己专事"异化翻译"或"归化翻译"；事实是，任何一部翻译作品都是这两种方法的有机结合。我国近代文学翻译家林纾的翻译是

"归化翻译"的代表,但钱锺书在《林纾的翻译》一文中也提到了林纾翻译中有不少直译例子,并评论道:林纾译文中"有相当的'欧化'成分。好些字法、句法简直不像不懂外文的古文字家的'笔达',倒像懂得外文而不甚通中文的人狠翻蛮译。那种生硬的——毋宁说死硬的——翻译构成了双重的'叛逆',既损坏原作的表达效果,又违背了祖国的语文习惯"(钱锺书,2002:95)。钱锺书从"化"的角度,对林纾译文的批评恰如其分。笔者引用钱锺书的文章意在表明,即使在林纾这种"归化翻译"大家的译文中,"异化翻译"的例子也比比皆是。笔者认为,这说明林纾不过是在提醒他的读者他是在翻译,而不是在写作,因为,翻译的特点之一就是译文中的异质性。译者被夹在两种文化之间,而不是作为译语文化的代言人来指点源语文化。从积极的意义上讲,他是在协调两种文化;从消极的意义上讲,他必须同时照顾到源语文化和译语文化;"翻译现实告诉我们两种文化的作用既表现在翻译过程中,也沉淀于翻译结果上。换言之,没有绝对的归化和异化之分,体现在翻译当中只是一个'度'的问题。"(冯庆华,2002:48)

3. 第三种文化:译者的文化归属

针对译者的文化归属问题,皮姆提出了"互文化性"(interculturality)的概念。他认为,互文化性不同于在一个社会中多种文化存在的多元文化性,也不同于将一种文化信息传达给另一种文化的跨文化传送。互文化性指的是不同文化交叉或重叠的部分,这个部分既不完全属于源语文化,也不属于译语文化,而是两者兼而有之。译者就是在这个文化地区中结合两种不同的文化创造出一种新的文化。

皮姆的互文化性的概念强调了译者的双文化特征;同时,他又强调译者不仅仅是一般意义上的文化间的协调人,译者有自己独特的归属地,即两种文化相交之地,而这个地方是滋生新的文化的地方,它既不属于源语文化,又不属于译语文化,是由译者创建起来的第三种文化。皮姆的互文化性的概念具有独特的意义,它表现了翻译作为跨文化交流、译者作为文化协调人的一般性特征;同时,他又通过强调译者的文化创造性表现了在当今多元文化并存,文化研究同权力、意识形态相联系的当代跨文化交流的特点。皮姆的互文化性的概念同一些后殖民主义思想家，如美国思想家霍米·巴巴等所提出的"杂合"（hybridization）、疆界文化（border culture）、离散（diaspora）、家园（homeland）等概念具有理论上的相似性，只不过皮姆的概念在适应语境上要宽泛一些。

从文化交流的角度来看，笔者同意皮姆的观点，翻译作为人类最古老的一项文化交流活动，译者作为连接两个不同文化的桥梁，其作用是不言而喻的；而译者的理解、阐释和表现的主体性作用又使得他所翻译的作品具有译者的艺术风格和个人文化心理，否则，我们很难解释"译无定本"等说法和文学作品重译的现象。皮姆所说的"第三种文化"使我们联想到目前国内有关翻译文学归属的学术讨论。长期以来，翻译文学都被归入外国文学，被外国文学所取代，但一个尴尬的事实是，通常我们所提到的外国文学又是被翻译成汉语的文学。难道语言差异就不存在了？如果承认我们读的是经过翻译的外国文学，译者的创造性作用就不容忽视。所以，谢天振一直呼吁将翻译文学纳入民族文学中，认为翻译文学应该在民族文学史上占有一席之地，"给弃儿找到一个归宿"（谢天振，2003）；与谢天振观点不同的是，刘耘华不赞成将翻译文学定位在民族文学之中。他认为翻译文学是外国文学与民族文学的中介，"应该给翻译文学一个相对独立的实体的地位，但对它的考察和研究，则必须置于两种文化语境之中，将它与外国文学、民族文学联系起来，探寻这三者之间在思想内涵、美学品格、艺术形式等不同层面上的演变轨迹，并进一步发掘不同文化间互相关联赖以发生的内在机理机制"（刘耘华，1997：49）。刘耘华将翻译文学作为"中介文学"的观点与皮姆的关于译者创造的"第三种文化"的观点如出一辙。皮姆提出的是"互文化性"的概念，而刘耘华提出的是"中介性"的概念，两个概念都强调将"翻译文学"和"译者文化"同时置于源语文化和译语文化中来考察研究。由此可见，从文化的角度来研究诸如译者地位和翻译文学等翻译研究中的老问题，我们可以得到许多新的启示。不过，笔者认为，皮姆的"第三种文化"和刘耘华的"中介文学"还是有些差异的。前者是译者在作为文化中间人时所具有的一种特殊文化心理状态；而后者则有具体的指向，即各个时期翻译的经典外国文学作品，它们需要在外国文学与民族文学的文学类别划分中找到一个相对合适的位置。关于后一点，谢天振提到了由陈思和主编的《21世纪中国文学大系》，该书将"翻译文学卷"收入其中，其意义更为重大。他们强调翻译文学是中国文学的一个组成部分,重点突出文学翻译活动在中国当代文学创作生活中所占有的不容忽视的地位(谢天振,2003:154)。

第二节 文学翻译与文化异质的传送

1. 文学翻译与"歌德模式"

跨文化交流表现了不同的文化在一定的文化共性之上的文化相异性的对话和碰撞,它的最终目的是促进不同文化之间的相互理解和交流;达到这个目的,展示文化之间的共性和个性,尤其是后者,是跨文化交流的主要任务。作为跨文化交流的文学翻译,如何在跨越文化异质性的同时,充分展示文化相异性,并且表现出兼容并收的文化创造性,是文学翻译是否能扩展成为文化翻译的关键,也是认识"异化"和"归化"翻译策略的相对性的关键。

在西方翻译理论中,将文学翻译与文化相异性的传送结合起来的人,首推近代德国大文豪、大思想家歌德。歌德将文学翻译置于世界民族及其文化交流的背景下进行讨论,并将译者称为"人民的先知"(谭载喜,2004:131)。虽然歌德并没有直接提出"文化翻译"的概念,但他的翻译理论始终贯穿文化交流这条主线,他提出来的世界文学的主张,其基础就是不同文化的彼此尊重和理解。他从文化翻译的视角,划分了三类翻译,构成了他对翻译的整体认识,反映了他的翻译哲学思想。尤其是他的第三种划分,对于文化翻译具有非常重要的启示和意义,刘宓庆将其称作文化翻译的"歌德模式"(刘宓庆,1999b:78)。

歌德的三类翻译分别为:第一类为以传递知识为目的的翻译,译者力图帮助读者了解外来文化,并使之自然融化在译语之中,"让我们以自己的目光去认识外国,平易朴素的散文最适合此类翻译"(Schulte, Biguenet, 1992:60)。第二类为按照译语文化规范改编性的翻译。基本方法为吃透一篇原文的意思,再据此通过文化替代的方式,在译语语言和文化中找到替代物。"译者竭力将自己融入外国环境中,但实际上他只能接近原文的观点,并以自己的方式表现出来。"(Schulte, Biguenet, 1992:60)第三类为逐行对照的翻译,译者逐行在原文下写出译文,通过语言上的紧扣原文以再现原文的实质。"译者必须不考虑译文语言的特征，产生出一种全新的东西，这样的翻译是一种共生现象，译文中既保留了原文的特色，又出现了一种新的结构，原文语言和译文语言都会由于这种新的混合物的产生而得到丰富。"（谭载喜，2004：132）"此类翻译的目的是使译文完全等同于原文，也就是说，并非指译文取代原文，而是译文就是原文。"（Schulte，Biguenet，1992：62）

杨武能在《歌德与文学翻译》一文中这样评价道："歌德这些关于翻译境界的论述，不仅涉及我国翻译界曾经争论不休的翻译是否应该保存原文民族特色的问题，而且甚至可以说早早地开了曾经风行我国的等值翻译理论的先河。"（杨武能，2005：326）事实上，即使在西方翻译理论中，歌德所提出来的"等同"（identify with）理论也比奈达提出的"形式对等"和"动态对等"早了半个多世纪。歌德的翻译分类中，第二类和第三类后面用了德语的"时代"和"纪元"两个词，杨武能认为，此举有特殊的意义。1750 年至 1850 年间，是德国思想文化发展史上群星璀璨的一百年。在这个世纪里，德国先后经历了启蒙运动、狂飙突进运动以及魏玛的古典主义和浪漫主义运动，出现了一大批在人类文明发展史上可圈可点的人物，如文学家莱辛（G. E. Lessing，1729—1781）、歌德、席勒（J. F. Schiller，1759—1805），哲学家康德、黑格尔，艺术家巴赫（J. S. Bach，1685—1750）、莫扎特（Mozart，1756—1791）、贝多芬（L. von Beethoven，1770—1827）等。他们使德意志民族得以振兴，使整个欧洲的思想文化发展得以极大地推进。在如此众多的伟人巨星中，人们选取了歌德，并将这一时代称为"歌德时代"自有其特殊的原因（杨武能，2005：332）。除了深厚的哲学思想、丰硕的文学创作成果，歌德在他的翻译思想中所表现出来的强烈的跨文化交流意识，以及由此而形成的广博的世界文化胸怀也是其中的一个重要原因。"处于18、19 世纪交替的一百年的'歌德时代'，可以说是整个思想界都热衷于翻译。这个时代的德国大作家也几乎全都从事文学翻译。"（杨武能，2005：333）由此可以看出，"歌德时代"是一个翻译的时代，而翻译的时代也是一个跨文化交流的时代。歌德本人就是一名杰出的翻译家和翻译理论家，他对翻译的认识并不限于语言层面的转换，而是同文化的发展和文明的进步联系在一起。他说："对于一个民族来说，把其他民族的作品翻译成自己的语言，乃是迈向文明的主要的一步。"（杨武能，2005：333）歌德对翻译的重视是因为他将翻译看作是各国文学相互交流、实现世界文学的重要手段。他同时也认识到，在文学翻译过程中，首先遇到的就是文化问题，各国文学之间的交流首先需要解决的文化异质的问题。所以，歌德的翻译三类型讨论的不单是文学翻译的问题，还是涉及文化翻译中的跨文化交流的问题。

  在对翻译的三类划分中，歌德本人倡导的是第三种翻译，即他认为的"最终亦是最高级的"（Schulte，Biguenet，1992：61）翻译方法。歌德认为，这种翻译融源语文化于本土文化中，又不失源语文化的本来特点，并以此创造出既与源语文化和译语文化相区别，又与源语文化和译语文化相联系的新的语言和文化结构，最终达到丰富译语语言和文化的目的。译语读者可能最初会有些不习惯这种翻译，感到译文中的外国人都是被本土化了的外国人；但是，歌德认为，读者最终会从不习惯到习惯，也就是在文化交流过程中，读者会经历一个对异质文化的认识、过滤、调适和接受的过程。

  前面我们所讨论的皮姆的第三种文化概念同歌德的翻译模式几乎相同，可见歌德的翻译思想对后来翻译理论的影响很大。歌德的翻译模式就是文化翻译的模式。刘宓庆认为，如果将源语文化定为 C_1，译语文化定为 C_2，那文化翻译的模式就为：$C_1 \rightarrow C_2 \rightarrow C_3$，即源语文化通过译语文化到达第三种文化。这里的第三种文化已经不是译语文化，更不是源语文化，而是一种源语文化与译语文化"恰恰调和"的结果，是翻译家们，最终也是读者们所向往的多元文化的产物（刘宓庆，1999b：77-78）。所以，在具体的翻译实践中，没有绝对意义的"异化翻译"，也没有绝对意义的"归化翻译"，因为这个时候的翻译作品不属于两种翻译策略的任何一种策略的结果，而是杂糅了两种文化的因素，结合了两种翻译策略而产生出的、具有当下性质的作品。

  翻译既跨越文化异质，又展示文化异质，这使得译本既不属于源语文化，也不属于译语文化，而是两者之间的共生物。任何形式的文化交流，都是为了促进不同文化的发展，这也是翻译产生的根本原因。歌德的伟大之处在于他将文化异质性的传送和保持的概念引入文学翻译中，他并不是仅仅将源语文化的异质部分直接植入译语文化中，而是使源语文化和译语文化的异质部分互相作用，经过调和以后诞生出新的文化结构和内容。所以，一部译著首先是使原著在另一种语言和文化中得以延续，同时，译著也将原著中的文化异质带入另一种语言和文化中，给这种语言和文化带来新的参照系，并以此推动译语文化的发展。

2. 文化相异性的本土化改造

翻译将原文中的异质文化带入译语文化，必然要经过一番改造。我们知道，译语文化发起了翻译的活动，译语文化心理、文化规范、文化期待以及译者文化心理等都会形成一个强大的文化过滤器，对原著中的异质文化因素进行识别、调适、改造和接受。文化之间的相异性越小，这种过程就越简单；反之，文化之间的相异性越大，这种过程就越复杂。歌德所提出的第三种逐行对照的翻译，对文化相似度高的欧洲语言和文化来说，有较好的可操作性；但对于语言文化差异巨大的欧洲语言文化与非欧洲语言文化，如英汉语言文化，显然这样的翻译在语言上不具备可操作性，两种文化尤其是汉语文化对英语文化的改造和接受过程就要复杂得多。正如杨武能所说的，歌德的"逐行对译法，似乎特别适合属于同一或相近语系的语言之间的翻译，如英语和德语、法语和意大利语、俄语和塞尔维亚语等拉丁化语言。汉语和这些语言要'逐行对译'恐怕就难了"（杨武能，2005：327）。

所以，在两种"相异性"特别明显的语言文化之间，翻译在将源语文化的异质性传送到译语文化时，必定要经过一番本土化的改造，并获得译语文化的认同。通过改造和吸收，翻译不但将外来文化的异质性因素转化为本土文化的因素，"还可在不同文化间将一种异域文化的'相异性'植入本民族'身份认同'（identité）中来"（孟华，2000：188）。提出这一观点的孟华认为，这是从中国文学翻译史中所得出的结论。中国和西方由于无论在地域上还是在文化传统上都相距甚远，因而具有绝对的相异性，翻译的这一重要功能表现得十分突出。以明末清初意大利传教士利马窦（Matthieu Ricci, 1552—1610）翻译基督教教义为例。利马窦在翻译中没有采取音译西方宗教词汇的方法，而是取中国人传统的概念，往里面硬塞进基督教的含义，以此达到在中国人熟悉的语言之下"偷梁换柱"的目的。例如，他引用了大量儒家典籍的原文，以说明基督教的"上帝"就是中国人传统思想中的"天"等等。利马窦后来在中国传教成功，和他将基督教教义中国化的努力，以及将源语文化的异质性以译语文化能够接受的方式植入译语文化的方法是分不开的。孟华在引用这一事例后说道："利马窦的成功主要在于他找到了如下规律:越是将基督教义这一绝对的相异性中国化,中国的文人就越不会提防它,它也越容易为儒士们所接受,从而有可能进入中国人的身份认同中。我们甚至可以说,将相异性植入中国文化传统的深度和广度,与这一相异性的中国化程度是直接成正比的。简言之,越是本土化的,就越易被接受。而利马窦的实用主义以及他所取得的成功都使我们看到,在文化交流中只要翻译策略运用得当,相异性因素就有可能在一定程度上转化为身份认同。"(孟华,2000:192)然而,相异性因素是否能在一定程度上转化为身份认同,与我们在前面提到的译语文化的文化过滤大有关系。所以,孟华认为:"将相异性因素植入认同性并非一种单向的直线运动。实际上,相异性与认同性两者间是存在着一种交互作用的,只有本土化了的相异性,才有可能被植入他者文化体系。而同时,这一被本土化了的相异性也就以其携带的异国因素(无论此因素经历了怎样的变形,相对于传统,它仍然具有某种他者的性质)丰富了本土文化,从而反作用于身份认同,为更新目的语文化传统作出了贡献。"(孟华,2000:192)

孟华从明末清初、清末民初两次中国对西学译介的高潮中,总结出具有规律性的翻译趋势,那就是从"音译"到"意译"再到"直译"的译者策略的变化曲线,并认为这种意译和直译的交互作用,在更高层次上循环往复,呈螺旋式上升的状态反映了读者的期待,即对异域文化相异性的期待。他将这种期待当作是文学翻译中复译现象的原因之一,并以林纾的译本来加以解释:林纾"与王寿昌合译的小仲马的《茶花女》是第一部译介到中国来的法国文学作品。尽管这部文言'译述'属于极端意义的改写,但在当时仍然获得了巨大的成功。自1899年初版,至1980年止,据不完全统计,它总共再版了十余次。若再算上后来的其他译本,至1993年止,这部小说在中国共有了16个不同的版本,总印数超过100万册。这些数字既反映出了林纾在中国译界的重要地位,同时也清楚地揭示出了随着对相异性认知的加深,中国读者的期待视野也在不断发生着变化,否则何需如此众多的复译本!"(孟华,2000:195-196)

孟华从比较文学的角度,将翻译的实质归纳为本土化的文化异质的传送。这种说法看似有些矛盾:既然本土化了,就不应该再存在文化异质因素,而既然是文化异质,就不应该是本土化的东西;因为"相异性"与"相似性"是相互排斥的。但是如果我们细加体会,就会发现其中的合理性以及对文学翻译实践的解释力。翻译作品是源语文化和译语文化相互作用的结果，但由于译著的最后归属地是在译语文化，所以译语文化对翻译活动具有更大的影响。但当两个陌生的文化遇在一起时，译语文化会对源语文化进行彻底的改造，强势文化对待弱势文化如此，弱势文化在面对强势文化时同样如此。因为任何译著，都必须符合翻译时的译语文化规范，满足译语文化期待。当代西方翻译理论重视译者的主体性作用，其中重要的原因并不是发挥译者个体的主观能动作用，而是通过译者，将译语文化因素具体到操作的层面，借译者的手去操纵、改写原著。但是，我们要明白译语文化将源语文化本土化的过程中，译语文化的异质因素也会在一定程度上被保留下来，一个原因是译语文化以源语文化的异质因素所体现的相异性或他国性为掩护，借译著讲当下事，以此推动译语文化内部的文化改革。鲁迅在谈到他之所以坚持直译的方法时就说道，他的目的是引进先进的外国语言文化，推动当时中国的语言文化改革，从而促进整个社会的变革和发展；此外，中外翻译历史上的"伪译"，即冒称翻译作品，实际为创作作品的现象，也常常是出于此目的。另外译语文化总能够在翻译中给文化异质留出一席之地，即使有时候采取的是保留异质形式，但改变所指的方法，其中另一个原因是翻译之所以为翻译的原因，翻译的本质是在跨越文化异质的同时，也展示文化异质；或者说跨越文化异质的目的是为了更好地展示文化异质，这是翻译存在的根本原因，也是翻译的神圣使命。如果将翻译中的"相异性"消灭殆尽，翻译也就不是翻译了，只能是纯粹的本土化改写，其效果如同将英文品牌"McDonald's"翻译成陕西风味小吃"肉夹馍"，而不是现在流行的"麦当劳"。

如上所述，翻译传送文化相异性是翻译的本质使然。从跨文化交流的角度来讲，文化异质总能给译语文化带来新奇的东西、异域的感受，就如歌德所说的，让读者去到外国作家那里，适应他的生活状态、言语方式和其他特殊习惯。翻译，准确地说是以传送相异性为特征的翻译，是"激活本国传统，使其呈开放态势的绝好方式"（孟华，2000：197）。近几年来，国内翻译理论界对翻译传送文化异质的重要性有了进一步的认识，以孙致礼为代表的学者提出了21世纪中国文学翻译的趋势是异化翻译的论断（孙致礼，2002），引起了学界广泛的讨论，赞同者多，但也不乏反对者，尤其是引起了主张译文优于原文的学者们的反对（许渊冲，许钧，2001：46-59）。

笔者认为，对于这个问题的讨论，应跳出在翻译实践的操作层面以及用翻译实践的例子来就事论事的讨论方法，而是用文化的视野，从跨文化交流的角度来讨论翻译策略问题，并得出一个趋于折中的答案。同时笔者认为，21世纪中国文学翻译的趋势是异化翻译这一观点的提出，其文化意义远远大于对翻译实践的指导意义，它指出了在一个新的世纪中国文化开放、包容的特质，以及中国人民对文化异质性的期待，说明了当今的中国文化既不是百余年以前的闭关锁国的传统文化，也不是当今西方后殖民主义学者所批判的英美霸权文化，因为这两种文化的共同点就是拒绝文化相异性。当今中国文化是一种海纳百川，与外来文化和平相处、共同建构的文化，异化翻译的提出就反映了这样的文化现实。

在以上关于翻译作为跨文化传送活动的讨论中，我们评述了中外学者有关翻译与跨文化交流关系的论述。下面，我们将他们的观点进行简单的归纳和重述，以便通过比照他们的论述而形成文化翻译的特征论。

歌德提出的第三类翻译的特点是："译者必须不考虑译文语言的特征，产生出一种全新的东西，这样的翻译是一种共生现象，译文中既保留了原文的特色，又出现了一种新的结构，原文语言和译文语言都会由于这种新的混合物的产生而得到丰富。"（谭载喜，2004：132）

皮姆的互文化性的概念强调，译者不仅仅是一般意义上的文化之间的协调人，译者有自己独特的归属地，即两种文化相交之地，而这个地方是滋生新的文化的地方。它既不属于源语文化，又不属于译语文化，是由译者创建起来的第三种文化。

刘宓庆认为，源语文化通过译语文化到达第三种文化。这里的第三种文化不是译语文化，更不是源语文化，而是一种源语文化与译语文化"恰恰调和"的结果，是翻译家们，最终也是读者们所向往的多元文化的产物（刘宓庆，1999b：78）。

孟华也认为："无论是相异性，还是认同性，两者都经历了重大的改造，相异性偏离了原初的状态，而认同性则吸收了相异性，得到了丰富、更新和改变，成为一种'活的传统'。……翻译在文化交流中除了沟通的功能外，还是在认同性中导入异国因素的主要途径。它不断地将相异性引入传统文化（音译），使之本土化（意译），又在融通的基础上使之成为传统的一部分，更新了传统，并使

认同性呈开放形态,有可能接受更接近原始形态的相异性(直译)。"(孟华,2000:197)

以上论述对于我们认识文化翻译的特征具有重要的意义,并帮助我们在此基础上形成文化翻译的特征论。翻译是源语文化与译语文化的共同行为,译著是源语文化与译语文化相互作用的结果。翻译改造了文化异质,又保持了文化异质;也就是说,翻译所展示的文化既不是彻底的源语文化,也不是彻底的译语文化,而是一种具有本土化的异质文化,一种让读者既熟悉又陌生的文化,就如同歌德在《论翻译》一文最后所总结的:在这个文化里,"外国的、本土的;熟悉的、陌生的都在不停地运动,并构成了一个整体"(Schulte, Biguenet, 1992:63)。将翻译作为一种跨文化交流活动来加以研究,并由此总结出文学翻译的文化特征,无论对翻译理论的建设,还是对解决翻译实践中的问题都具有指导作用。比如,有关翻译表现被本土化了的异质性的研究就可以作为对目前国内翻译研究界"异化翻译"与"归化翻译"之争、比较文学界"叛逆性创造"与"他国性的保持"之辩的回应。当代西方翻译理论的文化学派、解构主义、后殖民主义、女性主义等理论,在论及翻译与文化的关系时,显然过度强调了译语文化的决定性作用,并将翻译纳入权力与政治话语中。西方思想界(此处尤指翻译理论界)似乎总也跳不出西方传统的二元对立的怪圈,在刚从忠实、对等等束缚中挣脱出来以后,马上又把改写、操纵等概念推向极致。这或许是为了彻底否定一面而采取肯定另一面的非此即彼的极端方法。当代西方翻译理论在特定的时期、特定的地域、特定的文化中所形成的有着特定指向的理论话语,是否能推而广之成为普遍意义的翻译理论?答案显然是否定的,作为具有普遍意义的翻译的文化特征,我们在前面已有详细论述,它有助于我们对翻译本体甚至对翻译整体的认识。笔者认为,作为文化交流的翻译和作为文化隐喻的翻译之间并不存在冲突,它们之间是历时与共时、普遍与特殊的关系;翻译的历时性是指翻译的产生源于不同文化的人们彼此交流的需要,这一基本性质过去、现在、将来都不会改变;翻译的共时性则指在特定语境中的某个翻译事件中,源语文化和译语文化的作用并不是均衡的,通常因译语文化,旧有的文化张力被打破,形成新的关系结构。同样,翻译的文化交流功能具有普遍性,它是一切具体的翻译事件的背景和平台;而翻译的文化隐喻功能则具有特殊和具体的所指。所以,在我们讨论翻译展现的是源语文化和译语文化共同构建并滋生出新的文化时，我们并不否认在特定的语境中翻译作为政治和权力的一种工具或产物这一文化现象。

3. 翻译作为跨文化交流活动的发起研究

在跨文化交流活动中，译者作为源语文化和译语文化的协调人，创造了第三种文化；也就是说，译者在译著中所表现的文化，既区别于源语文化和译语文化，又融入源语文化和译语文化中。译者不仅能从本族文化的角度去认知异族文化，还能从异族文化持有者的角度感知异族文化，这是"跨文化意识的最高境界，要求参与者具有'移情'和'文化溶入'的本领。译者具备这种意识就可以把握翻译尺度且不受文化差异的负面影响"（方梦之，2004：312）。

但是，我们也不能忽视译语文化的作用，这种作用有时是决定性的。文学翻译作为一种跨文化交流活动，译语文化在其中的作用是显而易见的。下面我们将讨论与此相关的文学翻译作为跨文化活动的发起问题，即文化翻译的成因论问题。

翻译作为跨文化交流活动的发起和开展，同译语文化的需要是分不开的。跨文化交流活动就如同商业活动，因为有了需要，才有了供给，才得以形成。古今中外的翻译活动大都是因译语文化的需要而产生、开展的。古罗马时期对古希腊文学作品的翻译，近代中国对西方人文社会科学著作的翻译，莫不如此。

将文学翻译定义为跨文化交流活动，由此而产生的两个问题需要厘清：一个是由源语文化发起的文学翻译是否有效？另一个是源语文学作品由本国人来翻译好，还是由他国人来翻译好？对这两个具体问题的讨论可以帮助我们进一步理解在跨文化交流过程中译语文化的重要性和译者的作用，进而也对目前国内就此问题的讨论提供一点看法。

王宁在提出走向一种文化研究的"翻译学转向"观点时说，我们的文学翻译和文化翻译的功能应该转变，应将大量译介外国文学作品转变为译介中国文学作品，即翻译的重点从外翻中转变为中翻外，把中国文学精品翻译成英语，使之在世界上拥有广泛的读者（王宁，2006：14）。这种观点表达了许多学者希望中国文学走向世界的想法，也表达了他们希望中国翻译界为此目标做出贡献的期望。但是，这种由源语文化发起的文化交流活动是否符合跨文化交流活动的规律,是否具有有效性?对此,孔慧怡(Eva Hung)在讨论了中国古典诗歌的英译后,发表了自己的看法:"主体文化的文学规范、文化需要和预期,几乎完全控制了读者如何接受从外语译入的诗歌。关于在中国本土策动的古典诗词英译作品,撇开译者的英语能力和对英语文学与文化的各种规范的掌握是否足够不谈,这种在译语文化以外策动的翻译活动,并非应主体文化的需要或期待而产生,因此它们能进入主体文化的机会就非常低了。"(孔慧怡,1999:107)关于王宁提到的将中国文学作品翻译成英语,孔慧怡也曾谈道:"以20世纪情况而言,英美文化是强势文化,即使要借助外来的文化力量时,亦只是按本身要求做出选择和调配,美国意象派诗歌和寒山的例子正好作证。有了这样的背景,假如再加上中国译者在语言能力和文化理解方面都有问题,除非主体文化突然产生某方面的欠缺感,而又认为可以借助外来译者的力量,否则在英美文化范畴外策动的文学译作就根本不可能在主体文化的范畴内运作。"(孔慧怡,1999:107)

事实上,目前被英美文化接受的中国经典文学作品的英译本,几乎都是英美学者翻译的。以《诗经》的英译为例,在英语国家被广泛引用的英译本就有理雅各(James Legge,1814—1897)、高本汉(Bernhard Karlgren,1889—1978)、韦理(Arthur Waley)的翻译;另外,霍克斯(David Hawkes)的《红楼梦》的英译本也是在西方国家广为流传的一部中国古代文学作品;杨宪益、戴乃迭的《红楼梦》英译本在西方也有一定知名度。这部他与英裔华籍夫人戴乃迭共同完成的翻译作品,在西方能得到一定程度的接受,同作为译者之一的戴乃迭受到出生地影响而形成的翻译观念及她所采取的翻译策略有一定关系。在1980年澳大利亚举行的一次座谈会上,戴乃迭说,她觉得她和杨宪益给自己的自由太少,译得太直,太缺乏想象力,而他们所钦佩的霍克斯就有丰富得多的创造性;而杨宪益则认为,翻译必须十分忠实于原文,不能有自己的诠释,不应太有创造性,否则就是改写而不是翻译了(张南峰,2004:223)。

我国向国外译介中国文学作品有两个渠道:一是于1951年创刊的《中国文学》杂志的英文版和法文版,二是1981年问世的"熊猫丛书"。前者截至1997年,已译载中国小说3 000篇;后者每年出书10种左右,系统翻译和出版中国古代和当代著名作家的优秀作品,截至1997年,英文版已出100余种,法文版已出60余种(孔慧怡,杨承淑,2000:148)。但总体而言,这些翻译作品在英美世界影响很小，究其原因，既有上述原因，又有译者原因。

既然文学翻译通常是由译语文化发起，译者当然也应来自译语文化。孔慧怡认为，要为翻译成英语的诗歌注入生命力，合译是一个很好的办法，即由美国诗人与懂得中国语言、文化的学者合作而成（孔慧怡，2000：107）。无独有偶，最近，瑞典科学院院士、诺贝尔奖评委马悦然（Goran Malmqvist）在谈到诺贝尔文学奖时也说："中国人不应该把中国文学作品翻译成外文，要把中国文学翻译成英语，需要一个英国人，一个文学修养很高的英国人，他通晓自己的母语，知道怎样更好地表达。现在出版社用一些学外文的人来翻译中国文学作品，这个糟糕极了，翻得不好，就把作品'谋杀'了。"马悦然的说法失之偏颇，只说对了事情的一面。一个文学修养很高的英国人如不通晓中文，不熟悉中国文化，他也绝对翻译不好中国文学作品。但是，他提到由外国人来翻译中国文学作品有一定意义。因为只有本族人才能更好地了解本民族文化的文化心理和期待视野。毕竟，翻译的目的是将文化异质性介绍进译语文化，以利于译语文化的接受。

我们也注意到许多翻译活动是由源语文化出于介绍本国文化的目的而发起的。如果忽视源语文化的作用，我们就无法客观描写这部分译著的存在缘由，而对制约这部分译著产生的源语规范的描写，恰恰能够帮助我们更进一步地理解复杂的翻译发起机制。让我们再以杨宪益、戴乃迭的 *A Dream of Red Mansions* 和霍克思的 *The Story of the Stone* 两个《红楼梦》英译本为例。张南峰从图里的翻译规范角度分析比较了两个译本的翻译策略并且探讨了支配这些策略的规范。他认为，在多数情况下，杨译比较贴近原文，霍译则表现出比较细腻的语言和文学技巧。从传统的翻译批评标准来看，两个译本各有千秋。但是，将两个译本放在文化的大语境中观照，我们就会发现这两个译本是在不同的文化中为了不同的目的而制作的，受不同的规范支配，因此根本无从比较。接着，张南峰从文化力量、原文地位与起始规范、翻译委托人、读者对象与翻译目的、道德规范，以及评价、诠释与文学观等方面，对两个译本进行了细致的描写和分析，最后得出结论：支配《红楼梦》两个译本的规范主要有四个来源，一是由文化的相对力量和地位决定的翻译规范，二是关于文学作品应有多少娱乐性的文学规范，三是文学的批评和诠释规范，四是关于性和"脏话"的道德规范。这四种规范都和意识形态有关（张南峰，2004：215－227）。笔者举此例是想说明，对译语文化规范的强调不能以牺牲源语文化规范为代价,源语文化规范除了能够解释由源语文化所发起的翻译活动之外,还能在某种程度上保证翻译活动中文化相异性从源语文化到译语文化的传送。

以上讨论了翻译作为跨文化交流活动的发起问题,强调了译语文化的重要作用。笔者在此以中译外为例,无意表示中国的文学作品必须得由外国人来翻译,而是想表达这样一个观点:从跨文化交流的角度来讲,文学翻译的发起者应是译语文化,中国文学作品的译介如果要成为外国文化的一种需要,前提是中国文化日益强大,并逐渐成为世界上的主体文化。只有这样,中国文学作品才会在世界范围内被广泛地译介和阅读。今天,我们欣喜地看到,我国的经济实力不断加强,国际政治地位不断巩固,中国文化离受到世界各国仰慕的情形不会太遥远。至于译者,笔者认为,无论是源语文化的译者还是译语文化的译者,都必须对两种文化有深刻的了解。当然,从语言、文化和艺术表现的角度而言,译语文化的译者及其工作,更容易为译语文化所接受和认同。

第三节 深度翻译:译者的话语空间

1. 深度描写与阐释之阐释

在文学翻译主体性的交互关系中,译者主体性是其中最为重要的一个主体性,原因在于译者主体是一个阐释主体。从文化的角度来讲,译者在文学翻译中的根本任务是传达"异"文化,促进不同文化之间的了解。译者所面临的阐释对象是文学文本,而文学文本是在作者的阐释基础上形成的。借用文化人类学的术语,作者可以被视为文化持有人,他对文化的阐释是第一层次的阐释;而译者则作为民族志学者,在基于文本的基础上,在作者的阐释之上做出进一步阐释,也就是第二层次的阐释。所以,在作者主体和译者主体的相互关系中,作者绝非无用。他在基于他的文学文化能力基础上,在写作时的社会历史文化语境中,做出了他的文化阐释,而译者在作者的阐释之上,通过辨别、调查,最后形成自己的阐释。在文化人类学中,这种阐释手段被称为深度描写(Thick Description,亦译"厚描说"),而在翻译研究中则被称为深度翻译(Thick Translation,亦译

"厚翻译")。

深度描写是格尔茨在其《文化的解释》(*The Interpretation of Cultures*, 1973)一书中提出的。作为文化人类学研究的重要方法,深度描写理论同文化象征符号理论一起,构成了格尔茨阐释人类学的主要内容。格尔茨认为,文化的概念是一个符号学的概念,文化是各种符号的集合,生活在特定文化中的人从小就理解和习得了这些文化符号。人生活在文化的符号中,而不是生活在具体的文化事件中。人们使用这些符号来交流思想感情,表达对世界的看法,抒发对生活的感受。格尔茨借用马克斯·韦伯(Max Weber, 1864—1920)有关文化是"意义之网"(web of significance)的理论,提出"所谓文化就是这样一些由人自己编织的意义之网,对文化的分析不是一种寻求规律的实验科学,而是一种探求意义的解释科学"(格尔茨,1999:5)。在格尔茨的阐释人类学理论提出之前,文化人类学认为,科学、严密的田野工作方法,即参与观察(participation-observation)方法、面谈方法可以对他族文化的社会活动、人际关系和语言交流进行记录和分析,并由此得到对整个他族文化的认识。但是,人类学调查者的客观性因调查者的非本族人身份而受到质疑,被认为是一种对他族文化表面的、不可靠的认识。于是,区分文化客位(etic)和文化主位(emic)的关系就成为替代参与观察法的新方法。文化客位被认为是主观的、印象似的,而文化主位,即文化持有者的观点,则被认为是客观的、反映现实的。这种二元对立的方法同样引来疑问:文化客位就一定是主观的,文化主位就一定是客观的吗?文化难道就是具体的存在,只要身临其境,便能客观反映吗?格尔茨的阐释人类学的出现正是要回答这些问题。格尔茨将文化界定为符号的系统,认为要获得对一种文化的真正认识,必须主动、动态、细致地分析作为符号系统的文化中的各部分的构成,与他们之间的意义关联以及构成关系中意义的指向。文化人类学家通常采用民族志的方法来研究他族文化,如参加到他族文化活动中,实地考察,细致记录,同被访人交谈等。但是,他们所获得的理解和对他族文化的解释并不是对他族文化的直接认识和解释,而是基于他族文化持有者对本族文化阐释之上的,是阐释之上的阐释,或称再阐释。"只有本地人才做出第一等级的解释:因为这是他的文化。"(格尔茨,1999:19)

于是,在文化阐释中,作为阐释者的民族志调查者怎样去排除无意义的表象，寻找真正的意义关联，即隐藏于表象之下的"文化语法"，成为阐释人类学的重要议题。格尔茨认为在文化观察中必须区别无意义的行为和具有文化表征意义的行为。他以哲学家赖尔（Gilbert Ryle）有关儿童抽动眼皮的例子，说明生理性的习惯行为和隐藏着深厚的社会文化意义的社会行为的区别。儿童抽动眼皮，有时是由于疲倦或不舒服，有时却是某种暗示，在特定的文化中这种表暗示的抽动眼皮具有被广泛理解和回应的文化特征。在这里，格尔茨提出了相对于浅度描写（Thin Description）的深度描写方法，即"强调描写和观察方式的特定化、情景化、具体化，确定长期的、小范围的、定性在上下文背景中的理论前提要求"（王海龙，2004：21）。具体而言，对他族文化的阐释须包括对当地地方知识的掌握，了解与所要阐释的他族文化相关的一切细节，尤其那些未被表现或未被着重表现的文化行为，注重研究文化行为发生时的历史、社会环境等等。深度描写方法不放过任何一个细节，尤其是在过去的调查方法中被忽视和无视的细节，并寻找细节中的有意义联系，因为往往在这些蛛丝马迹般的细节中，能找到规律性的东西。格尔兹认为，"一种好的解释总会把我们带入它所解释的事物本质深处"（格尔茨，1999：18）。深度描写就是达到这种好的解释的有效方法。

格尔茨的阐释人类学理论超越了传统人类学理论中关于人类学能客观真实再现他族文化的天真想法，以及文化主位（emic）和文化客位（etic）的二元相对之辨，而将其理论的焦点直接指向阐释本身。这种再阐释，"不同的学者有不同的措辞，如'重构'、'价值重估'、'创造性转化'等等，再阐释意味着文化他者的视野在本土文化中的应用，或是赋予本土文化以新的资源价值"（叶舒宪，2003：15）。这里所谓文化他者的视野，即是格尔茨所称"文化持有者的观点"。也就是要求考察者在对他族文化的阐释中，必须具有超乎他族文化之上的视野，重构对他族文化的认识，重估他族文化的价值，并创造性吸收他族文化的精华。深描理论强调人类学调查者主观能动的作用；同时也说明任何层次上的阐释，都带有阐释者的主观意图。这种主观意图是由阐释者的知识背景和结构所决定的。人类学家的根本任务是在浩瀚的文化素材、文化持有人的种种阐释中寻找真正的意义之链。

2. 深度翻译：译本的语境化和历史化

由于翻译所具有的理解和阐释的特性与深描理论的阐释特性不谋而合，后者很快在翻译理论研究领域中引起共鸣。美国翻译理论家夸梅·阿皮亚（Kwame Anthony Appiah）比照格尔茨的"深度描写"一词，创造出"深度翻译"或"厚翻译"（Thick Translation）一词，并撰写同名文章加以阐述。所谓深度翻译，亦称厚语境化（thicker contextualization），是指在翻译文本中，添加各种注释、评注和长篇序言，将翻译文本置于丰富的文化和语言环境中，以促使被文字遮蔽的意义与翻译者的意图相融合（Appiah，2004：417-429）。阿皮亚在《深度翻译》一文中，以非洲加纳的口传文学如何被翻译成英语、如何被英语读者所接受为例，指出文学翻译中意义的隐蔽性和不确定性一方面是因语言结构的不同而导致的语义差异，另一方面则是意识形态方面的原因。阿皮亚批评了分析哲学的语言意义观所采取的形式逻辑推理，肯定了奥斯汀的言语行为理论和格赖斯的会话含义理论对意义研究的积极作用。同时，他对格赖斯理论中有关意义可以通过基于作者的意图进行推导而获得的观点表示了异议。阿皮亚认为，深度翻译方法能使读者回到翻译文本产生时的时代、理解文本产生时的社会文化背景，从而产生对边缘文化的尊重和对英语文化优越感的抵制。传统翻译理论认为，翻译是在目的语文本与目的语的语言和文化规范之间建立一种关系，这种关系如同原著同源语文化的关系一样。也就是说，目的语读者对于翻译文本的理解和接受，就如同源语读者对原著的理解和接受一样。但是，在翻译过程中，这种等效论的平衡关系常常被打破。翻译者不可能完全反映原作者的意图，目的语读者也不可能有与源语读者相同的期待，目的语文本成为一个意义开放的地带、一个各种意义滋生的地方。阿皮亚认为，文学翻译传达的不是字面意义，而是语用意义，即文学文本中的隐喻意义。要获得这种隐喻意义，分析文本的历史语境是非常重要的。但是，这并不意味着完全去还原文本写成时的历史背景，这种还原是不可能的，因为作为语境的重要因素的时间，可能还有人物，已经改变，时过人非。从这个意义上来讲，一切的阐释都是当下的。有效的办法是在现在与过去的对话关系中寻求意义的所在。

在考察原著和译著的历史性时，权力话语的作用使深度翻译方法具有一定的意识形态色彩。作为一种经常同直译法配合使用的翻译方法，深度翻译为目的语读者了解源语文化提供了一条新的路径，即在翻译文本中列举各种注释和评注，并竭力以此重构原著产生时的历史氛围，帮助目的语读者更好理解源语文化，并由此产生对他族文化的敬意，即使是一个弱小民族的文化。阿皮亚说道，要避免西方人对非洲口传文学的误读，非洲人须克服长期形成的文化自卑情结，首先必须承认非洲被殖民前时期的文化生产形式同当代文化生产形式一样是真实的，对当代文化研究同样具有参考价值性；同时，要努力摧毁欧洲文化优越性的假定，以及保证这种假定的体制和技术手段。在阿皮亚眼里，深度翻译是捍卫边缘文学、文化真实性和合法性的有力手段。

赫曼斯在一篇题为《作为深度翻译的跨文化翻译研究》的文章中，进一步阐释了深度描写和深度翻译。① 文章开篇举了两个例子，一是英国学者琼斯（John Jones）通过在《关于亚里士多德与希腊悲剧》（*On Aristotle and Greek Tragedy*，1962）一书中对亚里士多德《诗学》的重新解读和翻译，以说明他颠覆了长期以来西方社会对《诗学》的经典诠释和翻译；二是严复"信、达、雅"，在英文中的翻译有 14 种之多。赫曼斯认为，跨文化理解是一个复杂的、无止境的阐释过程，理解和翻译是紧密联系在一起的，理解是翻译，翻译也是理解。历史的或人类学的方法可以为跨文化的翻译提供新的思路，深度翻译是减少跨文化误读和降低翻译难度的有效方式。一个文本从一种语言和文化被翻译到另一种语言和文化时，通常的结果是意义会受到一定程度的消减。其原因在于，虽然我们认为翻译尤其是文学翻译具有创作的特性，但这种创作是在一个给定的文本之上展开的，受着该文本一定程度的影响。翻译过程中原文意义的缺失，如文化意象的传达不充分，可以通过在翻译文本前添加详细的前言，在文中或文后列举大量的注释，为读者提供一个文化和历史的语境。这不失为一个尽可能准确理解文本意义的有效方法。赫曼斯认为，深度翻译说明了完全对等的翻译是不可能的，它突出了译者的主体性地位，否认了翻译是透明的或中性的描述，并将一种叙事语言带进描述中，从而使描述具有明确的视角。

---

① Theo Hermans, "Cross-cultural Translation Studies as Thick Translation", www. soas. ac. uk /literatures /satranslations/ hermns. pdf.

赫曼斯文中所提到的我国晚清时期的翻译家严复的翻译，就是运用深度翻译方法的一个很好的例子。严复翻译的一个特点是，在译文中附有大量的按语、注释、评注等，对原著的历史背景、作者学术观点的历史地位、论述的精髓所在、中国传统文化中的类似理论以及作者的观点中应予以商榷之处，一一指出。据粗略统计，严复所加的按语约占全部十部译著的1/10，而《天演论》的按语数则占了全书的一半以上（方梦之，2004：85）。

3. 深度翻译：译者在作者阐释之上的再阐释手段

按照格尔茨的阐释人类学理论，文化研究者对他族文化的研究是在文化持有者的阐释之上的阐释。以此观点去追问文学翻译的本质，及源语文本和目的语文本、作者和译者之间的关系，我们会有一种茅塞顿开的感觉。文学翻译是一个再阐释的过程。原文作者是源语文化的持有者，他们通过对自身所处的生活的观察、对本族文化的观察和理解，以及自己对生活和情感的体验，创造出作品，表现对待人生的态度和感受。他们在作品中流露的感性的认识和理性的思考，都体现了他们对本族文化的阐释，即使有的作家描写异域题材，但他们的角度和视野是本族的。翻译者的工作正是对这种阐释的阐释，他努力去阐释作者对源语文化的理解，并通过这种阐释，将他所理解的源语文化呈现在本国读者面前。同时，译者清楚地知道，这种阐释要受制于时空的变化，受制于文字意义的不确定和散发性，也受制于译者所在的社会文化规范。他的阐释是努力去接近作者阐释中的源语文化。另外，一旦译者的阐释完成，翻译文本就会接受来自目的语读者的阐释，从而完成作者阐释、译者再阐释、目的语读者再再阐释的文学作品产生、译介和阅读的过程。从此过程可以看出，作者、译者和读者相互联系，但又有各自的作用，都具有阐释主体的地位。这种主体之间的交往或曰主体间性，使得作品的阐释过程不断深入，作品的思想内容得到进一步阐发，美学品位得到进一步的升华。

深度翻译并不仅仅表现为译者再阐释的一种手段，它所包含的理论内涵对于文学翻译研究，对于译者主体性研究具有重要的意义。深度翻译通过在译本中增加按语和注释，构建文本产生时的历史语境、烘托历史氛围。但这种历史语境的重建，"并不是把历史看做是阐释的稳定基础的逻各斯中心模式，认为历史是由客观规律所控制的过程，文学作品的语境——历史背景——具有文学作品本身无法达到的真实性和具体性"（张京媛，1993：4）。新历史主义文化诗学所提出的历史和现实的关系表明，"任何理解阐释都不能超越历史的鸿沟而寻求所谓的'原意'，相反，任何文本的阐释都是两个时代、两颗心灵的对话和文本意义的重释"（张进，2004：266）。翻译文本中按语和注释的添加，并不是对作者的原意和作者的世界观实证性的追溯，而是探索"文学文本周围的社会存在和文学文本中的社会存在"（张京媛，1993：5），写作、翻译和阅读都是在一定时空中进行的具体的文化实践，它们受到社会存在的规范，但同时在文本中又创造社会存在。深度翻译并不是仅仅增加翻译文本的"厚度"，而是通过按语和注释构成一个与翻译文本互动的空间，让读者在文本和社会存在之间的相互作用中，阅读文本，理解文本，阐释文本。深度翻译作为译者的一种翻译策略，明显带有译者的阐释印迹和主观意图。在翻译中，按语和注释数量的多少和写作的方式都要受到翻译的目的和译语文化的影响。前面提到的严复翻译的《天演论》中的大量按语和注释，并不是随意堆砌在那里。哪里该注释或加按语，怎样表述，严复应该是经过了深思熟虑，反映了他对当时的国民进行科学启蒙的迫切心情，以及对本国读者的阅读习惯和能力的考虑。

  深度翻译方法以及这种方法所蕴含的庞大的阐释人类学和新历史主义理论资源，值得我们认真注意和研究。从技术层面上来讲，深度翻译常常是和直译法、异化法出现在一起的。在文学翻译中，使用直译法和异化法可以充分展现异域风情、保持译语文本中的他国化；但是这种译语文本中的"异"，经常会引起译语文化和源语文化之间的"隔"，影响译语读者对翻译文本的理解。在译语作品中添加注释、按语等，是帮助译语读者理解翻译文本的辅助手段。在翻译实践中，深度翻译方法早就被许多翻译家采用。许多翻译家在他们的翻译实践中，常常使用深度翻译的方法。例如，《德伯家的苔丝》的译者张谷若就是一位善用"注释"的翻译大家。"在《德伯家的苔丝》中各种有关部门社会文化的注释多达438处，其中有关社会传统习惯的106处，有关历史的26处，有关宗教的26处，有关文学艺术的53处，有关圣经及其他典故的118处，有关语言翻译的31处，有关哈代研究的49处。而在《还乡》中，涉及建筑等专用术语的有45处，涉及民风民俗的有101处，涉及经典著作和名人名胜的有190多处。张谷若采取直译加注释的方法,既保持了原作的用词特点,又帮助读者理解了原文。在这个意义上,张谷若超越了普通译者,承担了文化译介人的角色,他不仅译介了哈代,更为中国读者呈现出哈代乃至哈代以前的整个英国。例如,在《还乡》中写到姚伯太太向侄女朵荪'扔了一只便鞋',张谷若特别加注说:'扔了一只便鞋:英国习惯,结婚礼成席散,新郎新娘要走的时候,亲友们都跑到门口,朝着他们两个扔旧鞋或便鞋,以及米和纸屑等物。便鞋是取吉利的意思。'倘若没有这段对婚俗的说明,中国读者难免如堕五里雾中。"(孟昭毅,李载道,2005:336)关于深度翻译的研究,尤其是深度翻译的理论意义的探讨,翻译研究界还未有多少成果。笔者能检索、收集到的也只有阿皮亚和赫曼斯所写的两篇文章;我国学者也有偶尔在文章中提及深度翻译的,但也仅仅将其视为直译法的一种辅助手段,只是增加了译本的篇幅,使译本变"厚"了。笔者认为,深度翻译的理论意义远远大于它的实践意义,阐释之上的阐释这一理论,既承认了作者的作用,更强调了译者的作用,它厘清了文学翻译中作者主体和译者主体的关系问题,为两者之间的对话带来了更加丰富的内涵,深度翻译拓展了译者的话语空间,为译者主体性的表现提供了一个更广阔的舞台。

第四节　小结

在文化的视野中研究文学翻译主体性,文化的外延与内涵十分重要,它直接影响到我们所采用的文化视野的宽度和纵深度。西方翻译研究文化转向后,关于翻译与文化的讨论被集中在一个相对狭隘的后殖民语境中,言必称权力似乎成为翻译理论界的时尚,"传播欧洲中心主义思想"成为以后殖民主义文化为视角的翻译理论批判以人类学文化为视角的翻译理论的武器。

那么,我们应该采取一个什么样的文化视野来研究翻译?人类学的文化观和后殖民主义的文化观本质上的差异是:翻译是一个相对平等的文化交流还是一个充满权力制约的文化交流?如果我们倾向于前者,则是忽略了后殖民翻译中权力关系这样一个显著特征;如果我们倾向于后者,则是无视人类几千年来将翻译作为最重要的文化交流形式这一明显的事实。理解这个差异,并将这两种不同的文化置于对话的关系中,不仅对我们研究文学翻译主体性意义重大,对于中国翻译界理性而有鉴别地接受当代西方翻译理论也十分重要。

以人类学文化相对论为理论背景的翻译活动和以后殖民主义理论为理论背景的翻译活动有很大的不同,前者将翻译作为不同文化在相互理解和尊重的前提下的文化交流,并认为这是文化交流的基本形式;后者则将解构主义作为思想基础,将意识形态作为批评武器,关注翻译在西方殖民主义时期,如何表现了欧洲中心主义思想,如何成为西方强势文化对第三世界弱小文化实施文化殖民的工具,并认为文化交流从来不是平等的,权力是促进或制约文化交流的重要因素。

在我们讨论翻译研究的文化转向时,切忌将后殖民主义语境中的文化话语直接搬用到中国的语境中来,而应该将我们的目光投向一个更大的、更具包容性的文化视野,即人类学意义的文化视野。事实上,翻译活动就是在这两个视野的相互辉映下进行的。翻译活动的开展首先源于不同文化的人们交流的需要,这种需要是真诚的,只有在相互理解和尊重的基础上才能得到满足。否则,我们很难解释翻译为什么会作为人类社会最古老的一项活动。即使在今天,文化间的理解和尊重也是我们翻译外国文学作品最根本的出发点,文化间的平等交往是翻译以及一切跨文化交流活动的最终目的。但同时,我们须注意到,将文化之间的平等交往作为一种文化常态可能掩盖翻译活动在特定的环境和时间所表现出来的强烈的政治意识形态性质,人类学文化视野中的翻译活动隐含这样一个预设,即各个文化之间都是平等的,翻译是不同文化之间的平等交流。但事实上,这样的平等并不是任何时候都存在;在一定语境中,翻译并不完全是一种平等的你来我往的文化交流,而是不同文化之间"协商"(negotiate)的过程,左右这种协商结果的就是文化之间的权力关系。

表现他者的世界可以有两层含义,一是当译者从译语文化的立场表现他族文化时,源语文化是译者的"他者";二是当译者以"主位"的角度,从"文化持有人"的立场来阐释源语文化时,译语文化又成为译者的"他者"。"自我"与"他者"的转换,和译者的文化态度相关;同时,这也是翻译给译者的恩赐,因为只有译者才能够畅游在两种文化的海洋中。

第四章

文化认知与身体体验：
文学翻译主体性再认识

第四章 文化认知与身体体验：文学翻译主体性再认识

第一节 文学翻译的文化认知

1. 文学翻译的文学性与文化性

英文"culture"被译成中文为"文化"。"英文中有两三个比较复杂的词，culture 就是其中的一个，部分的原因是这个词在一些欧洲国家语言里，有着极为复杂的词义演变史。然而，主要的原因是在一些学科领域里以及在不同的思想体系里，它被用来当作重要的观念。"（威廉斯，2005：101）文化概念的经典定义出自英国人类学家泰勒于 1871 年所写的《人类的起源》一书。他的定义为："所谓文化或者文明，即知识、信仰、艺术、道德、法律、习俗以及其他作为社会成员的人们能够获得的包括一切能力和习惯在内的复合性整体。"（Keesing, 1958：18）泰勒的定义未涉及物质文化，能力和习惯的提法也失之笼统，没有明确区分先天和后天的能力等等。之后，有关文化的定义层出不穷，却没有一个定义为众口称是。这既表现了文化概念所具有的宽泛和包容性，同时又说明由于不同人的理解和目的不同，给文化下的定义也不同。

霍恩比在《翻译研究：综合法》(*Translation Studies: An Integrated Approach*) 一书中说道，翻译理论，尤其是当代德国译论家弗米尔的理论，使用的文化定义是在美国人类学家古迪纳夫（Ward H. Goodenough）的定义上改写的："文化是人们需要判断他们的行为是否符合或者偏离他们的社会角色，他们的行为是否满足社会的期待所知道、掌握和感觉的一切。"（Snell-Hornby, 2001：40）。诚然，这样的定义同样难以表达清楚文化的复杂性和多样性，但考虑到翻译跨文化交流的性质，这个定义更注重文化的当下性和社会的期待和接受心理，符合翻译活动的实际。

在文学翻译的语言转换、审美表现和文化认知等要件中，文化认知是其中非常重要的一个部分。谈到文学翻译的文化认知问题时，我们须首先厘清文学翻译的文化因素问题。翻译的文化因素指的是原著中专属源语文化的因素，常常同翻译的不可译性相关。作为翻译本体研究的一个部分，翻译的文化因素研究是除翻译的语码转换和审美表现研究之外的重要研究领域,中西翻译理论和实践对此研究给予了较长时间的关注。例如,在中国大学的翻译教学中,由于英汉语言和文化的巨大差异,教师往往非常强调翻译的文化因素的重要性,尤其注重将源语文化词汇转换为译语词汇的具体技巧。这一点可以从市面上出售的各种各样的翻译教材得到印证;同时,在相关的学术期刊上,讨论如何理解、翻译原文的文化内容等问题的论文也比比皆是,人们关注翻译文化因素的热情对翻译实践无疑是一件幸事。

但是,人们对翻译文化因素的认识还只停留在表面上,有待提高和深入。人们过多关注词语、句子或段落中文化表征的解析和转换,而忽略了文学翻译本质上就是文化翻译这一对翻译本体的认知。以中国翻译界为例,讨论翻译与文化之间关系的文章不少,但多数是译品评析的文章,属文学翻译批评的范畴,讨论的是如何理解原著语言的文化含义以及如何在译文中传达这些含义的具体方式;这些文章多采用印象似的定性方法,主观,随意,缺乏对文学翻译过程的分层分析以及各个层面上文化含义的认识。例如,这些文章关注了文学语言的文化含义,却忽略了文学体裁的文化意义、作品内容的文化意义;尤其对原著所体现的源语文化心理缺乏认识,所以也就难以形成抽象且具概括力的文化认知方式和认知模式,对翻译的文化含义认知始终纠缠在对个别词语具体的、琐碎的价值判断上。上述现象的一个深层次的原因在于我们缺乏文化的整体视野,缺乏敏锐的文化洞察力,不能以之去分析、描写和解释文学翻译活动;所以,呼唤文学翻译文化认知的回归,是译者主体性研究的一个重要内容。

笔者认为,文学翻译的文化认知包括两个方面的活动:一是译者对原著文化因素的认知活动,二是作者与译者(读者)、原著与译著之间的跨文化交流活动。前者为对原著的理解和阐释,从一定程度上表现为静止的认识状态;后者则表现为文学翻译过程中,作者与译者(读者)、原著与译著之间的种种关系,这种关系将前面的静止认识状态置于一种运动之中。这两个活动组成了文学翻译活动的整体。在上一章从文化人类学的视角研究文学翻译主体性时,我们已经就文化异质的传送、译者文化身份和归属等问题进行了讨论。本章将重点讨论基于文学文本的文化认知。

需要指出的是,用文化的视野来描写文学翻译活动,并不意味着文化可以解

第四章
文化认知与身体体验：文学翻译主体性再认识

决文学翻译的一切问题。文学翻译中的语言问题、艺术审美问题都仍然是文学翻译中的重要议题，使用"文化翻译"（Cultural Translation）也并非试图以此取代"文学翻译"一词。因为，据文化宽泛的定义，表现一个民族精神实质的文学理应归在文化的范畴中，但在具体的关注层面和方式上，文学与文化的其他形式有所不同。例如，文学与艺术在表现形式上就有着差异。本书所使用的"文化翻译"一词涵盖了原著的文化意义、文化心理和文化气质，但文学翻译的核心是作品的"文学性"、作者的"美学取向"和译者的"艺术审美"。它们是文学翻译的魂，没有它们，翻译可以是任何类型的翻译，但绝不是文学翻译。同样，文学翻译的艺术审美也需要文化审美机制的支持和保证，只有这样，艺术审美才能更准确，具有感染力。

刘宓庆在论述翻译的文化研究时，认为文化审美在跨文化交流中起着重要的杠杆作用。他说，同文化人类学、语言学的研究和关注文化相比较，只有翻译学（翻译研究）是全面系统地关注语际层面跨文化审美表现式的转换机制；他以对著名美国诗人艾略特（T. S. Elliot，1888—1965）的《荒原》的解读和翻译为例说道："《荒原》反映的文化心理异常复杂，全诗用典极多，可谓'玄机四伏'。……从《荒原》的433个诗行中我们可以看到几乎每一二行中都有一个奇特的心理意象，体现艾略特奇特的艺术审美构思：读者可以作见仁见智的解读，但准确的解读必须处在艾略特所凭据的语言文化心理整体参照系中。离开了《荒原》所处的20世纪最初20个年头西方所处的历史、社会以及整体的思想潮流和文化心理格局，《荒原》必成为不可思议的狂言狂语。"（刘宓庆，1999b：12 - 13）所以，文学翻译的文学性和文化性相辅相成、密不可分。

译者对原著文化因素的认知分别在文学翻译的三个层面上进行，第一个是文学语言的文化认知，第二个是文学体裁的文化认知，第三个是文学内容的文化认知。它们之间有时会有重合，例如，双关语是一种修辞形式，同时，它又是一词多音或一音多义词语，这样，它就成为某种文化含义的共同载体。文学翻译的文化认知的三个层面分别对应了文学翻译的三个组成部分——语言转换、艺术审美和文化传送。在这三个层面上的文化认知和文化表现，需要源语文化、作者、原著、译者、译著、读者、译语文化的共同参与。源语文化是作者的文化母体，作者将源语文化典型、集中地体现在原著中；而译者需要对源语和源语文化，包括作者本人，拥有相当程度的了解，同时非常清楚自己的母体文化与源语文化的异同以及读者的文化期待，并协调、处理好它们之间的关系。所以，文学翻译的文化认知和文化表现对译者提出很高的要求。王秉钦认为："在文化翻译学相关学科中最主要的是两门：一门是语言国情学、一门是跨文化交流学，前者侧重研究语言单位的文化内涵，后者侧重研究具有不同文化背景的人们在各类交流活动中所涉及的种种文化问题。"（王秉钦，1995：8－9）笔者认为，最重要的学科除了语言国情学，或曰文化语言学和跨文化交流学以外，还应当包括文化人类学、语用学、心理学等学科方面的知识。

　　王宏印认为，当翻译过程涉及文化问题时，文化可以分成不同的层面，具有不同的含义。他列举了针对文学翻译批评的文化所具有的不同层面和含义：作为文明单元的文化、作为文学内容的文化、作为语言信息的文化、作为文本意义的文化和作为翻译对象的文化。王宏印认为，作为文明单元的文化，实际上也就是文明本身，是国家、民族和社会的结合，是有历史传统的民族的社会生活方式的总和。翻译作为跨文化的语言交流活动，具有从一种文化进入另一种文化的交流本质。作为文学内容的文化指的是某一民族文学的内容，如英语文学、华语文学等；这里的文学包括某一群体的社会生活和人的精神生活的方方面面，即所谓文学即文化之意。作为语言信息的文化说明语言本身承载了丰富的本民族的社会生活和精神状态的文化信息，文学是用语言表现社会的特殊方式，文学语言带有本民族的文化遗传因子。作为文本意义的文化指的是文学作品以适当的文学样式表达文学内容，文本是以一定的语言形式按照一定的文本样式编制而成的表达一定思想感情和内容的艺术作品；这样，文本本身就具有文化意义，如英语的十四行诗、汉语的诗词等。作为翻译对象的文化是区别于语言形式和文本样式的文化内容或文学内容，是原著所要直接传达的作者意图；同时，王宏印还认为，作者意图同作品的语言形式和文本样式的意义共同组成作为翻译对象的文学文化意义（王宏印，2006：75－77）。

　　王宏印所谈到的文学翻译的文化意义的五个层次中，前两个层次关注的是文学翻译的整体文化性质和文化交流性质，是文学翻译的文化学意义上的定义。后三个层次涉及文化意义的微观研究。语言文化意义、样式文化意义（笔者将其称为"体裁文化意义"）和作品文化意义等，这些都是翻译和翻译批评的对象。语言文化意义和体裁文化意义都具有不可译的性质；通常，译者采取文化移植的办法，如用译语文化中的具有文化色彩的短语或词汇来替代源语文化中具有文化色彩的短语和词汇；用常见的或本民族的文选体裁来翻译源语体裁，如用中国古诗的形式来翻译 19 世纪英国浪漫主义诗歌，以达到与原著在功能上对等的效果。作品文化意义或作者意图是文学翻译中最活跃的文化意义，集中体现为作者的审美和文化意象的创造性。但是，作品文化意义又离不开语言文化意义和体裁文化意义。例如，离开了体裁文化意义，文学翻译就成了非文学翻译。如果再离开了语言文化意义，非文学翻译就只能限定在更窄的范围内。正如王宏印所说，"在翻译中文本要传达的意义和语言带有的文化意义交织在一起，构成翻译的文化悖论——即要传达文化意义，又不能传达文化意义，舍去了特殊的文化意义（culture-specific meaning），就很难传达普遍的文化意义（culture-universal meaning），而摄入了特殊的文化意义又有碍于传达普遍的文化意义"（王宏印，2006：75-77）。译者的困难，其实也是文学翻译的困难。对译者而言，其实还有更大的困难，那就是表现的困难。上面谈到的文化认知问题基本上是将译者作为读者来看待的，讨论的是译者如何解读原著中的文化意义的问题，而另一问题就是译者如何使用译语，在译语文化中如何表现他所解读的原著的文化意义的问题。

综上所述，笔者同意王宏印对文学作品中文化意义的三个方面的划分，认为文学翻译的文化认知包括对语言文化意义、体裁文化意义和作品文化意义的认知。从翻译批评的角度来看，研究译著就是研究译著是否表现了原著这三方面的文化意义。这三方面的文化意义构成文学翻译文化认知的主要内容。除此而外，笔者认为文学翻译还有一个方面的认知和分析也至关重要，就是对原著包括原作者文化心理的认知和分析，它与上述三种认知既有联系又有区别，是包括上述三种认知在内的对文学翻译的宏观认知。

2. 文学翻译的文化心理分析

文化心理的概念最早由 19 世纪德国文艺哲学家和翻译家赫尔德提出。他认为，作为一个群体成员，他的所思所为须同他所在群体的目标和价值相符合，并为他所在的群体所接受。赫尔德的文化心理观念在 20 世纪后半叶的文化人类学和人类语言学中复兴，同文化进化、文化模式、文化相对性、文化普遍性以及文化变迁等观念一起，成为研究文化和社会、文化和语言之间关系的关键词。"当代文化心理学的研究包括两个方面：一是文化社区（cultural communities）的心理基础，一是心理的文化基础，研究的是文化和心理如何在群体的发展史和个人的生命史中相互作用的问题。"（刘宓庆，1999b：248）

文化心理是一个民族的集体文化价值取向和个人文化价值判断的有机结合体，对于一个民族的发展至关重要，同时，对理解一个民族的历史和文化现状也非常重要。

刘宓庆是国内较早系统全面阐述文化心理和翻译之间关系的翻译理论家。他在《文化翻译论纲》一书中，用了大量的篇幅论述了文化心理的范畴、文化心理与语义生成和文本组织形态之间深刻的相互关系，并进行了个案分析。"密切联系文化心理来观照作品，是我们在翻译实践中很薄弱的环节。一般而言，有经验的翻译者也往往只将他的解析工作做到语义层面，而忽视了心理层面。这大概是许多翻译出版物（尤其是文艺小说、诗歌和戏剧）中错误百出，使人啼笑皆非的根本原因。"（刘宓庆，1999b：16）理解一部作品的关键是文化心理，刘宓庆在谈到英国作家乔伊斯（James Joyce，1882—1941）的小说《芬尼根的觉醒》（*Finnegan's Wake*，1939）时说："乔伊斯为这部作品写了16年，只有当我拜访了都柏林古老的庭宅和'最保守'的教区以后，才敢肯定乔伊斯在那16年中主要不是在那里运筹语言，他用了16年是呆在一个'阴阳界'里与死者和生者作'心理交流'。我们应该怎样把握，怎样表现一部作品中所蕴含的那种阴阳交错或者说'似花还是非花'的文化心理，使译者没有辜负作者十几个秋冬的惨淡经营和他（她）在墓地的深处留下的那一腔真情和心愿？我想，这，才是翻译理论家的任务。"（刘宓庆，1999b：6）

在翻译中识别原著的文化心理，需要译者对源语文化有深刻的理解和感悟。原著中有关他国文化的物质形态、典章、仪式等文化形式相对而言容易识别，而隐性的他国文化心理仅靠我们的感知是把握不到的，需要调动我们的文化认知能力。对原著语言文化意义、体裁文化意义和作品文化意义的认知可以帮助译者识别原著所表现的文化心理，以最终把握原著的文化气质。

下面，笔者试以中国传统文学中马致远的散曲《天净沙·秋思》为例说明

第四章
文化认知与身体体验：文学翻译主体性再认识

把握作品的文化心理和文化气质的重要性。

枯藤老树昏鸦，小桥流水人家，古道西风瘦马，夕阳西下，断肠人在天涯。

这首曲中没有文化专有词，所用的都是一些普通的词汇。但是，当这些词汇按散曲的格式排列在一起时，就产生了丰富的文化意义，其中的词汇也具有强烈的文化意象，反映了中华民族深刻的文化心理及独有的文化气质。"枯藤老树昏鸦"给人以景象衰败的凄凉之感，"小桥流水人家"给人以离群索居的寂寞之感，"古道西风瘦马"给人以浪迹天涯的漂泊之感，"断肠人在天涯"给人以情人远离的怀念之感。这些意象蒙太奇般地组合在一起，构成一个整体意境。

先看看美国汉学家伯芝（Cyril Birch）的译文：

Dry vine, old tree, crows at dusk,
Low bridge, stream running, cottages,
Ancient road, west wind, lean nag,
The sun westering
And one with breaking heart at the sky's edge.

（张今，张宁，2005：198）

伯芝采取的方法是把词一字不漏地直译成英语。对于不了解传统中国诗歌体裁，以及此体裁所引发的词语文化联想和中国传统文化心理的英美读者，读到这个译文时可能会如堕云端，不知所云，原诗中的文化意象和文化气质荡然无存。

再看看许渊冲的译文：

Dry vines, old trees, evening crows—
Small bridge, flat banks, water flows—
Old road, slim horse, west wind blows—
And as the sun westward sets,

145

Forlorn love, far away, no one knows!

(龚光明,2004：41)

许渊冲在考虑汉诗的句法特点时,也考虑了英语国家读者习用的英语句法结构,如多数句子用动词结尾。意境的产生离不开接受主体,作品文化气质的传达同样需要将读者对作品文化意义和文化心理的认知能力考虑在内。

任何一部文学作品都表现了特定的文化气质。文化气质由不同的文化载体所承载的文化信息整合烘托而成,这些文化载体包括专有词汇和词汇、场景或背景、时间或过程、气氛或情态、人物文化特征和叙事行文特征(刘宓庆,1999b：70)。每一种文化信息载体都透露出文化心理。以取名为例,在那个特殊的年代,许多人喜欢给自己刚出生的孩子命名为"东方""文革"等就反映了当时一种普遍的文化心理。

作品的文化心理也包含了作者的文化心理,译者在探索作品文化心理的同时,也相应了解到作者的文化心理。通常而言,由于译者作为读者对源语文化所具有的文化认知能力,他们更容易识别与他们头脑中的文化认知模式相符的作品文化心理,而对于受时代性约束、非典型的作者文化心理识别动机不强,准确率不高。文学翻译的基础是给定的文本,译者所要认知的文化心理通常局限在作品本身,而不是作品之外的东西。接受美学和读者反应文论也说明,读者具有能动解读作品意义的能力。他们的前理解结构和期待视野使他们主动参与到意义的理解中去,作者的意图和读者的理解处于一种"协商"的状态,意义也就产生于此。后现代的意义理论则认为,作者在作品完成后就不再对作品拥有意义的权利了;这种将作者完全排除在意义之外的主张自然太绝对化,但在作品的文化心理和作者的文化心理之间,强调译者应专注作品文化信息、文化心理和文化气质等的认知,对文学翻译大有好处,且符合文学翻译的具体情况。

译者的认知方式也是译者的心理活动方式,从整体到部分的格式塔式认知方式是探索作品文化心理的有效方式。姜秋霞提出了在文学翻译的审美过程中再造格式塔意象,探索和把握原著文化心理,这一点对我们的讨论颇有启发。"译者在认知文本语言意义的同时,也获得对原著某一场景、某一文物或某一事件所蕴含的情感、气氛、语调等的审美体验。这一认知和体验同时作用于大脑,形成一个认知意义和审美体验相结合的整体图式。译者在转换过程中体现的不是词语或句子的对应，而是整体意义和意象的再现，即用译文语言建构整体概念。语言结构的对应需建立在这一整体意象的转换上，再现过程中，或有结构形式的偶合，是人类语言共性的体现，同时也是译者在创造过程中心理趋同的结果。"（姜秋霞，2002：3）同样，我们可以将格式塔式审美过程扩展为格式塔式作品文化心理的认知过程。译者在理解原著的各种载体所承载的文化信息过程中，对作品的文化心理获得整体的把握，并在大脑中形成对该文化的文化心理图式，并以此图式对该文化进行扫描、识别、归类，形成对该文化的文化模式的确立和认识。特定的概念隐喻表示特定的文化体验，以及在此基础上的特定的文化认知。英、汉语之中就存在一些语义不对称的隐喻性表达方式，其原因就在于不同的文化认知所形成的不同的概念隐喻，这种概念隐喻就是一种文化模式。了解这些文化模式能帮助译者准确把握作品的文化心理。文化除了具有传承的性质以外，还具有流变和交融的性质；不同文化之间交流的不断扩大和便捷，使每一个具体的文化无时无刻不处在与他国文化发生联系和碰撞中，文化流变和交融的性质也越来越明显，文化意义和文化心理也处于一定程度的变化之中，也使得格式塔式的认知过程成为一个不断运动和变化的过程，继而导致文化的认知图式和文化模式不断发生变化。

总而言之，文学翻译的文化认知就是以文化的视野全面分析、解读和研究原著。在原著的语言、体裁和内容上充分挖掘每一层面的文化意义，洞察原著的每一个细节所表现出来的源语文化心理，并把握原著的文化气质。对于原著的文化认知同语言分析和文学审美并不发生冲突，而是非常有助于语言分析和文学审美。例如对原著语言的语义和语用分析就同文化认知密不可分，对原著的文学审美同样与原著产生时的文化背景紧密相连。正如英国伯明翰文化研究中心主任霍加特（R. Hoggart）所说："文学作品中有三个主要因素：审美因素、心理因素和文化因素。简而言之，审美因素是指那些为审美需要以及形式结构等等因素所决定的特征。心理因素是指那些显然是为特定作品的创作个人所决定的特征，文化因素则主要是由某个时期特定社会中产生某部作品的背景所决定的特征。当然，前两个因素在某种程度上取决于文化条件，而且彼此间密切相关。"（陶东风，2004：344）这段话非常清楚地表明了文化因素的决定性作用。

将文化认知的概念引入文学翻译研究，其目的是强调这样一个观念：翻译的文化认知并不是简单地将源语语言中的文化意义同译语语言中的文化意义做一番比附，然后说明用什么样的翻译策略最好；翻译的文化认知是一个译者的心理认知过程，这中间包括译者的文化心理期待和对原著的文化心理分析等等。奈达在20世纪60年代从《圣经》翻译的角度首次提出翻译中的文化语境问题（Nida，2003；Nida，Taber，2001）。而后，英国译论家纽马克（Peter Newmark）在他的语义翻译和交际翻译理论中，更是明确地将文化作为交际翻译中的一个重要因素（Newmark，2001）。王佐良于20世纪80年代在国内率先提出注重翻译中的文化因素。他提出："翻译者必须是真正意义的文化人。……不了解语言当中的社会文化，谁也无法真正掌握语言。"（王佐良，1994：703）"自20世纪80年代末至90年代初，在国内出现了一股'翻译文化热'，一度形成了翻译理论研究的'文化学派'，王佐良正是其中的代表人物。"（王秉钦，2004：278）但是，奈达、纽马克、王佐良所提出的注重翻译中的文化因素也仅限于词汇层面上，是对翻译中文化因素的表层认识，离我们所提出的观照整个文学翻译过程的整体文化意识还有一定距离。刘宓庆的文化翻译分析模式和王宏印的文化翻译认知对象分析，以及格式塔心理学理论、认知语言学理论的运用，使我们对文学作品的文化因素的认识从感性发展到理性，从局部发展到整体，形成一个整体的文化翻译观。我们有理由相信这样的发展最终能使中国翻译界在文化翻译理论的研究领域拥有与当代西方翻译理论界平等的话语权。近几年来，中国翻译界的研究引起世界译坛越来越多的注意。如根茨勒就写过专文（Gentzler，2005），评析当代中国的翻译研究。中国在世界政治和文化格局中的崛起和影响，中国作为一个翻译大国的地位，客观上造成了西方译界必须将目光转向中国；同时，这也同中国译界追踪西方学术话语、寻找与西方翻译理论界对话的努力和信心是分不开的；而中国译界有如此信心，是因为我们这个西方人眼中的"文化他者"是一个具有丰富文化资源和浓郁文化气质的"文化主体"。要获得同西方学术话语对话的"同"，就需要我们具有与西方学术话语不同的"异"，所谓越是民族的才越是世界的，道理就在于此。西方翻译理论在翻译的文化认知研究方面有许多空白点，原因之一就在于西方各国的语言和文化同大于异，文化翻译对他们彼此而言是一件相对容易的事。所以他们对文化的关注点主要放在翻译的外部文化环境中，考察翻译对译语文化的影响、翻译文学的文化意义等，如多元系统理论、文化学派的理论、文化研究理论以及后殖民主义翻译理论等等。但是，中西方文化之间的异质性却远远大于西方各国文化之间的异质性，西方人对中国文化的了解总体来说远远少于中国人对西方文化的了解。自明末清初的西方科技翻译开始，尤其是五四运动前后的西方人文著作的翻译，中国就一直着力于对西方文化的了解；在翻译中如何处理原著中的文化词语等问题，一直是中国翻译理论界的重要话题。今天，中国译界完全可以在文化语言学、认知语言学、心理学、比较文化研究和跨文化研究以及比较文学等学科的基础上，在翻译的微观研究基础上，经过提炼和升华建立起自己的翻译文化认知理论，以此丰富翻译文化诗学的内涵。笔者认为，只有将人类学意义的文化识别上升为文化心理学意义上的文化认知，我们才能在总体上把握源语文化和译语文化，真正地实现翻译跨文化交流，并在此基础上加深对翻译本体的认识。

3. 语言学的"文化转向"与文化翻译

翻译研究领域中的文化翻译概念的提出，应该追溯到奈达、纽马克等人提出的注重翻译语境和文化因素的观点。虽然在他们的翻译理论中，文化只是作为语言学研究方法的一个补充因素，是他们所提出的"形式对等、动态对等"和"语义翻译、交际翻译"理论的一种表现形式，并非以文化的视野观照整个翻译活动。例如，奈达和泰伯（Charles R. Taber）根据他们翻译《圣经》的体会，将文化翻译定义为"把原文的内容或者原文中明白无误的语言信息进行调整后以符合译语文化的翻译"（Nida，Taber，2001：201），这一定义贯穿了他们的"对等"思想。其实，在中西方传统翻译理论中，人们早已意识到翻译中的文化因素问题。例如，"直译"和"意译"，"对等"、"神似"、"化境"等主张，从根本上来讲就是为了解决翻译中的文化差异问题。所以，文化翻译作为一个明确的概念被提出，得益于20世纪初以来人类学的发展，更得益于千百年来中外翻译家和译论家们对翻译作为文化交流的朦胧和感性的认识。

当代英国译论家马克·沙特尔沃思（Mark Shuttleworth）和莫伊拉·考伊（Moira Cowie）在《翻译学词典》是这样定义"文化翻译"的：文化翻译指任何对语言和文化因素敏感的翻译。这种敏感性既包括对原文中文化因素的转述，也包括基于原文文化对译语文化词语的重新解释。他们的文化翻译理论认为，任何语言都包含具有特定文化内涵的词语，每一个文本都是在特定的文化中产生的，文本的生产和接受由于文化不同而不同。总之，翻译不仅仅是语言之间的活动，更是文化之间的交流活动。当代西方翻译理论中的"目的理论"（Skopos Theory）、"深度翻译"（Thick Translation）、"翻译行为"（Translational Action）等，就是文化翻译的具体理论和方法（Shuttleworth，Cowie，2004：35）。

在西方翻译理论发展过程中，文化范式代替语言学范式，文化翻译在其中起到了桥梁和过渡的作用。文化翻译开始于翻译的语言学学派，如奈达等的翻译科学研究，又融入以巴斯内特、勒菲弗尔等为代表的文化学派，以及后来的文化研究理论。可以这样说，文化翻译研究开始了翻译研究的文化转向。

20世纪初索绪尔创立的结构主义语言学理论对翻译理论的影响在于，翻译研究的语言学范式作为一种新的范式取代了传统的语文学或文艺学范式。美国语言学家、文论家雅各布森（Roman Jakobson，1896—1982）以一篇题为《论翻译的语言学问题》（"On Linguistic Aspects of Translation"，1959）的文章奠定了翻译的语言学理论和翻译的符号学理论的基础。雅各布森将翻译分为语内翻译（intralingual translation）、语际翻译（interlingual translation）和符际翻译（intersemoitic translation），明确提出翻译研究的对象是语际翻译，即翻译是不同语言之间的语码转换，并首次提出了"翻译对等"的概念。在他的理论的影响下，在20世纪后半叶，翻译研究形成了一套各有侧重、特点鲜明的语言学理论体系，其中包括奈达的"形式对等"（formal equivalence）和"动态对等"（dynamic equivalence）、纽马克的"语义翻译"（semantic translation）和"交际翻译"（communicative translation）、德国译论家科勒（Werner Koller）的"语篇对等"（textual equivalence）和"语用对等"（pragmatic equivalence）、卡特福德的"翻译转换"（translation shift）、英国译论家贝克（Mona Baker）的"语用翻译"（pragmatic translation）、德国译论家瑞斯（Katharina Reiss）的"功能翻译"（functional translation）、德国译论家威密尔和瑞斯的"翻译目的论"（Skopos theory）、诺德的"翻译语篇分析"（text analysis in translation）等等。

翻译研究的语言学方法最初是以结构主义语言学的理论和方法为基础的。结构主义语言学认为，语言是一个符号系统，意义只存在于语言符号之间的关系

第四章
文化认知与身体体验：文学翻译主体性再认识

中。结构主义语言学的历史意义是将语言研究从以人的判断为中心，如历史比较语言学，转向以客观分析为中心，语言学由此成为一门独立的科学。翻译研究的语言学范式取代语文学和文艺学范式，在翻译理论的发展上具有两个方面重大的意义：一是语言学方法将翻译研究的中心从研究译者是否忠实于原作者、译文是否忠实于原著转向了研究语言符号之间的转换问题，认为翻译是不同语言符号之间的转换，这在一定程度上将翻译从"附属""复制"的观念中解放了出来；二是语言学研究方法给翻译研究赋予了科学的含义，它宣告了现代翻译理论的开始，同时也使得翻译研究开始向独立的学科发展。

语言学研究方法后来因其局限性受到各种批评；但同时，我们往往也陷入这样的误区，认为语言学研究方法就是一味强调语言符号之间的绝对转换和对等。事实上，语言学方法一开始就承认，语际之间的绝对对等是不可能的，不同的语言有不同的符号系统。按照乔姆斯基的生成转换语法理论，它们在深层结构上相同，在表层结构上相异，语言转换是寻求不同语言在深层结构上的对等，表层结构上的相似，这就是语言学方法的"对等"理论。在以乔姆斯基的理论为基础的"对等"理论之后，语言学方法转向了以韩礼德（M. A. K. Holliday）的功能语法为基础的翻译的语篇分析、功能分析、语用分析和目的分析研究。这种转向的一个重要标志就是语言学方法逐渐将翻译的功能、目的、语境引入了翻译研究，使得翻译研究除了研究翻译的语言转换性质以外，还要研究翻译的社会文化性质。除了韩礼德的功能语法，语用学、社会语言学、人类语言学有关语言与文化的关系研究也给翻译研究带来了很大影响。翻译研究的语言学方法从句法层面转向语篇分析层面，转向语义和语用层面，尤其是文化语义和文化语用的层面，即研究语义和语用的历史性和社会性。综上所述，我们可以看到，翻译研究的文化转向同语言研究的"文化转向"交错在一起，语言学方法对文化因素的关注导致了文化翻译的出现；翻译是文化活动的事实也使翻译成为一种文化现象，而对现象的分析，必须将翻译放在一个更大的文化参照系中才能进行，翻译研究的文化转向也就是在此基础上展开的。所以，文化翻译和翻译文化代表了翻译研究文化转向的两个阶段和两个层面。

文学翻译是文化翻译的一种特殊形式，文学翻译过程就是文化翻译过程；文学翻译的成果翻译文学一旦完成，就成为一种翻译文化现象。广义而言，任何翻译,文学的和非文学的,都是文化翻译;但就文学翻译而言,文化翻译的范围比较具体,那就是要重点解决文学翻译过程中的两个问题:一是原著语言和体裁中所包含的文化意义的识别问题,二是在解读原著文化意义的基础上,如何传达原著的文化含义问题。这两个问题同译者的文化背景、文化心理和文化期待密不可分,涉及文化交流的问题。这个范围与奈达、王佐良等所提出的文化翻译的内容相同,但不同的是文化不是翻译过程中的一个静态因素,而是翻译过程中的基本视角,文化是充满在翻译的构件和程序中的动态因素,决定着翻译的成败。

在讨论语言层面的文化翻译时,我们提到了语言学的"文化转向"问题。或许用"转向"一词有些夸张,但是我们必须正视语言学发展进程中的一个现实,即功能语言学对结构主义语言学和生成转换语言学片面强调语言形式分析的偏向做了反思和批判,将语言的功能和语境纳入研究视野,从而扩大了语言学的研究范围。当对语言的意义研究不仅仅局限于语言的形式,而且还同语言表达的目的、场合等结合起来综合研究时,语言的意义就不再是一成不变的,而是多维、动态,因语境而定,随语境变化而变化的。当代语言学以语义研究理论为主流,为文化作为一个关键词进入语言研究,为文化翻译替代技术性的语言转换提供了可能性。

英国人类学家马林诺夫斯基(Bronislaw Malinowski,1884—1942)是最早提出语言理解须同文化语境结合起来的观点的人类学家之一。他在1923年提出的"语境"(context of situation)概念,对语言学在20世纪后半叶着重语义研究和语用研究具有极大的启示作用。人类学家在实地考察中,面对的是一个民族活生生的语言使用,他们对此的感悟和总结常常给那些书斋里的形式主义语言学家以冲击,进而促进了语言学研究范围的扩展。与马林诺夫斯基同时代的鲍厄斯,基于对北美印第安人语言与文化的考察,提出了语言、文化和思维的关系问题,指出语言本身并不是文化交流的障碍,语言所表现的文化和思维方式才是文化交流的障碍。他认为语言、思维和文化之间存在动态的关系,语言的形式是由文化的状态决定的。另一位美国描写主义语言学家布龙菲尔德(Leonard Bloomfield,1887—1949)则将语境作为他的《语言论》(*Language*,1917)这部语言学经典的重要概念,并从行为心理学的视角研究意义与语境之间的关系。布龙菲尔德并没有明确提出文化的概念,但他所列举的语境概念的例子表明,他所讨论的实际上也是一个文化概念。也就是在同一时代,另两位美国语言学家萨丕尔(Edward Sapir, 1884—1939)和沃夫(Bejamin L. Whorf, 1897—1941)也针对语言与文化的关系提出了他们的观点。萨丕尔认为,不同的语言表现的是不同的世界;不同的社会生活在不同的世界里,而不是生活在一个挂有不同标识的同一个世界里。这种观点被称为萨丕尔和沃夫假设,并有强势版本(strong version)和弱势版本(weak version)。强势版本指语言决定语言使用者的思维,如果说话人变换语言,自然他也在变换他的思维形式。这种观点在过去和今天都受到抨击,认为他们将语言和思维混为一谈。哈蒂姆和梅森就认为,如果我们接受萨丕尔和沃夫的强势版本,那译者就会成为本族语言的奴隶,无法对源语形成任何认知的能力;而实践证明这种强势版本的说法是不正确的(Hatim, Mason, 2004: 29)。关于萨丕尔和沃夫假设的弱势版本,韩礼德做了进一步的解释,他认为,语言具有双重的功能,它帮助我们交流,同时又限制我们的交流(Katan, 2004: 74)。在语言学界和翻译界,人们普遍接受的是这一种观点。

继萨丕尔和沃夫之后,另一位美国语言学家海姆斯(Dell Hymes)在1962年关于交际的民族志("Ethnography of Communication")的文章中,进一步强调了语言与文化之间关系的重要性和意义。他认为,一方面我们可以研究一个民族语言中所表现出来的文化价值和文化信念,同时也可以研究这个民族的文化价值和文化信念如何促进了民族语言的发展,这是文化交流的内容和目的。海姆斯将文化的概念置于语言的交际过程中,使语言与文化之间的关系具有动态的性质。语言成为一种文化资源,言语成为一种文化实践(Duranti, 1997: 2)。

笔者对以上语言与文化之间关系讨论的由来,做了一个鸟瞰似的概括,厘清了这个议题的人类语言学来源,以帮助我们讨论文化语言学和文化翻译。关于人类语言学与文化语言学,邢福义认为:"文化语言学对于人类语言学有一种继承发展关系。因此,说文化语言学是由早期人类语言学发展而来的是比较合适的。从某种意义上看,说文化语言学就是当代人类语言学也是可以的。不过,文化语言学这个名称比人类语言学的名称要好。"(邢福义,2000: 33)笔者使用"文化语言学"一词,主要原因在于这是我们自己的本土话语。近十几年来,文化语言学在国内学界经历了从名称的正式提出、理论的基本形成到勃兴的发展,形成了按研究者的理论主张、研究目的和具体研究成果分成的国内文化语言学的三派：关系参照派、本体认同派和交际教学派，并以各自独特的研究视角和丰硕的研究成果为学界瞩目。从文化语言学所研究的语音、词汇和词义、语法、方言与民俗、文字、语言接触与融合、交际与教学等对象来看，包括文化翻译的各个方面，文化语言学在对汉语的文化分析中，可以为文化翻译建立起一套汉语语言的文化框架（cultural framework），这一点对于翻译理论研究极其重要，也是我们建立完整的文化翻译理论、在国际译论界掌握翻译理论话语权的有力保证。但是，在翻译理论界，我们并没有意识到系统地去挖掘汉语语言文化资源的重要性。当代翻译界暂未出现胡适、傅雷、钱锺书等学贯中西的大家，我们需要汉语语言和文化的"集体充电"。唯此，译者才能真正成为双语言和双文化（bilingual and bicultural）的人。另一方面，文化翻译的研究也会促进文化语言学的进一步发展，因为，"从文化语言学的角度研究修辞、民族语文、翻译、语言对比等方面的问题，也有不少成果发表，但总的说来这些方面的研究还比较薄弱"。

文化语言学为文化翻译提供了具体的认识和操作层面，这也是国内翻译界所擅长的。以王秉钦的《文化翻译学》为例。他将文化翻译分为观念论、行为论和影响论三个部分。其中，观念论属于我们在前面所讨论的语言的文化心理认知的问题，行为论属于语言层面的文化意义翻译问题，而影响论则属于文化翻译中的跨文化交流问题。在第二部分中，王秉钦将文化翻译行为的操作层面又细分为词的社会文化意义、词的文化伴随意义、翻译中的"文化的痛苦"（不可译性）、人名文化、地名文化、菜名文化，以及非言语行为的文化差异与翻译（王秉钦，1995：2-3）。谭载喜在《翻译学》中，从英汉语言文化对比的角度，提出人们由于生活经验的异同，在选择词汇方面存在着共同特点与差异。汉语和英语之间存在四大基本特征：词汇偶合、词汇并行、词汇空缺和词汇冲突，这也是文化翻译所必须承担的任务（谭载喜，2000：72）。郭建中编辑的《文化与翻译》一书比较系统和全面地收录了20世纪有关文化翻译的论文，如王佐良的《翻译中的文化比较》、柯平的《文化预设与误读》、廖七一的《文化观念与翻译》、王东风的《文化缺省与翻译补偿》等（郭建中，2000）；由张柏然和许钧主编的《面向21世纪的译学研究》也收录了部分有关文化翻译的论文，如孙致礼的《文化与翻译》、刘宓庆的《文化翻译探索——兼评 David Hawkes 译屈原〈天问〉》等等（张柏然，许钧，2002）。这些文章已不是将文化翻译的经验作简单的堆砌，而是

第四章
文化认知与身体体验：文学翻译主体性再认识

从文化理论的高度来研究具体的文化翻译实践，表明中国译界对文化翻译已表现出相当程度的重视，且逐渐从经验感知向理性认知过渡。

当代西方译论对文化翻译的研究自奈达起逐渐走向繁荣。文化学派以及以其为肇始的翻译研究文化转向将翻译的各个环节都置于文化的视野中，注重从文化角度研究翻译的目的、翻译的影响、翻译的接受等宏观翻译文化问题。在从文化的角度对翻译进行微观研究方面，即文本之间的文化翻译研究方面，许多当代西方译论家也进行了比较深入的研究，其中包括巴斯内特、斯耐尔·霍恩比、勒菲弗尔、卡坦等。①

西班牙译论家艾克西拉（Javier Franco Aixela）从词汇层面讨论了文化的翻译，并针对英语与西班牙的翻译中一些具有特定文化含义词汇的处置原则提出了一些建议。他在纽马克"文化词汇"（cultural terms）（Newmark，2001：70）的基础上提出了"文化专有项"（culture-specific items）的概念。他认为，由于语言中的一切都与文化有关，文化专有项能够使我们在语言中找到具体的文化成分；文化专有项即指任何一个语言系统中最随意约定的部分，例如地方机构名称、街名、历史人物名、地名、人名、期刊名、艺术品名称，这些都是最难翻译的；同时，翻译中还有一些短语或句子本身不是一个特定的文化专有项，但却具有文化专有项的意义，对它们的理解需要译者从跨文化的角度去理解（Aixela，1996：57）。例如，汉语中的"吃饭了吗？"并不是一个文化专有项，但却具有特定的文化含义，外国译者要理解它，就得首先了解中国的传统文化。

赫曼斯还进一步将词汇中的专有名词分为"约定俗成词汇"（conventional proper nouns）和"理据词汇"（loaded proper nouns），认为前者的含义是现时的，有为大家所共同承认的特征，而后者的意义则更多与历史相关，具有历时的特征（Aixela，1996：59）。

卡坦认为，在不同的词汇标志下，隐藏着不同的社会文化现实，这些现实在不同文化的人们中，形成不同的文化框架（culture frame）；原作者和译者都有不

---

① 见巴斯内特《翻译研究》《比较文学论》，斯耐尔·霍恩比《翻译研究综合法》，勒菲弗尔《文学翻译》《诗歌翻译：七种策略和一个蓝图》，卡坦《文化翻译——笔译、口译和中介入门》。

同的文化框架，这些框架有重合的地方，也有不重合的地方。不重合的地方在原作者和译者之间形成了"文化心理距离"（psycho-cultural distance）。语言中的文化词汇可以缩小这种文化心理距离，但更多的是扩大这种文化心理距离。在翻译中尤其须注意这些词汇的理解和表现，如语言中的文化禁忌词汇和性别词汇。卡坦还认为，基于不同的文化，将语言词汇范畴化是任何一种语言的显著特征，将词汇的语义特征加以分析、总结并形成区分性的概念是范畴化的基本方法。在不同的语言词汇的翻译过程中，会出现概念的缺失，解决这个问题需要使用诸如注释、借用等翻译策略（Katan，2004：72-86）。

综上所述，在词汇层面，文化意义体现在两个方面：一是本身就具有文化色彩的词汇，即文化专有项；二是一些具有常规意义的词汇，在特定的文本范围中形成了特定的文化含义。文学翻译除了需要译者注意上述文化意义以外，也要注意原作者的创作特点和表现方式所蕴含的文化意义。任何文学作品都是作者对具体的文化社会现实的反映，他的作品对象可能会超越他所在的时空，但他的创作心理一定是当下的，而创作心理的背后则是作者的文化心理。作者通过某种文学艺术形式，用艺术的手法，塑造艺术形象、表现艺术意境的同时也表现出了他的文化心理。作者的艺术风格同作者意图以及他的文化心理密不可分。"风格即人"，这里的"人"是社会的人，而非自然的人。作者选择的体裁和表现手段本身就是他的文化选择，如果我们将是否保持作品的风格看作是否保持原著的文化特点，关于文学翻译的许多争论，例如"异化"与"归化"等，就会得到比较合理的解释。

关于体裁和作品的文化意义，我们以英国诗人拜伦的一首《这一天我满三十六岁》的几行诗句为例，来说明译者注意体裁文化意义的重要性。拜伦的原文是：

  The days are in the yellow leaf,
  The flowers and fruits of love are gone,
  The worm, the canker, and the grief
  Are mine alone.

第四章
文化认知与身体体验：文学翻译主体性再认识

有译者这样翻译：

年华黄叶秋，
花实空悠悠，
多情徒自苦，
残泪带愁流。

译文用中国旧体诗词翻译英诗，体裁相同，但表达的意境、情调同英诗中所表达的全然不同，使人想起的不是外国某时某地，而是中国某朝某代（冯庆华，2002：188）。同时，原诗中所表现的"哀"和译文中所传达的"怨"给我们带来的也是完全不同的文化意象和文化心理。译者将原文的文化意象变形改造后，纳入了自己的文化心理中。这样的译文对于读者而言，自然也失去了一次领略异国文化风情的机会，使双向的文化交流成为单向的文化归化。

杨德豫将此诗译为：

我的岁月似深秋的黄叶，
爱情的香花甜果已凋残，
只有昆虫、病毒和灾孽
是我的财产。

显然，杨德豫的译文较好地体现了原诗中的音、形、意，读来确有拜伦的韵味和风格（冯庆华，2002：189）。同时，这样的译文也较好地传达了原诗的英国文化气质。

巴斯内特认为诗歌的翻译是译者将原作者设定的语言拆解后，又用另一种语言将拆解了的部分组装起来的过程；如何组装，这就涉及诸如源语和译语的诗学、规范和目的等因素（Bassnett，2004：66）。巴斯内特将此归结为文化的因素，并将诗歌翻译看作是一种文化对话和构建，具体而言，就是注重诗歌表面和深层次文化意义的传达和交流。以这样的视野，我们就能跳出诗歌是否可译、"诗就是翻译中失掉的东西"（美国诗人弗罗斯特 [Robert Frost，1874—1963]

语:"Poetry is what gets lost in translation."）等争论或断言,而将诗歌翻译中形与意的关系问题和具体策略的选择问题放在是否准确传达原诗的文化信息、是否满足译语文化期待的前提下加以讨论和解决。

以上讨论的是文化翻译的认识层面,如词汇、短语,包括原著体裁在内的原著文化意义,以及原作者意图及包括作者文化心理在内的原著文化心理。笔者并没有如一些讨论文学翻译的著作和文章在讨论原著的文化意义时给出一些操作规程和操作原则（张今,张宁,2005:168）。尽管这对于文学翻译实践有一定作用,但因为不是本书讨论的目的,所以在此略去。同时,笔者认为,具体翻译策略和原则应以传达作品的文化意义为根本目的,以作品文化心理和译者文化心理的相互沟通为方式,以源语文化和译语文化的"协商"为结果来确定。

我们提出用文化的视野来研究文学翻译的每一过程,并不意味着消解文学翻译的文学性质。文学翻译是一种特殊形式的文化翻译,其特殊性在于美国语言学家和文论家雅各布森所提出的文学之所以为文学的"文学性"（literariness）,即作品的语言、形式、结构、技巧、方法等属于文学自身的因素。按照美国文论家韦勒克（Rene Wellek）和沃伦（Austin Waren）所著《文学理论》（*Theory of Literature*,1956）的解释,文学自身因素具体指作品的存在方式、叙述性作品的性质与存在方式、类型、文体学,以及韵律、节奏、意象、隐喻、象征、神话等形式因素（刘象愚,2010:8-9）。形式主义的文学内部研究给我们的启示在于,文学作品的特殊形式是区别于一切非文学作品的标志,它所引起的"陌生化"就是文学性的作用。我们从文化的角度来描写和解释文学翻译,需要重视文学翻译同时也是一个艺术审美和再现的过程。许钧认为:"文学,是文字的艺术,文化的一个组成部分,而文字中,又有文化的沉淀。文学翻译既是不同语言的转换活动,也是一种艺术再创造活动,同时也是一项跨文化的交流活动。在这种复杂的活动中,无论哪个译家,都必然会遇到与上述三个活动过程相关的客观问题。不同的译家,虽然对文学翻译可能有不同看法,但都无法回避文学翻译的语言、艺术审美以及文学所具有的社会、文化功能方面所面对的基本问题,……"（许钧,等,2001:4）我们在前面已经提到,文学翻译活动在语言、艺术和文化三个层次上展开,其中艺术是其特征,没有了艺术审美和再现,文学翻译就不能称为文学翻译;语言是基础,文学翻译其实包括所有翻译,首先是基于语言之上的

第四章
文化认知与身体体验：文学翻译主体性再认识

活动；文化则是文学翻译的本质和目的；文学作品本身就是高度集中的文化体现，文学翻译则是不同文化之间以文学的形式所从事的文化交流。所以，笔者认为，在我们讨论文学翻译与文化翻译时，文化翻译具有两个方面的意义，一个是文化翻译的意义，另一个是元文化翻译的意义。文学翻译中具体文化因素的理解和传达，属于文化翻译的范畴；而从文化的角度讨论文化翻译，以及用文化的视野观照整个文学翻译，则属于元文化翻译的范畴。这个范畴对于解释文学翻译中的许多基本问题，如忠实于原著还是再创造，"归化翻译"或"异化翻译"，"形同"还是"神似"，作者风格和译者风格，文学翻译家的主体性，文学翻译的目的、功能和作用等问题，具有更大的解释力度。

刘宓庆也认为："文学翻译涉及翻译理论中几乎所有的课题，如意义的转换、内容（语义）与形式的关系、文化问题、修辞学上的问题（为数达30余种古代和现代修辞格的翻译）以及高层次的语言艺术包括意象、意境、风格的转换等等。为解决这些问题，似乎很难只用传统译论中的命题，就可以充分加以解释，因为传统译论的理论命题相当有限，理论的涵盖范围也相当有限。同样，我们似乎也很难用现代语言学翻译理论的某一种模式去解决问题，因为语言学翻译理论常常难以解释高层次语言艺术转换的可行性、特征、过程以及基本的和总体的转换机制。"（刘宓庆，2005a：277）所以，笔者认为，一个整体的、由上至下的元文化翻译视角，可以为极其复杂的文学翻译提供有力的解释。综观当代翻译理论的发展趋势，多元文化理论、文化学派、文化研究学派等，无不以文化作为他们的研究理论和方法的基本出发点和研究视野。

当然，我们在元文化翻译范畴中讨论文学翻译问题时，并不妨碍对文学翻译文学性质的研究；前面已谈到，这是两个不同范畴的文化翻译；在文学翻译实践中，不能够以文化翻译代替文学翻译，不能因传达文化意义而破坏了艺术的美。同时，笔者认为，在具体的文学作品翻译中，从语言、艺术和文化三方面入手，尤其注重作品翻译的艺术审美和再现，是文学翻译作品是否成功的关键。

以上从语言学理论和文化语言学的角度探讨了文学翻译的文化翻译，重点放在文化翻译的几个具体层次的梳理上。笔者认为，文化翻译的微观研究主要落脚在译者在翻译过程中对原著文化意义的认知和传达上。译者在阅读原著时，首先感受到的是原著所表现出来的独有的文化气质，但译者并不可以单凭自己的感受就开始翻译,他必须在他所获得的整体印象中,去分析构成原著文化气质的具体因素,分析的路径同原著文化气质构成的路径恰好相反,即原著文化气质——原著(原作者)文化心理——原著文化意义(作者意图)——原著体裁文化意义——原著语言文化意义。这种作品文化分析同译者的文化心理及由此心理所引起的文化期待相关。所以,原著的文化因素分析也是原作者和译者、原著和译著之间的一种文化交流,而且由于译者与作者和作品在时空中有距离,这种交流一定是在动态中去寻找他们的切合点。

海德格尔曾经说过,语言是存在的居所;钱冠连也认为,语言是人类最后的家园,人活在语言中,人不得不活在语言中,人活在程式性语言行为中(钱冠连,2005:337)。语言构建起我们生存其中的文化;然而,语言所构筑的文化又禁锢我们的存在,我们得益于语言的厚泽,又受制于语言的桎梏。翻译是打破这种桎梏的最有力的手段,它使一个由于封闭而可能衰竭的文化得以在以语言为形式的文化交流中获得新的营养和发展动力。季羡林在谈到中华文化生生不息的时候说:"……中华文化这一条长河,有水满的时候,也有水少的时候,但却从未枯竭。原因就是有新水注入,注入的次数大大小小是颇多的,最大的有两次,一次是从印度来的水,一次是从西方来的水。而这两次的大注入依靠的都是翻译。中华文化之所以能长葆青春,万应灵药就是翻译。翻译之为用大矣哉!"(季羡林,许钧,2001:3)

第二节 转向译者与体验翻译

1. 关于译者主体性的再认识

在前面的论述中,我们讨论和梳理了文学翻译主体性中的各个主体、各种主体性的地位及其相互关系。在文学翻译主体的间性关系中,译者主体性是其中最为重要的一种主体性。接下来,我们又从后现代意义上的文化视野和人类学意义上的文化视野讨论了译者主体如何从"被遮蔽"到显现,并成为文化"塑形"(cultural shaping)中的重要因素,以及译者主体通过基于文学文本的文化认知并成为跨文化交流中的决定性力量。笔者通过"当代文化研究视野下的文学翻译主体性研究"和"文化人类学文化视野下的文学翻译主体性研究"这两个在同一文化视野中的不同研究向度,力求打通文学翻译外部研究和内部研究之间的区隔,使两者在对话性的互涉中,产生一种共生的关系,促使翻译研究协调发展。

本章从文化体验角度讨论译者主体性,源于目前翻译研究中的这样两个问题:一是翻译理论与实践的问题,二是译者主体性的再认识问题。翻译理论和实践的问题,在翻译研究中既是一个老生常谈的问题,也是一个没有得到解决的问题,西方译论界在此问题上的争论更多表现为研究范式之间的隔阂。例如语言学范式和文化范式之间的截然分离,在理论是否必要和有用的问题上并没有表现出不同。因为即使在语言学范式中,理论的成分也非常明显,如结构主义的语言学理论、系统功能语法理论;而在中国,关于理论与实践关系的讨论就一直没有停息过,尤其是关于当代西方翻译理论的争论就更加激烈。2006 年第 5 期的《中国翻译》上,张经浩撰文对《中国翻译》长期以来主要刊发西方译论的文章进行批评,使得翻译理论者和翻译实践者之间的学术冲突更加明显,并且直接引起有关中国传统译论和当代西方译论、中国翻译学与普通翻译学之间关系的争论。关于理论与实践的关系,笔者认为一个比较有效的角度就是将翻译理论划分为应用翻译理论和元翻译理论,并从两者的关系角度,论述翻译理论的存在理由,并指出一些翻译理论虽不能直接指导翻译实践,却能从一个俯视的高度,帮助我们搞清楚翻译的本体认识问题,即译论家们经常说的"大用"。

但是,在林林总总的翻译理论面前,翻译实践者感到茫然和不能接受。因为他们在翻译实践中所面对的对象是充满灵性的文字、生动的文学人物形象和丰富的文化内涵,这些不是概念推理等就能解决的,而需要译者全身心的投入,而翻译理论恰恰缺失对译者"全身心"的研究。在译论家们将他们的理论推理成"规则"、演绎成"模式"之时,也将活生生的译者主体抽象成一个概念,对于翻译实践者来讲,产生"那根本就不是我"的心态,进而发展到对理论的抵制,这是情有可原的。在翻译的外部研究和内部研究、翻译理论和实践之间的对话关系的建构过程中,译者主体的研究,尤其是除译者翻译认知外的翻译本能的研究,对整个文学翻译主体性的研究尤为重要,因为它是整个主体性研究中最核心的部分。

译者主体的再认识问题和前一个问题相关。在我们讨论译者主体在文化构建

(cultural construction)、文学文本的文化认知和跨文化的协调中的重要作用时，译者是作为一个整体形象出现的。我们先入为主地认为译者做了什么和将要做什么，如译者"操纵"了什么、"改写"了什么，或者译者应该如何"文化认知"等等。应该说，翻译研究文化学派和文化研究派的"操纵"和"改写"等理论对解释描写文学翻译的结果、翻译文学具有独特意义，它是一种结果的解释和过程的描写，但绝不应该是一种方法上的指导；同理，"文化认知"也是一种理论假设，在文学翻译的文化认知中，不可能出现千人一面的情况，从根本上来说，它也是一种描写性而非规定性的理论。翻译研究众声喧哗的状况，既表现了翻译研究的开放性，也显示出翻译研究在一些基本问题上的未定性。当今翻译理论研究的中心是译者主体性，但是在这个主体性中的主体——译者，并没有得到深入细致的研究，即分层次的研究。在翻译研究的文化转向中，由于翻译研究的社会文化性，译者被当作一个社会符号、一个文化符号；在文化学派和文化研究派的理论中，译者是一个整体的、抽象的概念，与生活中以"江声浩荡"而激情四溢的译者相去甚远。

所以，我们完全有理由在诸多的对话关系中再建立起一种对话关系，那就是在译者主体性内部建立起一种理智与情感、认知与体验的对话关系。翻译是一种认知活动，译者是认知的主体，此话不假；但是，这种认知来自何处？是先定的推理还是源于生活的体验？这是两种完全不同的认知概念。如前所述，前者由于缺失对译者个体特征的研究，而使得译者主体性研究缺乏说服力；而后者，作为本章所要讨论的重点，则是在否定前者的基础上，将译者的体验与认知有机地结合起来，并使两者形成互动和谐的对话关系。

2. 翻译的理性与翻译的感性

当代美国译论家鲁滨孙在1991年出版的《转向译者》(*The Translator's Turn*)一书中，提出了"The Translator's Turn"的概念。实际上，对"The Translator's Turn"这个英语短语，可以有两种理解，一种是"译者的转向"或"转向译者"，另一种理解是"该译者了"，或"译者登场"。这两种不同的理解及其翻译应该有比较大的差异，表示在译者主体性研究中的两种不同的认识和研究路径。前者表示在翻译研究中，译者是一个被研究的题目，是一个受制于主体的客体存

第四章
文化认知与身体体验：文学翻译主体性再认识

在和被言说对象；后者则表示在翻译研究中，译者被视为一个具有言说权利的主体的存在。

传统翻译理论忽视译者的创造性劳动和主体性作用，直到 20 世纪 90 年代开始，译者主体性才逐渐成为翻译研究的一个重要题目，译者主体性研究从研究一般意义上译者在人类文明和历史发展中的贡献，发展到研究译者作为跨文化交流中的一股构建力量。

然而，在对译者主体性的研究过程中，我们是否深入研究过译者作为个体的存在？是否研究过译者是一个从事极其复杂的理性和情感活动的人，而不是一个抽象的集合概念？我们所研究的译者，是我们理性思维中的理想的译者，还是辛勤工作的现实中的活生生的译者？当我们用译者在历史和社会中的作用来支持我们的理论时，我们是否对译者本人在翻译过程中身体的、情感的活动给予了足够的尊重？以当代中国翻译理论界为例，在如何对待传统中国翻译理论时，我们是否真正理解了那些虽只言片语，但源自译者内心的翻译体验，如"信、达、雅""神似""化境"？中国翻译理论的巨大宝藏，常置于翻译家们的内心世界，其发展路径是由里及外的。如果我们以当代西方翻译理论富有系统性与思辨性为由拒绝中国翻译理论的具体与感性，以唯理代替生动，以超验代替体验，那么，对译者主体性的研究，就会逐渐面临干枯空洞、无的放矢的危险。

也就是在 20 世纪 90 年代译者主体性研究开始兴起的时候，鲁滨孙出版了他的专著《转向译者》。在书中提出了翻译的身体学（somatics of translation）这一概念。或许他的这一观点，与当时将译者主体性研究与文化研究紧密结合的趋势不合拍，并未引起译界注意，少有人意识到他与众不同的理论对研究译者主体性的重要意义。事实上，鲁滨孙有关翻译就是译者的身体与观念对话的过程的观点，为我们了解译者的内心情感世界、理解理性层面上的译者主体性和感情层面上的译者主体性之间的联系，展开了新的视野，从一个方面解释了长期以来困扰翻译界的理论与实践的关系问题。在当代西方翻译理论关于译者主体性的讨论中，我们所采用的主要方式是通过预设、演绎、推理等方法，将一些理性和超验的概念，加在我们所想象的理想的译者群体之上，并常常将源自译者内心世界的翻译经验推到与理论相对立的地位。我们过多地关注译者主体性的历史社会文化意义，如韦努蒂在《译者的隐身》所论述的内容，而忽略了鲁滨孙在《转向译者》中对译者本体的研究；也就是说，在对译者主体性研究中，我们注重对译者主体性的理性论述，而忽视了对译者主体性的具体剖析，强调了译者主体性的普遍性，而忽视了译者主体性的个体性。正如鲁滨孙所说，当我们摆脱了关于作者与译者、原文与译文的二元对立的观点后，我们是否又落入了关于译者理性与情感、超验与体验等西方传统理论的研究模式中？（Robinson，1991：xv）

　　身体学即关于身体（body）的科学，同关于心智（mind）的科学相区别（Pearsall，1998）。鲁滨孙认为，现代神经科学的发现，证明了身体学的重要性。我们所谈论的"思想""智慧""推理""逻辑"等，都只是人的神经系统中的一个特殊的功能，而人的感知能力，包括人的身体动作以及人的感情，是人的神经系统的另一个功能。这两个功能的相互作用形成了人在世界上的生存状态。综观西方思想发展史，我们不难看到，在理性与感性的关系中，理性被置于绝对至上的地位，而感性被认为是低下的；理性是不朽的，而感性却是我们有限生命的一部分。柏拉图、亚里士多德、保罗（St. Paul）、阿奎那（Aquinas）、笛卡儿、贝克勒（George Berkely）、休谟（Hume）、索绪尔、乔姆斯基等，都是西方理性主义的代表人物，西方文明主要就是沿着这样一条理性的道路发展起来的（Robinson，1991：x）。西方文明发展史中的理性思想，对人类社会的发展无疑具有巨大的推动作用，科学就是以理性为基础的；同时，理性主义思想也影响到所有的人文社会科学研究领域。回顾翻译研究的发展，我们可以看到，翻译研究同样也是在理性主义的影响下发展到今天这样的规模和状态的。翻译研究的语文学派和文艺学派的研究方法，就是直接将理性与感情的区别，对应到作者与译者、原文与译文之间的关系中。这种理性的逻辑得出的结论就是，译者和译文是不可靠的，是低人一等的，译文永远也达不到原文的水准等等；翻译研究的语言学派更是将翻译的过程视为一个纯理性的分析过程，一个在句法和语义语言层面上分析、传送、重构的过程；在这个过程中，强调的是如何按部就班地去进行操作，译者的感情被彻底地排除在外。自20世纪70年代以来，翻译研究的功能派、目的派、文化学派、女性主义以及后殖民主义研究方法在强调译者的不可替代的作用和译者主体性的重要性后，绕开了翻译的本体研究和译者的个体研究，将翻译作为一个事件、将译者作为一个群体形象置入跨文化语境中进行描写性的研究，译者本人的情感因素被淹没在目的、规范、译语文化等概念中。当代翻译理论在对传统翻译理论和语言学派研究方法进行批判并实现翻译研究的范式转变时，实际上在他们的理论中，也是以译者的个体创造性来作为批判武器的，比如译者的前结构知识、译者的阐释能力、译者的审美能力、译者的语言和美学重构能力；但是他们将这些能力归结为译者的认知能力、一种超验的理性能力，认为翻译是一个分析、推理的过程，而有意或无意忽视了在翻译过程中译者本能、直觉的情感反应，或者，在翻译中译者的身体体验。

鲁滨孙说："我关心的是我们的身体如何通过肌肉的运动'告示'我们知道什么，我们该怎样做。我们对某一种环境或某一个人有着某种强烈的'感受'；'坏'的感受会使我们作出拒绝的决定，甚至会开始一场战斗；'好'的感受会使我们很快融入某种环境。我们都处在被理论家所称为的'本能'的自动反应的强烈指引之下。"（Robinson，1991：xxvi）

"翻译的身体学探索'心智'和'身体'之间的反馈系统。翻译很大程度上是一种本能行为，这一点似乎难以否认。好的译者在选词组句时，不是首先参考抽象的规则系统，而是听从于从身体处送来的'信息'：某一个词感觉不错。实际上，不仅是对译者，也是对所有的语言使用者而言，他们本能上感觉是正确的东西，不是来自认知，而是来自情感。"（Robinson，1991：xxx）

鲁滨孙认为，对译者情感的强调，并不意味着牺牲翻译理论。长期以来，从事翻译实践和翻译理论研究的人之间总是相互怀有敌意。理论家认为他们的思想是对的，译者则认为他们的感觉是对的，而且由于理性一直以来以一种支配性的思想而存在，所以翻译理论家也自然有较大的话语权。鲁滨孙提出翻译的身体学理论，其目的是唤起翻译理论界对译者作为翻译实践个体的重视、认识，并在具体语境中鼓励译者的诗性创造力（Robinson，1991：xv）。

长期以来，人们对于翻译理论和翻译实践、翻译的外部研究和翻译的内部研究之间的关系认识模糊。翻译理论和翻译实践存在差别，它们所要解决的是各自面对的不同问题，我们既不能将两者截然分开，也不能将两者混为一谈。翻译理论在层次上要高于翻译实践，它不一定能给实践以具体的指导，却能解释实践，从一个更高的层面来指导实践。20 世纪 30 年代，波兰逻辑学家塔斯基（Alfred Tarsik，1902—1980）提出将语言分为元语言和语言。所谓元语言，就是有关语言的语言。比如说老师教授语言时的语法讲解以及语言学教材等，都可以归入元语言的范畴（Mey，2001：173）。照此划分，翻译理论的纯理论部分，可以归入元翻译的范畴，它的内容包括：关于翻译的解释性翻译理论，如有关翻译的跨学科思考——翻译的哲学意义、文化意义、人类学意义等；对翻译实践的历史文化解读，一位翻译家采取什么样的翻译策略，如庞德的改写式翻译用翻译实践本身是不能解释的，只有将翻译实践置于具体的历史文化语境，具体的翻译策略才能得到合理的解释。由此我们可以看到，元翻译的范畴较之应用型翻译理论和翻译实践要高一个等级，其特征是解释性的，而非规定性的。很显然，这样的一种解释是自上而下的，是通过认知、推理等理性思维程序所获得的对翻译的普遍性知识，是对翻译的一种理性认识。

对翻译的理性认识，只是对翻译活动认识的一个方面，文学翻译活动不是一个简单的逻辑推理过程，这一点早已为文学翻译实践所证明。文学翻译家的学识、涵养和修养等是文学翻译过程中的重要因素，决定着译文的成功与否。翻译理论界倾向于认为翻译家的经验之谈是片面和感性的，同理性认识相对立。这种看法值得商榷。翻译家将对活动的体验和思考总结为经验时，他们的经验同样具有理性的色彩；真正与理性认识相对的，是翻译家出自本能和直觉的翻译策略选择和审美、语言组织方式，即鲁滨孙所称的"身体的自动反应"；或者我们所称的身体的体验形式。经验不同于体验，差异之处在于，经验是静止的、单向的；而体验则是运动的、交互的。中文中有"文如其人"的说法，翻译研究也有"有一千位译者，就有一千个哈姆雷特"的名句。这中间除认知理解的不同之外，还同翻译家对某些文字、表达方式的喜好有关。翻译家所说的翻译时的"忘我""被感觉驱使"，指的就是翻译家身体的运动和情感的体验；翻译家对源语的掌握，就如同掌握自己的母语，并不仅仅作为一种知识来加以掌握，而是将其化为生命的一部分和情感的一部分，文字不再是苍白的符号，而是有血有肉的生命。原文中哪些文字能唤起翻译家的情感，翻译家趋向于用哪些文字表现内心的情感，对他们而言，都是完全自动的反应。他们对有些文字特别敏感，对有些文字却没有感觉。他们的语域（register）和语库（repertoire）是情感的，而非心智的；是感性的，而非理性的。鲁滨孙将翻译理论中关于译者的研究深入到译者身体和感情的层面，为我们开启了译者研究的另一扇门，尽管这扇门长期以来一直被人们有意或者无意地紧关着。这一扇门的打开，为我们更加全面理解翻译和翻译活动提供了帮助，也为我们发展现在还十分薄弱的翻译批评提供了参考。

3. "个体身体学"与"从心所欲"

鲁滨孙将翻译的身体学分为两个部分，翻译的个体身体学（the Idiosomatics of Translation）和翻译的观念身体学（the Ideosomatics of Translation）（Robinson, 1991：3-64）。前者指译者的个人感受，同译者的知识积累、个人修养有关，后者指在一定的文化环境中为所有人所共同分享的观念内化为个人的感受。翻译的个体身体学认为，作为一名译者，掌握好外语并不仅仅是将外语作为一种技能或知识，而是能够去"感受"（feel）语言中的词汇，掌握词汇的"身体"（physical）意义，而不仅仅是词汇的词汇意义（lexical meaning）。在翻译过程中，当源语的文字越过语义层面，到达语用层面，词汇的身体意义就对一个优秀的文学翻译家产生非常重要的意义。翻译家对源语文字的敏感引起翻译家身体的行动，翻译家对原文的感受程度，丝毫不亚于讲这种语言的本族人对本族作品的感受程度，虽然他们的感受内容因人而异。中西翻译史上，有许多文学翻译家都谈到这样的翻译经验：通常，在开始翻译一部外国文学作品之前，他们要花很多时间一遍又一遍阅读所要翻译的外国文学作品，直到作品中的每一个人物、每一个情节都浮现在脑海里。同时，在阅读该作品时，翻译家会同作品中的人物在情感上产生共鸣，同呼吸，共命运，感受源语文字给译者带来的每一个细微的情感的反应。这样，在动笔翻译后，翻译就会像一种自动过程一样，非常顺利地完成。还有些翻译家提到，他们只翻译自己喜欢的作家的作品，如果要他们翻译他们不太喜欢的作家的作品，翻译出来的作品就会非常平淡。这里实际上谈的还是翻译家对文字的敏感度的问题。因为我们是通过阅读来喜欢上某一位作家的，当作家作品的文字在我们情感深处引起反响时，我们就会喜欢上这部作品，并用本族语中我们最熟悉、敏感的文字将这部作品翻译出来。如果不喜欢某个作家，那就说明他作品中的文字不能激发我们的情感，为我们的身体所拒绝。如果非要翻译，所翻译出来的作品质量一定不会高。

鲁滨孙认为，作为一名优秀的翻译家，以源语本族人的角度去感受所要翻译的作品的文字，比对源语作品作全面的认知理解要重要得多。他提到了一位从事美国印第安诗歌研究的诗人朋友。一次，这位诗人朋友找了一名美国印第安族的合作者将美国印第安诗歌翻译成英文。在翻译其中一首诗歌的某一个词时,诗人和她的合作者产生了争论。诗人的合作者认为这样翻译是彻底错了,而诗人却说她"感觉"是对的。后来,她遇见了这首诗的作者,并将此事告诉了他。诗歌作者回答道:她翻译的那个词不仅意义绝对正确,而且比他原诗所用的那个词还要好一些;他甚至表示遗憾,没有在他开始写这首诗的时候,读到它的英文翻译(Robinson,1991:17)。

译文能够胜过原文,这样的例子在文学翻译中并不少见。愈是译者发挥创造性才能的翻译,译文愈有可能超过原文,比如诗歌的翻译。钱歌川说,法国诗人波德莱尔以译介爱伦·坡的作品驰名于世,人们公认他的译作比原作更好;范存忠也说过,有些译诗经过译者的再创造,还可以胜过原作;王佐良在谈到林纾的译文时说,有时译文的干净妥帖甚至胜过原作;欧阳桢也说,译者的想象力比较丰富,就可以译得更好,甚至比原文还要好。① 20世纪30年代,在中国现代文学翻译热潮中,"左联五烈士"之一的白莽翻译了匈牙利诗人裴多菲的诗歌《格言》(Wahlspruch):"生命诚宝贵,爱情价更高;若为自由故,两者皆可抛。"鲁迅曾在《为了忘却的记念》一文中对白莽的翻译大加赞赏,白莽的译文是此诗至今最为流行的版本,也是译文胜过原文的很好的例子。许渊冲是我国翻译界赞同译文可能超过原文观点的代表人物。他的意美、音美、形美的三美论,浅化、等化、深化的三化论,知之、好之、乐之的三乐论,为超过原文的译文提出了很高的要求;至于如何达到这样的要求,使译文胜过原文,许渊冲又进一步提出了发挥优势竞赛论。所谓竞赛,就是看哪种表达方式更能传达原文的内容,发挥翻译家的个性就是充分发挥译语的优势,外译中时要发挥汉语的优势,中译外时则要发挥外语的优势。

许渊冲提出发挥译语优势,将翻译是否成功、译文是否能超过原文的关键,直接归结到语言本身。但是笔者以为,如何发挥译语优势这个问题的答案,并不能通过对语言进行结构和语义分析就能找到,如果是这样翻译就太简单了。发挥

---

① 以上转引自许渊冲《翻译的艺术》,五洲传播出版社,2006年,第138页;钱歌川语见钱歌川《翻译的技巧》,第447页;范存忠语见《外国语》,1981年第5期第8页;王佐良语见《外语教学与研究》,1981年第1期;欧阳桢语见《编译参考》,1981年第9期。

第四章
文化认知与身体体验：文学翻译主体性再认识

译语优势需要一个优秀的翻译家对两种语言极其熟悉，对两种语言的美特别敏感，能够用译语中的美将源语中的美表现出来。许渊冲将自己的文学翻译理论定位于"美化之艺术"，其中"艺术"指"从心所欲，不逾矩"。他说："'从心所欲，不逾矩'是不能分割的，'不逾矩'是低标准，'从心所欲'是高标准。……'不逾矩'比较容易做到，在'不逾矩'的情况下，'从心所欲'是最难做到的。这是好坏翻译的差异：一般翻译只能做到'不逾矩'，而好翻译却不但'不逾矩'，还能'随心所欲'。……我认为'不逾矩'只是文学翻译的起点或基点，而不是终点。……关于'矩'与'度'的问题，我想用画家吴冠中的一句话来说明：那就是'风筝不断线'，飞得越高越好。'线'就是'矩'或'度'。我把'不爱红装爱武装'解释为'不爱涂脂抹粉，敢于面对硝烟'就是不断线的例子。有人可能认为'过分自由'，'离原文太远'，'形离神散'了，但到底谁是谁非，或是谁好谁差呢？我看，这里有个文学翻译观念的问题。"（许渊冲，许钧，2001：50）

"从心所欲"表示文学翻译中的一种至高境界，是任何一位文学翻译家都渴望达到的境地。从某种意义上来讲，文学翻译中所谓的忠实与对等，也只有当翻译家处于这样一种状态时才能达到。在这种状态下，"身体"的作用远远大于"概念"的作用。许渊冲的文学翻译经验带有他自己的鲜明个性，别人是学不来的。原因在于他所讲到的经验只是冰山一角，大量的是他没有讲到的，但却具有意义的、在意识之下的体验，这一点可能连许渊冲自己也未曾意识到。在这种状态下，翻译行为成为翻译家的下意识的、直觉的行为，一种自发的（spontaneity）的行为。所以，许渊冲的"从心所欲"同鲁滨孙的"个体身体学"，在强调文学翻译的创造性这点上有异曲同工之妙。

当然，译者的创造性不是没有限制的，即使是在鲁滨孙所提出的翻译的身体学里，译者的感性反应也是受到一定限制的，他把这种限制称为"观念身体学"。观念身体学表明人是生活在特定的社会和文化中的，受到特定社会习俗和文化观念的限制，翻译家也不例外。在社会中人们共同遵守的规范、在文化中人们共同拥有的信念，都会必然反映在个人的思想和行为上。如果这种信念被"身体化"（physicalized）为某一个人的自发行为时，就会成为鲁滨孙所讲的"观念身体学"行为。所以，翻译的身体学研究的译者身体学，既包含译者的"个人身体学",也包含译者的"观念身体学"。许渊冲在上面讲到的"不逾矩"还不能简单地等同于译者的"观念身体学"。原因是"不逾矩"中的"矩"是由外界规定的,是静止的,缺乏与译者的沟通;而"观念身体学"则和"个人身体学"共同构成译者身体学的内容,这种构建是运动的、变化的、互动和对话性的。

巴赫金的对话理论是鲁滨孙的翻译身体学理论的主要理论来源之一。对话能消解对抗,这句话不仅适用于政治和文化领域,而且也适用于翻译理论研究。在翻译的身体学理论中,个人身体学和观念身体学之间的对话也能使我们对译者的有条件的主体性有更加深入的认识,真正理解译者的重要主体作用。翻译的身体学不是要将翻译研究引向玄虚和不可知,而是要澄清长期以来翻译理论界对文学翻译中直觉、情感等重要概念的误解,消除对译者主体性的片面认识。在译者主体性研究中,翻译理论家们并没有认真倾听翻译家们心灵的话语、身体的话语,现在是轮到翻译家们言说的时候了。

在文学翻译主体性研究中,对话性始终是我们采取任何研究方法的基本出发点。互文性的研究方法、交往性的研究方法、建构性的研究方法等,其基本出发点就是使参与各方能畅所欲言、平等对话。翻译的主体性研究,除了文本之间的对话,还有原作者、译者和读者之间的对话,后一种对话尤其值得重视。过去,我们注意到了原作者、译者和读者所处的时空和文化差异,注意到了他们之间的对话具有历史互文性的特点。所以更多地将翻译的主体性放在了翻译的外部环境中进行研究,而比较排斥将翻译的主体性与译者的翻译经验结合起来,认为译者的翻译经验过于感性,不具有概括的特点。鲁滨孙的翻译身体学理论给了我们很大的启发。众所周知,文学翻译对译者而言是一项非常复杂的心智和情感活动,翻译家的经验可能是深藏在翻译家潜意识中那些难以言表的体验感觉在意识层面上的一点点表现。翻译家在潜意识中的翻译感觉是巨大的,当我们深入研究翻译家的翻译过程时,才会明显感觉到它无形的存在。一个优秀的文学翻译家应该是心智和情感的对话体,一个优秀的文学翻译文本应该是这种对话成功的结果,而译者的主体性就是译者心智和情感的有机结合后表现出的主体性。只有这样,关于译者的翻译理论才是深刻和令人信服的,译者的形象才富有鲜明的个性。

第三节　认知语言学与翻译的身体学

1. 体验哲学与认知语言学

翻译活动从根本上来讲是一种语言活动，虽然我们都同意这样的观点：翻译活动绝不仅仅是一种语言活动。鲁滨孙关于翻译的身体学的理论令人耳目一新，向内纵深地挖掘译者主体性的深刻内涵，为译者主体性中的对话关系的建立提供了一个坚实的基础。在此之前我们讨论译者的创造性时，说的都是抽象的、想当然的创造性，而现在的创造性却是实实在在的创造性，来自译者身体内最直接的体验，来自译者形成的最直接的认知。应该说，鲁滨孙对译者主体性的这一深刻挖掘，给文学翻译主体性研究带来的将是一场革命性的变化，进而会极大地推动翻译研究的发展。这一理论，对翻译研究中人们呼吁重视翻译本体研究是一个积极的回应，它对回答翻译研究的最基本问题——"翻译是什么"中的译者问题具有重大的意义。

鲁滨孙关于翻译的身体学的观点表明，翻译是认知过程，同时也是体验过程；认知是体验的升华（范畴化），体验是认知的基础。鲁滨孙的翻译身体学理论不仅开阔了翻译研究的视野，同时也体现了当今哲学、语言学界的新的发展，即体验哲学和认知语言学的理论观点，并在这两个相关领域中为自己找到了强大的解释性基础。

体验哲学是由认知语言学的代表人物，美国哲学家和语言学家拉科夫（G. Lakoff）和约翰逊（M. Johnson）在《体验哲学》（*Philosophy in Flesh*，1999）一书中提出来的。这部专著的副标题为"体验认知及对西方思想的挑战"（*The Embodied Mind and Its Challenge to Western Thought*）。"西方哲学经历了从注重世界中存在的实体（本体论），到注重存在实体背后的认识（认识论），又转向到坚持存在和认知是通过语言来实现的立场（语言论）。我们可以明显看出，西方哲学研究的三个环节是一环扣一环的。而体验哲学和 CL 将这三者置于同一个命题之下进行了有效论述，不仅反映了哲学研究的三个转向（分别注重'现实''认知''语言'），而且还有效地解释了语言形成的始源（王寅，2005：15）。

认知语言学的哲学基础是体验哲学,"它坚持认为人类语言不是一个自治的系统,离不开人类的体验感知,语言能力也不是一个独立的系统,是人类一般认知能力的一部分。人类对于世界的经验,以及在此基础上形成的认知系统是语言形成的根本依据之所在,人类的体验感知和一般认知能力对于语言的形成起着决定的作用"(王寅,2005:15)。

现代语言学是以索绪尔的结构主义语言理论的诞生为标志的,索绪尔将语言分为语言与言语,认为语言学应该研究语言的符号系统,而非言语这一具体的语言使用,从而开始了将语言学的研究过程变成理性的、逻辑的和思辨的过程;乔姆斯基将语言学的研究对象定为语言能力的研究,而非语言使用的研究,并认为语言学研究是心理学研究的一部分,从而进一步强化了语言学研究的唯理性功能。很显然,索绪尔和乔姆斯基所研究的语言,是语言学家的语言,而非我们在生活中每时每刻都使用的语言。20世纪上半叶,在形式语言学作为语言学的主流发展的同时,人们也在考虑语言作为一种交际手段所应该具有的功能。英国人类学家马林诺夫斯基提出了语境的理论(context of situation),哲学家维特根斯坦(Ludwig Wittgenstain,1889—1951)提出了意义存在于使用中的理论(The meaning of word is in its use),格赖斯提出了言语行为的理论(Speech Act theory)等。这些理论为人类语言学、社会语言学、语用学以及话语分析等语言学分支的建立奠定了理论基础。在语言学理论中,以费什(Firth)和韩礼德为创始人的系统功能语法也逐渐替代了乔姆斯基的生成转换语法,在他们的理论中,语言的功能包括语言的交际功能和社会功能。

格赖斯的言语行为理论将语言与我们的行为连接了起来。语言通常被认为是用来指事(referring)或述事(narrating)的,如索绪尔所区别的能指和所指的概念。格赖斯认为,语言也可以用来行事(doing),言语是一种行为的意思是指人们在发出言语的同时,也实施了某种行为,以达到某种目的。虽然格赖斯言语行为理论中的行为还是一种普遍意义上的行为理论,他在理论中所提到的言语行为实施的必要条件还只是普遍意义的语境因素,没有涉及具体的跨文化语境;但他的理论让我们看到了言语所具有的行为性,看到了我们的语言与我们的行为之间的紧密联系。

在从功能的角度来研究语言的同时,语言认知形式的研究同样是一个重要的研究领域，乔姆斯基的生成转换语言理论对于研究人的主观能动性至今仍有启迪。在研究语言的使用，如语用学，语言与文化的关系，如人类语言学的同时，也需要研究人类语言使用的认知机理，如关联理论，以及认知人类学对语言与文化关系的有效解释作用。

认知语言学是对结构主义语言学的反拨，它在一定程度上吸收了乔姆斯基的理论观点，例如将认知和人这个主体紧密联系起来，并给予语言实践，如体验，以足够的重视。认知语言学作为一种语言学研究方法，其涉猎面广，但其基本理论观点则是在批判和继承的基础上形成的，包括语言是认知行为，语言认知是基于体验上的认知，语言认知是以范畴化的形式来表现的。总之，语言认知不是一种超验的行为，而是在人们对客观世界体验的基础上形成的，它的特点是体验性的、受环境制约的，具有交互性。拉科夫和约翰逊在此基础上通过对隐喻的研究，认为语言的范畴化是通过隐喻、借代等方式来表现的，而且这种表现的内容都是与人的身体相关的，原因在于人的身体是最直接的体验实体。

2. 认知语言学对译者主体性研究的解释力

认知语言学的体验认知观对于翻译研究，尤其是译者主体性的研究，具有很强的解释力。它从理论上极大地支持了鲁滨孙的翻译身体学观点，促进了文学翻译主体性研究中译者主体性内部对话关系的建立。

王寅认为："……语言是体验和认知的结果。翻译也是这样，体验和认知先于翻译活动，译文也是体验和认知的结果。翻译是译者基于对原文语篇各种意义理解之上的，理解必定来自体验和认知。……我们的认知、思想、理解是以我们与客观世界互动性体验为基础的，意义虽然具有某种程度的'不确定性'，但当将其置于我们体验性认知系统中加以理解时，它就会有大致确定的一面。"（王寅，2005：16）王寅认为从这个角度可以解释翻译的互译性问题，同时从这个角度，也可以批评翻译中一味认为要脱离作者的原义，不以现有文本为基础，只注重接受者的单边理解和独家解释，从打破结构主义的牢笼又走向解释的放纵的做法。王寅提出了翻译的认知语言学研究方法的六个观点：一是翻译具有体验性，二是翻译具有互动性，三是翻译具有一定的创造性，四是翻译具有语篇性，五是翻译具有和谐性，六是翻译具有客观和认知两个世界（王寅，2005：17-18）。

翻译的体验性特征前面已做简单阐述，翻译的互动性与和谐性可以共同构成翻译的和谐对话性。翻译的对话性表明体验哲学带有交互建构的性质，而和谐性则更具传统中国文化的精神，提倡"中""和"，显然与解构主义的翻译方法所提倡的"解构""消解"完全不同。郑海凌的专著《文学翻译学》就以"和谐翻译"为全书的主要观点。翻译所具有一定程度的创造性，翻译具有的语篇性和主客观两个世界则说明翻译创造的适度性和翻译内部研究的重要性。应该说，在这六个观点中，最具意义的当数翻译的体验性，这是一个全新的角度，一个真正意义上对译者主体性的有效解释。

体验哲学与认知语言学的体验认知观强调体验的普遍性，这与体验哲学和认知语言学试图解释的范围有关。笔者认为，语言体验也好，翻译体验也好，一定是在具体的环境中的体验。由于人类在生理结构、思维模式、文化传统和自然环境方面的共同性，这种体验会导致许多相同的认知范畴产生；而同样，上述方面的差异性所引起的不同认知范畴始终存在。而后一点恰恰是文学翻译的魅力所在。所以，将体验认知观点用来分析译者主体性时，在译者的体验中，就存在着普遍性的体验和个体性的体验，鲁滨孙在他的理论中将这两种不同的体验分为翻译的观念身体学和翻译的个体身体学。译者在体验基础上的认知实际上是这两种身体体验之间对话协调的结果，个体身体学的体验在具体的翻译活动中可以表现为不同译者的审美表现倾向和语言使用倾向，这一点非常重要，也是文学翻译之为艺术、文学翻译非常复杂困难的原因之一。译者的个体特征是构成译文表现形式诸多原因中的一种，"一千个译者就有一千个哈姆雷特"。这种差异除了文化研究方法所列出的种种原因而导致阐释的差异外，还有一种是源于本能的差异，即译者在毫不知晓的情况下产生的差异，忽视这一点就难以解释为什么可能有两个作家在条件完全一样的情况下，翻译出来的作品却相差悬殊。傅雷永远只有一个，你可以落后于他，也可以超过他，但永远不可能是他。译者在翻译中所体现的情感特征和个性特征如海上冰山，我们只能窥其一角，却难以见到全貌。但如果由于这样的原因而放弃对此的研究，那只能大大缩小翻译研究的范围，使翻译研究变得毫无生机。所以，笔者认为，体验哲学和认知语言学对翻译研究的贡献主要表现在两个方面：一是为翻译研究中的理论与实践的关系问题提供了一个有效的解释角度，二是为对译者主体性的分层分析提供了一个独特的研究角度。

3. 译者主体性：认知与体验、理智与情感的对话

在体验哲学和认知语言学中，隐喻是一个非常重要的概念。这里的隐喻有别于传统修辞学中的隐喻方式，而是一种普遍的语言认知方式。拉科夫和约翰逊的另外一部专著的题目就叫作《隐喻中生存》(*Metaphors We Live By*)，人类生活中无时无刻不存在隐喻，隐喻是人们通过语言认知世界的重要手段，而隐喻的构成常常与人的身体有关，因为人的身体是体验世界的最直接的生命体。在人类隐喻性地认知世界时，有着许多相同的认知结果，拉科夫和约翰逊将它们称作"概念隐喻"（conceptual metaphor），而语言则是这种概念隐喻的表现。如"愤怒是火"就是一个概念隐喻，英语和汉语围绕此概念隐喻的说法比比皆是，如"怒火中烧""火气很大"等。但是，我们也需注意在不同的文化中，概念隐喻也会出现差异。如生活在北极的因纽特人，在他们的文化中，有关雪的概念隐喻肯定要比生活在赤道附近的人们多得多。同时，还要注意即使是同样的概念隐喻，不同的语言表现方式也很不相同。在特定的文化中，概念隐喻常常同文化模式联系在一起，因为概念隐喻所表现的正是对特定文化的高度认知，对于译者而言，识别源语中的概念隐喻以及决定它们在译语中的表现方式会直接影响到翻译策略的选择。

鲁滨孙在他所提出的翻译的身体学理论中，就把诸如隐喻、借代、提喻、讽刺、夸张等修辞手法作为翻译活动中的直觉行为的主要表现方式。这几种修辞手法的一个共同特点就是它们的体验性和实用性，而不是抽象地思辨。例如"石头心肠"这样一个隐喻，从逻辑语义的角度来分析是不成立的，不具备真值（true value），但在实际使用中人们非常容易理解。所以，理性思辨的语法语义研究方法并不能完全解释我们所身处的这个语言世界，隐喻常常能扰乱逻辑，让文字生动鲜活起来，使每一个单词都能激发起我们第一次听到这个单词时的全部感观信息，调动起我们一切的感官反应。鲁滨孙说，我们看到文字时也能"嗅"到文字，听到文字时也能"尝"到文字（Robinson, 1991: 5）。但需指出的是，不是所有的人都有对文字的直觉反应，也不是所有的文字都会激起人们的直觉反应。诗人可以是对文字特别敏感的人，他们善用文字，短短的几行诗，可催人泪下，读起来荡气回肠。同样，文学翻译家也是对文字特别敏感的人，优秀的文学翻译

家不仅对自己的母语十分敏感，对源语文字也具有和对母语文字同样的感受。他们游弋在两种语言文字所营造的感性世界里，翻译对他们而言，是从一个感性世界向另一个感性世界的本能驱动，与理性的分析无关。"我就喜欢这样翻译，我觉得这样翻译更能体现原文"，翻译家们常如是说，看似主观，缺乏依据，但却道出了好的文学翻译作品除理性分析之外的另一个重要成功要素——翻译家作为一个个体对文字的直觉和本能的敏感性。这样翻译出来的作品有可能接近原文，也有可能游离于原文，还有一种可能，就是超过原文。

在这一点上，许多著名的文学翻译家深有体会。江枫说道："由于人生体验、文化素养或是艺术悟性的不同，有时你会感觉到某一句话或一首诗说出了心中早有、未能说出、终于被表述得极其贴切的某种感受，或是引导你突然上升到一种豁然开朗的境地，驱使你情不自禁地打开了封存内心深处的一口思想或感情的深井，你会被感动，起共鸣，感受到诗的美。"（江枫，许钧，2001：123）方平说道："一位文学翻译家的特殊禀赋首先在于他具有一种敏锐的感受力，他体贴入微，善解人意，以至于心心相印，将自己的个性与原作的个性融合在一起。同样重要的是，还得加上把这种感受变为自己的艺术冲动，并且展现出意到笔到，恰如其分的表达能力。"（方平，许钧，2001：155）杨武能也说道："译家失去了个性，不能发挥主体作用，何来文学，何来艺术，何来创造？果真如此，文学翻译岂不仅只剩下了技能和技巧，充其量只可称作一项技艺活动；译家岂不真的成了译匠，有朝一日完全可能被机器所代替！"（杨武能，许钧，2001：166）由此可见，文学翻译家们对自己的体验和情感是相当珍惜和重视的。

第四节　小结

翻译活动从根本上来讲是一种语言活动，虽然我们都同意翻译活动绝不仅仅是一种语言活动这样的观点。翻译活动是一种认知活动，包括语言认知、美学认知和文化认知。限于本书研究的主题，本章重点讨论了译者对原文的文化认知。同时，翻译也是一种体验活动，一种身体和情感的体验活动。译者主体性由以上两个部分构成。体验哲学和认知语言学关于语言体验与认知的理论，鲁滨孙在此理论支持下的关于翻译的身体学的理论，以新的角度，向内纵深地挖掘译者主体性的深刻内涵，为译者主体性中的对话关系的建立提供了坚实的基础。此前我们讨论译者的创造性时，说的都是抽象的、想当然的创造性，而现在的创造性却是实实在在的创造性，来自译者身体内最直接的体验，来自译者在体验中形成的最直接的认知。对译者主体性的这一深刻挖掘，带来的将是文学翻译主体认识论上的彻底转变，可积极推动对目前翻译研究中翻译本体的研究。

结语

文学翻译主体性研究：
倾听与对话

结语

翻译活动是一项永恒的人类活动，而文学翻译活动则是这项活动中最复杂、最具魅力的部分；同样，文学翻译主体性是文学翻译研究的一个永恒话题，作者、译者、读者以及由他们体现的和代表的种种历史的、社会的、文学的、文化的因素是这个永恒话题的主要内容。随着哲学、文学理论、语言学、文化学等相关学科的发展，文学翻译主体性研究的外延将不断扩大，角度也会不断增加，内容也会不断丰富。翻译研究的文化学派和文化研究派从历史学、社会学、文化研究、接受美学和阐释学的角度研究文学翻译主体性，使文学翻译主体性研究成为当今翻译理论研究中一个非常重要的领域。

在吸收、总结翻译研究的文化学派和文化研究派理论的基础上，本书将视野、理论和视角作为文学翻译主体性研究框架的三个支撑点。首先，将文化作为本书的研究视野，这个视野既包括文化研究意义上的文化，也包括人类学意义上的文化；同时，这个视野不仅观照社会文化中的文学翻译，即翻译的外部研究，同时也观照文学文本的文化翻译，即翻译的内部研究。在这个宽泛的视野中，我们可以跳出西方后殖民文化语境，在一个更大的人类文化语境中去审视文学翻译作为人类跨文化活动的主要形式，也可以深入一个具体的文化语境，研究文学翻译在该文化发展过程中的构造作用，搭建中西方翻译理论话语交流的平台。同时，在这个包容的视野中，我们还可以将我们的视线从文学翻译的外部研究转向文学研究的本体或内部研究，尤其是在关注文学翻译的语言、审美特质的同时，关注文学翻译的文化内涵和意义。

本书从以下角度研究了文学翻译主体性以及该文学翻译主体性的间性关系中起主要作用的译者主体性：从后现代和后殖民文化的角度研究译者的显现、译者文化身份的建立，以及权力等因素在文学翻译过程和翻译文学发展中的重要作用；从文化人类学的角度梳理清楚广义的文化和狭义的文化之间的接续关系，以及将"地方性知识"和"深度描写"等文化人类学理论引入文学主体的阐释理论的研究;从文化理论和文化交流学的角度,将文学主体性的研究从外部转向内部,转向以文化翻译为特征的文学文本的理解和表现研究上,研究译者主体应具有的文化认知能力和文化协调能力;最后,从体验哲学和认知语言学的角度对译者主体性是情感和认知的结合体这一命题进行了阐述。

研究文学翻译主体性的角度除以上列举的以外,还有其他不同的角度。比如从比较诗学来研究译者的审美和语言表现,从心理学研究如何将格式塔理论运用到译者心理分析,从功能语言学角度研究如何从语篇中分析译者的表现意图,以及用语用关联理论从译者的最佳关联认知能力研究等角度来研究文学翻译主体性。限于本书是从文化视野的角度来研究文学翻译主体性问题,同时也限于篇幅,笔者未能将这些视角包含在课题的研究中。虽然遗憾,但也为本书留下了以后进一步扩充和深入研究的机会。

从新历史主义文化诗学、中国语境中的文化诗学以及巴赫金文化诗学中提炼出的主体性、文化性和对话性等理论观点,作为在文化的视野中多角度研究文学翻译主体性的理论支撑,始终贯穿整个文学翻译主体性研究。我们力求在翻译研究诸多对立、分离或者被忽视的关系中建立起对话的关系,变"隔"为"同",如翻译理论与实践的关系、译者主体性外部研究与内部研究的关系、译者主体性中情感与认知之间的关系等。对这种互涉、互动、充满张力的和谐关系的阐述和运用,可以丰富文学翻译主体性研究的理论话语和研究方法,推动翻译研究的发展。

当今翻译研究呈多元发展的趋势,其中三个主要趋势表现为翻译研究的文化转向、翻译研究的哲学回归和翻译研究的功能途径。翻译研究的文化转向覆盖系统学派和文化研究学派的理论和方法,翻译研究的哲学回归则主要指以阐释学为基础的释意理论、后结构主义翻译理论,以及以本雅明和德里达为代表的翻译的语言哲学再思考;而翻译研究的功能途径以语篇分析学派为代表,"研究语言意义和社会与权力关系在交际中如何体现。韩礼德的系统功能模式是目前语篇分析中影响最大的分析模式"(Munday,2001:88)。

但无论是哪一种研究方法,翻译主体性的研究都占据重要的位置。因为任何翻译都不可缺失翻译主体。如前所述,翻译是一项永恒的人类活动。只要人类存在,不同文化之间的交往就一定存在,而翻译也一定不可缺少。文学翻译主体性研究始终是动态和发展的，其原因是组成主体性的各种内在因素是动态发展的，主体性的外部条件是动态发展的，关于文学翻译主体性的相关理论也是在不断发展的。所以，关于文学翻译主体性的研究远远没有到结题的时候。

在目前的文学翻译主体性研究以及翻译的其他问题的研究中，我们需要倾听与对话。倾听是一种态度，是对话的基本前提，它可以消解独白，也可以挽救失语。倾听是一种行为，去发现被遮蔽、被隔离、被忽视和被遗忘的声音。例如在中西方译论中传统译论的声音、翻译理论与实践中实践的声音、文学翻译外部研究和内部研究中内部研究的声音、译者主体认知和体验中体验的声音等等。同时，在倾听的过程中，对话产生了；而对话的开始，便是交流的开始。

在结束本书写作时，我谨向在本书中提到的或没有提到的所有翻译家和译论家表示最诚挚的敬意；对于书中这样那样的问题，"倾听"是我最真诚的愿望。

感谢文学翻译这双透明的眼睛，它使我们看见了别人，也看见了我们自己！

参考文献

巴赫金，1988. 陀思妥耶夫斯基诗学问题［M］. 白春仁，顾亚铃，译. 石家庄：河北教育出版社.

本雅明，1999. 本雅明文选［M］. 陈永国，马海良，译. 北京：中国社会科学出版社.

蔡新乐，2005. 翻译的本体论研究［M］. 上海：上海译文出版社.

蔡毅，段京华，等，2001. 苏联翻译理论［M］. 武汉：湖北教育出版社.

陈大亮，2005. 翻译研究：从主体性向主体间性转向［J］. 中国翻译（2）：3-9.

陈福康，1992. 中国译学理论史稿［M］. 上海：上海外语教育出版社.

陈历明，2006. 翻译：作为复调的对话［M］. 成都：四川大学出版社.

陈永国，2005. 翻译与后现代性［M］. 北京：中国人民大学出版社.

董乐山，2002. 西行的足音［M］. 武汉：湖北教育出版社.

杜书瀛，张婷婷，2001. 文学主体论的超越和局限［J］. 文艺研究（1）.

多尔迈，1989. 主体性的黄昏［M］. 万俊人，朱国钧，吴海针，译. 上海：上海人民出版社.

多斯，2004. 从结构到解构：法国20世纪思想主题（上、下）［M］. 季广茂，译. 北京：中央编译出版社.

范祥涛，2006. 科学翻译影响下的文化变迁——20世纪科学翻译的描写研究［M］. 上海：上海译文出版社.

方梦之，2004. 译学辞典［M］. 上海：上海外语教育出版社.

方平，2002. 他不知道自己是个诗人［M］. 武汉：湖北教育出版社.

方平，许钧，2001. 翻译的得与失［M］//许钧，等. 文学翻译的理论与实践——翻译对话录. 南京：译林出版社.

冯建文, 2001. 神似翻译学 [M]. 兰州：敦煌文艺出版社.

冯庆华, 2002. 文体翻译论 [M]. 上海：上海外语教育出版社.

冯庆华, 2006. 红译艺坛——《红楼梦》翻译艺术研究 [M]. 上海：上海外语教育出版社.

格尔茨, 1999. 文化的解释 [M]. 韩莉, 译. 南京：译林出版社.

葛校琴, 2002. 当前归化/异化策略讨论的后殖民视阈——对国内归化/异化论者的一个提醒 [J]. 中国翻译 (5)：32-35.

葛校琴, 2006. 后现代语境下的译者主体性研究 [M]. 上海：上海译文出版社.

龚光明, 2004. 翻译思维学 [M]. 上海：上海社会科学院出版社.

辜正坤, 2003. 中西诗比较鉴赏与翻译理论 [M]. 北京：清华大学出版社.

郭宏安, 2002. 雪泥鸿爪 [M]. 武汉：湖北教育出版社.

郭建中, 2000. 当代美国翻译理论 [M]. 武汉：湖北教育出版社.

郭延礼, 1999. 中国近代翻译文学概论 [M]. 武汉：湖北教育出版社.

郭著章, 等, 1999. 翻译名家研究 [M]. 武汉：湖北教育出版社.

韩江洪, 2006. 严复话语系统与近代中国文化转型 [M]. 上海：上海译文出版社.

韩子满, 2005. 文学翻译杂合研究 [M]. 上海：上海译文出版社.

赫尔曼, 2000. 翻译的再现 [M]//谢天振. 翻译的理论建构与文化透视. 上海：上海外语教育出版社.

侯向群, 2006. 翻译学——一个建构主义的视角 [M]. 上海：上海外语教育出版社.

胡庚申, 2004. 翻译适应选择论 [M]. 武汉：湖北教育出版社.

黄杲炘, 1999. 从柔巴依到坎特伯雷——英语诗汉译研究 [M]. 武汉：湖北教育出版社.

黄国文, 2006. 翻译研究的语言学探索——古诗词英译本的语言学分析 [M]. 上海：上海外语教育出版社.

黄振定, 1998. 翻译学：艺术论与科学论的统一 [M]. 长沙：湖南教育出版社.

季羡林, 许钧, 2001. 翻译之为用大矣哉 [M]//许钧, 等. 文学翻译的理论与实践——翻译对话录. 南京：译林出版社.

江枫，许钧，2001. 形神兼备：诗歌翻译的一种追求［M］//许钧，等. 文学翻译的理论与实践——翻译对话录. 南京：译林出版社.

姜秋霞，2002. 文学翻译中的审美过程：格式塔意象再造［M］. 北京：商务印书馆.

姜治文，文军，2000. 翻译标准论［M］. 成都：四川人民出版社.

姜治文，文军，2002. 比较翻译学概论［M］. 成都：四川人民出版社.

蒋骁华，2004. 女性主义对翻译理论的影响［J］. 中国翻译（4）：10-15.

金圣华，1996. 傅雷与他的世界［M］. 北京：生活·读书·新知三联书店.

金圣华，2002. 译道行［M］. 武汉：湖北教育出版社.

金元浦，1998. 接受反应文论［M］. 济南：山东教育出版社.

孔慧怡，2000. 翻译·文学·文化［M］. 北京：北京大学出版社.

孔慧怡，杨承淑，2000. 亚洲翻译传统与现代动向［M］. 北京：北京大学出版社.

李和庆，黄皓，薄振杰，2005. 西方翻译研究方法论：70年代以后［M］. 北京：北京大学出版社.

李进，2002. 钱锺书与现代西学［M］. 上海：上海三联书店.

李明，2005. 翻译研究的社会符号学视角［M］. 武汉：武汉大学出版社.

李文俊，2002. 寻找与寻见［M］. 武汉：湖北教育出版社.

廖七一，2000. 当代西方翻译理论探索［M］. 南京：译林出版社.

廖七一，2006. 胡适诗歌翻译研究［M］. 北京：清华大学出版社.

廖七一，等，2001. 当代英国翻译理论［M］. 武汉：湖北教育出版社.

林煌天，1997. 中国翻译词典［M］. 武汉：湖北教育出版社.

林一安，2002. 奇葩拾零［M］. 武汉：湖北教育出版社.

刘禾，2002. 跨语际实践——文学、民族文化与被译介的现代性（中国，1900—1937）［M］. 北京：生活·读书·新知三联书店.

刘洪一，2003. 文化诗学的理念和追求［J］. 学术研究（12）.

刘华文，2005. 汉诗英译的主体审美论［M］. 上海：上海译文出版社.

刘靖之，2002. 和谐的乐声［M］. 武汉：湖北教育出版社.

刘宓庆，1998．文体与翻译［M］．北京：中国对外翻译出版公司．

刘宓庆，1999a．当代翻译理论［M］．北京：中国对外翻译出版公司．

刘宓庆，1999b．文化翻译论纲［M］．武汉：湖北教育出版社．

刘宓庆，2001．翻译与语言哲学［M］．北京：中国对外翻译出版公司．

刘宓庆，2005a．翻译美学导论［M］．北京：中国对外翻译出版公司．

刘宓庆，2005b．中西翻译思想比较研究［M］．北京：中国对外翻译出版公司．

刘象愚，2010．韦勒克与他的文学理论（代译序）［M］//韦勒克，沃伦．文学理论．刘象愚，等译．北京：文化艺术出版社．

刘亚猛，2005．韦努蒂的"翻译伦理"及其自我解构［J］．中国翻译（5）：40-45．

刘耘华，1997．文化视域中的翻译文学研究［J］．外国语（2）：45-50．

刘重德，2003．西方译论研究［M］．北京：中国对外翻译出版公司．

吕俊，2001．跨越文化障碍——巴比塔的重建［M］．南京：东南大学出版社．

吕俊，侯向群，2006．翻译学——一个建构主义的视角［M］．上海：上海外语教育出版社．

吕同六，2002．寂寞是一座桥［M］．武汉：湖北教育出版社．

罗新璋，1984．翻译论集［M］．北京：商务印书馆．

马红军，2006．从文学翻译到翻译文学——许渊冲的译学理论与实践［M］．上海：上海译文出版社．

马士奎，2007．中国当代文学翻译研究（1966—1976）［M］．北京：中央民族大学出版社．

马祖毅，1998．中国翻译简史［M］．北京：中国对外翻译出版公司．

马祖毅，1999．中国翻译史（上卷）［M］．武汉：湖北教育出版社．

马祖毅，任荣珍，1999．汉籍外译史［M］．武汉：湖北教育出版社．

孟华，2000．翻译中的"相异性"与"相似性"之辨［M］//谢天振．翻译的理论建构与文化透视——对翻译与文化交流关系的思考与再思考．上海：上海外语教育出版社．

孟昭毅，李载道，2005．中国翻译文学史［M］．北京：北京大学出版社．

穆雷，1999．中国翻译教学研究［M］．上海：上海外语教育出版社．

穆雷，2003. 翻译与女性文学——朱虹教授访谈录［J］. 外国语言文学（1）：41-44.

穆雷，诗怡，2003. 翻译主体的"发现"与研究——兼评中国翻译家研究［J］. 中国翻译（1）：12-17.

钱冠连，2005. 语言：人类最后的家园——人类基本生存状态的哲学与语用学研究［M］. 北京：商务印书馆.

钱锺书，2004. 七缀集［M］. 北京：生活·读书·新知三联书店.

秦文华，2006. 翻译研究的互文性视角［M］. 上海：上海译文出版社.

申雨平，2002. 西方翻译理论精选. 北京：外语教育与研究出版社.

沈苏儒，1998. 论信达雅——严复翻译理论研究［M］. 北京：商务印书馆.

施康强，2002. 自说自话［M］. 武汉：湖北教育出版社.

斯皮瓦克，2005. 翻译的政治［M］//陈永国. 翻译与后现代性. 陈永国，译. 北京：中国人民大学出版社.

孙会军，2005. 普遍与差异——后殖民批评视阈下的翻译研究［M］. 上海：上海译文出版社.

孙慧双，1999. 歌剧翻译与研究［M］. 武汉：湖北教育出版社.

孙绍先，2006. 女权主义［M］//赵一凡. 西方文论关键词. 北京：外语教学与研究出版社.

孙艺风，2004. 视角、阐释、文化——文学翻译与翻译理论［M］. 北京：清华大学出版社.

孙艺风，2006. 离散译者的文化使命［J］. 中国翻译（1）：3-10.

孙迎春，1999. 译学大词典［M］. 北京：中国世界语出版社.

孙致礼，1999. 翻译：理论与实践探索［M］. 南京：译林出版社.

孙致礼，2002. 中国的文学翻译：从归化趋向异化［J］. 中国翻译（1）：40-45.

谭载喜，2000. 翻译学［M］. 武汉：湖北教育出版社.

谭载喜，2004. 西方翻译简史［M］. 北京：商务印书馆.

陶东风，2004. 文学理论基本问题［M］. 北京：北京大学出版社.

屠岸，2002. 倾听人类灵魂的声音［M］. 武汉：湖北教育出版社.

王秉钦,1995. 文化翻译学[M]. 天津:南开大学出版社.

王秉钦,2004. 20世纪中国翻译思想史[M]. 天津:南开大学出版社.

王海龙,2004. 导读一:对阐释人类学的阐释[M]//吉尔兹. 地方性知识——阐释人类学论文集. 王海龙,张家瑄,译. 北京:中央编译出版社.

王宏印,2003. 中国传统译论经典诠释——从道安到傅雷[M]. 武汉:湖北教育出版社.

王宏印,2006. 文学翻译批评论稿[M]. 上海:上海教育出版社.

王宏志,2000. 翻译与创作——中国近代翻译小说论[M]. 北京:北京大学出版社.

王建开,2003. 五四以来我国英美文学作品译介史1919—1949[M]. 上海:上海外语教育出版社.

王克非,1997. 翻译文化史论[M]. 上海:上海外语教育出版社.

王宁,2006. 文化翻译与经典阐释[M]. 北京:中华书局.

王泉,朱岩岩,2006. 女性话语[M]//赵一凡. 西方文论关键词. 北京:外语教学与研究出版社.

王向远,2004. 翻译文学导论[M]. 北京:北京师范大学出版社.

王寅,2005. 认知语言学的翻译观[J]. 中国翻译(5).

王振林,2003. 从主体理性的凯旋走向理性主体的黄昏[J]. 社会科学战线(5):223-226.

王佐良,2003. 翻译中的文化比较[M]//杨自俭,刘学云. 翻译新论(1983—1992). 武汉:湖北教育出版社.

威廉斯,2005. 关键词:文化与社会的词汇[M]. 刘建基,译. 北京:生活·读书·新知三联书店.

文军,2004. 翻译:调查与研究[M]. 北京:北京航空航天大学出版社.

文军,2005. 翻译课程模式研究——以发展翻译能力为中心的方法[M]. 北京:中国文史出版社.

文军,2006a. 科学翻译批评导论[M]. 北京:中国对外翻译出版社.

文军,2006b. 中国翻译批评百年回眸[M]. 北京:北京航空航天大学出版社.

文军,等,2002. 当代翻译理论著作评介[M]. 成都:四川人民出版社.

参考文献

伍尔夫，1989．一间自己的屋子［M］．王还，译．北京：生活·读书·新知三联书店．

奚永吉，2001．文学翻译比较美学［M］．武汉：湖北教育出版社．

谢天振，1999/2001．译介学［M］．上海：上海外语教育出版社．

谢天振，2000．翻译的理论建构与文化透视［M］．上海：上海外语教育出版社．

谢天振，2003．翻译研究新视野［M］．青岛：青岛出版社．

谢天振，查明建，2004．中国现代翻译文学史（1898-1949）［M］．上海：上海外语教育出版社．

邢福义，2000．文化语言学［M］．武汉：湖北教育出版社．

许宝强，袁伟，2001．语言与翻译的政治［M］．北京：中央编译出版社．

许钧，1998．翻译思考录［M］．武汉：湖北教育出版社．

许钧，2001a．传统与创新——代引言［M］//许钧，等．文学翻译的理论与实践——翻译对话录．南京：译林出版社．

许钧，2001b．当代法国翻译理论［M］．武汉：湖北教育出版社．

许钧，2003．"创造性叛逆"和翻译主体性的确立［J］．中国翻译（1）：6-11．

许钧，2003．翻译论［M］．武汉：湖北教育出版社．

许钧，等，2001．文学翻译的理论与实践——翻译对话录［M］．南京：译林出版社．

许渊冲，2006．翻译的艺术［M］．北京：五洲传播出版社．

许渊冲，许钧，2001．翻译："美化之艺术"——新旧世纪交谈录［M］//许钧，等．文学翻译的理论与实践——翻译对话录．南京：译林出版社．

杨武能，1987．阐释、接受与再创造的循环——文学翻译断想之一［J］．中国翻译（6）：3-6．

杨武能，2002．圆梦初记［M］．武汉：湖北教育出版社．

杨武能，2005．三叶集——德语文学·文学翻译·比较文学［M］．成都：巴蜀书社

杨武能，许钧，2001．漫谈文学翻译主体［M］//许钧，等．文学翻译的理论与实践——翻译对话录．南京：译林出版社．

杨宪益，2006．译余偶拾［M］．济南：山东画报出版社．

杨自俭，刘学云，1999. 翻译新论（1983—1992）［M］. 武汉：湖北教育出版社.

叶舒宪，2003. 文学与人类学——知识全球化时代的文学研究［M］. 北京：社会科学文献出版社.

叶渭渠，2002. 扶桑掇琐［M］. 武汉：湖北教育出版社.

余光中，2002. 余光中谈翻译［M］. 北京：中国对外翻译出版公司.

俞佳乐，2006. 翻译的社会性研究［M］. 上海：上海译文出版社.

宇文所安，2003. 中国文论：英译与评论［M］. 王柏华，陶庆梅，译. 上海：上海社会科学院出版社.

喻云根，1999. 英美名著翻译比较［M］. 武汉：湖北教育出版社.

袁莉，2002. 关于翻译主体研究的构想［C］//张柏然，许钧. 面向21世纪的译学研究. 北京：商务印书馆.

查明建，2004a. 文化操纵与利用：意识形态与翻译文学经典的建构——以20世纪五六十年代中国的翻译文学为研究中心［J］. 中国比较文学（2）：86-102.

查明建，2004b. 中国现代翻译文学史［M］. 上海：上海外语教育出版社.

查明建，田雨，2003. 论译者主体性——从译者文化地位的边缘化谈起［J］. 中国翻译（1）：19-24.

张柏然，许钧，2002. 面向21世纪的译学研究［M］. 北京：商务印书馆.

张今，张宁，2005. 文学翻译原理［M］. 北京：清华大学出版社.

张进，2004. 新历史主义与历史诗学［M］. 北京：中国社会科学出版社.

张京媛，1993. 新历史主义与文学批评［M］. 北京：北京大学出版社.

张经浩，1995. 译论［M］. 长沙：湖南教育出版社.

张隆溪，1997. 道与逻各斯［M］. 冯川，译. 成都：四川人民出版社.

张美芳，2005. 翻译研究的功能途径［M］. 上海：上海外语教育出版社.

张南峰，2004. 中西译学批评［M］. 北京：清华大学出版社.

张首映，1999. 西方二十世纪文论史［M］. 北京：北京大学出版社.

张岩冰，1997. 女权主义文论［M］. 济南：山东教育出版社.

赵洪定，1997. 巴蜀译论［M］. 成都：四川人民出版社.

赵彦春，2005．翻译学归结论［M］．上海：上海外语教育出版社．

赵一凡，等，2006．西方文论关键词［M］．北京：外语教学与研究出版社．

郑海凌，2000．文学翻译学［M］．北京：文心出版社．

郑鲁南，2019．一本书一个世界［M］．武汉：华中科技大学出版社．

周仪，罗平，1999．翻译与批评［M］．武汉：湖北教育出版社．

祝朝伟，2005．构建与反思［M］．上海：上海译文出版社．

庄孔韶，2004．人类学通论［M］．太原：山西教育出版社．

邹振环，1996．影响中国近代社会的一百种译作［M］．北京：中国对外翻译出版公司．

AIXELA, 1996. Culture-specific items in translation［M］// ALVAREZ, VIDAL. Translation, power, subersion. Clevedon: Multilingual Matters Ltd.

ALVAREZ, VIDAL, 2007. Translation, power, subversion［M］. Beijing: Foreign Language Teaching and Research Press.

ANDERMAN, ROGERS, 1999. Word, text, translation［M］. Clevedon: Multilingual Matters Ltd.

ANDERMAN, ROGERS, 2006. Translation today: trends and perspective［M］. Beijing: Foreign Language Teaching and Research Press.

APPIAH, 2004. Thick translation［M］// VENUTI. The translation studies reader. London and New York: Routledge.

AUSTERMUHL, 2001/2006. Electrontools for Translators［M］. Manchester: St. Jerome Publishing Ltd. /Beijing: Foreign Language Teaching and Research Press.

BAKER, 1992/2006. In other words: a coursebook on translation［M］. London and New York: Routledge/Beijing: Foreign Language Teaching and Research Press.

BAKER, 2004. Routledge encyclopedia of translation studies［M］. Shanghai: Shanghai Foreign Language Education Press.

BARNSTONE, 1993. The poetics of translation: history, theory, practice［M］. New Haven and London: Yale University Press.

BASSNETT, 1993. Comparative literature: a critical introduction［M］. Cambridge: Blackwell.

BASSNETT, 1997. Translating literature [M]. Cambridge: D. S. Brewer.

BASSNETT, 2004. Transplanting the seed: poetry and translation [M] // BASSNETT, LEFEVERE. Constructing cultures: essays on literary translation. Clevedon: Multilingual Matters Ltd.

BASSNETT, 2010. Translation studies [M]. Shanghai: Shanghai Foreign Language Education Press.

BASSNETT, LEFEVERE, 1990. Translation, history and culture [M]. London: Cassell.

BASSNETT, LEFEVERE, 2004. Constructing cultures: essays on literary translation [M]. Clevedon: Multilingual Matters Ltd.

BASSNETT, TRIVEDI, 1999. Post-colonial translation theory and practice [M]. London and New York: Routledge.

BECKER, 1998. Beyond translation: essays toward a modern philology [M]. Ann Arbor: The University of Michigan Press.

BELL, 1991/2001. Translation and translating: theory and practice [M]. London: Longman Group UK/Beijing: Foreign Language Teaching and Research Press.

BERMANN, 2005. Introduction [M] // BERMANN, WOOD. Nation, language, and the ethics of translation. Princeton and Oxford: Princeton University Press.

BERMANN, WOOD, 2005. Nation, language, and the ethics of translation [M]. Princeton and Oxford: Princeton University Press.

BOASE-BEIER, HOLMAN, 1998. The practices of literary translation: constraints and creativity [M]. Manchester: St. Jerome Publishing.

BOWKER, CRONIN, KENNY, et al., 1998/2007. Unity in diversity?: current trends in translation studies [M]. Manchester: St. Jerome Publishing /Beijing: Foreign Language Teaching and Research Press.

BROOKER, 1999. A concise glossary of cultural theory [M]. London: Hodder Arnold Publication.

CATFORD, 1965. A linguistic theory of translation [M]. London: Oxford University Press.

参考文献

CHAMBERLAIN, 1992. Gender and the metaphorics of translation [M] //VENUTI. Rethinking translation: discourse, subjectivity, ideology. London and New York: Routledge.

CHESTERMAN, 1997. Memes of translation: the spread of ideas in translation theory [M]. Amsterdam & Philadelphia: John Benjamins Publishing Company.

CHESTERMAN, 2001. Proposal for a hieronymic oath [J]. The translator, vol. 7, no. 2: 139-154.

CHESTERMAN, WAGNER, 2002/2006. Can theory help translators?: a dialogue between the ivory tower and the wordface [M]. Manchester: St. Jerome Publishing Ltd. /Beijing: Foreign Language Teaching and Research Press.

DANKS, SHREVE, FOUNTAIN, 1996. Cognitive processes in translation and interpreting [M]. Thousand Oaks: Sage Publications, Inc.

DAVIS, 2004. Deconstruction and translation [M]. Shanghai: Shanghai Foreign Language Education Press.

De BEAUGRANDE, 1978. Factors in a theory of poetic translation [M]. Asen: VanGorcum.

DELISLE, WOODSWORTH, 1999. Translators through history [M]. Amsterdam: John Benjamins Publishing Company.

DURANTI, 1997. Linguistic anthropology [M]. Cambridge: Cambridge University Press.

EAGLETON, 2000. The idea of culture [M]. Oxford, UK and Malden, USA: Blackwell Publishers.

ELLIS, OAKLEY-BROWN, 2001/2006. Translation and nation: towards a cultural politics of Englishness [M]. Clevedon: Multilingual Matters Ltd. /Beijing: Foreign Language Teaching and Research Press.

FAWCETT, 1997/2007. Translation and language: linguistic theories explained [M]. Manchester: St. Jerome / Beijing: Foreign Language Teaching and Research Press.

FLOTOW, 1997/2004. Translation and gender: translating in the 'era of feminism'

［M］. Manchester: St. Jerome Publishing / Shanghai: Shanghai Foreign Language Education Press.

GENTZLER, 1993/2004. Contemporary translation theories ［M］. London: Routledge / Shanghai: Shanghai Foreign Language Education Press.

GENTZLER, 2005. An international and interdisplinary view: translation studies in China ［J］. Journal of Foreign Languages (5).

GILE, 1995. Basic concepts and models for interpreter and translator training ［M］. Amsterdam: John Benjamins Publishing Company.

GORLEE, 1994. Semiotics and the problems of translation: with special reference to the semiotics of Charles S. Peirce ［M］. Amsterdam: Rodopi.

GRANGER, LEROT, TYSON, 2003/2007. Corpus-based approaches to contrastive linguistics and translation studies ［M］. Amsterdam: Rodopi B. V. / Beijing: Foreign Language Teaching and Research Press.

GREEN, 2001. Thinking through translation ［M］. Athens & London: The University of Georgia Press.

GUTT, 1991/2004. Translation and relevance, cognition and context ［M］. Oxford: Basil Blackwell Ltd. / Shanghai: Shanghai Foreign Language Education Press.

HATIM, 1997. Communication across cultures ［M］. Exeter: University of Exeter Press.

HATIM, MASON, 1997. The translator as communicator ［M］. London and New York: Routledge.

HATIM, MASON, 2004. Discourse and the translator ［M］. Shanghai: Shanghai Foreign Language Education Press.

HERMANS, 1985/2007. The manipulation of literature: studies in literary translation ［M］. Sydney: Croom Helm Ltd. / Beijing: Foreign Language Teaching and Research Press.

HERMANS, 1999/2004. Translation in systems: descriptive and systemic approach explained ［M］. Manchester: St. Jerome Publishing / Shanghai: Shanghai Foreign Language Education Press.

HERMANS, 2002. Cross-cultural transgressions [M]. Manchester: St. Jerome Publishing.

HEWSON, MARTIN, 1991. Redefining translation: the variational approach [M]. London and New York: Routledge.

HICKEY, 1998/2004. The pragmatics of translation [M]. Clevedon: Multilingual Matters Ltd. / Shanghai: Shanghai Foreign Language Education Press.

HOLMES, 1994/2007. Translated! papers on literary translation and translation studies [M]. Amsterdam: Rodopi B. V. / Beijing: Foreign Language Teaching and Research Press.

JONES, 1998. Conference interpreting explained [M]. Manchester: St. Jerome Publishing.

KATAN, 2004. Translating cultures: an introduction for translators, interpreters and mediators [M]. Shanghai: Shanghai Foreign Language Education Press.

KELLY, 1979. The true interpreter: a history of translation theory and practice in the west [M]. New York: St. Martin's Press.

KENNY, 2001. Lexis and creativity in translation: a corpus based study [M]. Manchester & Northampton: St. Jerome Publishing.

KIRALY, 2000. A social constructive approach to translator education: empowerment from theory to practice [M]. Manchester: St. Jerome Publishing.

KIRALY, 2000. A social constructivist approach to translator education: empowerment from theory to practice [M]. Manchester & Northampton: St. Jerome Publishing.

KOLMEL, PAYNE, 1989. Babel: the cultural and linguistic barriers between nations [M]. Aberdeen: Aberdeen University Press.

KUSSMAUL, 1995. Training the translator [M]. Amsterdam: John Benjamins Publishing Company.

LAMBERT, MOSER-MERCER, 1994. Bridging the gap: empirical research in simultaneous interpretation [M]. Amsterdam: John Benjamins Publishing Company.

LEFEVERE, 1992/2004. Translation, history, culture: a sourcebook [M].

London and New York: Routledge / Shanghai: Shanghai Foreign Language Education.

LEFEVERE, 1992/2006. Translating literature: practice and theory in a comparative literature context [M]. New York: The Modern Language Association of America / Beijing: Foreign Language Teaching and Research Press.

LEFEVERE, 2004. Translation, rewriting, and the manipulation of literary fame [M]. Shanghai: Shanghai Foreign Language Education.

LÖRSCHER, 1991. Translation performance, translation process, and translation strategies: a psycholinguistic investigation [M]. Tübingen: Gunter Narr Verlag.

MALONE, 1988. The science of linguistics in the art of translation: some tools for linguistics for the analysis and practice of translation [M]. New York: State University of New York Press.

MEY, 2001. Pragmatics: an introduction [M]. Beijing: Foreign Language Teaching and Research Press.

MUNDAY, 2001. Introducing translation studies: theories and applications. London and New York: Routledge.

MUNNS, RAJAN, 1995. A cultural studies reader: history, theory, practice [M]. Longman Group Limited.

NEUBERT, SHREVE, 1992. Translation as text [M]. Kent: The Kent State University Press.

NEWMARK, 1982/2001. Approaches to translation [M]. Oxford: Pergamon Press / Shanghai: Shanghai Foreign Language Education Press.

NEWMARK, 1991/2006. About translation [M]. Clevedon: Multilingual Matters Ltd. / Beijing: Foreign Language Teaching and Research Press.

NEWMARK, 1993. Paragraphs on translation [M]. Clevedon: Multilingual Matters Ltd.

NEWMARK, 2001. A textbook of translation [M]. Shanghai: Shanghai Foreign Language Education Press.

NIDA, 1981. Meaning across cultures [M]. New York: Orbi's Books.

NIDA, 1982. Translating meaning [M]. San Dimas: English Language Institute.

NIDA, 1993. Language, culture, and translating [M]. Shanghai: Shanghai Foreign Language Education Press.

NIDA, 1996. The sociolinguistics of interlingual communication [M]. Brussels: Les Editions du Hazard.

NIDA, 2001. Language and culture: contexts in translation [M]. Shanghai: Shanghai Foreign Language Education Pres.

NIDA, 2001. Toward a science of translating [M]. Shanghai: Shanghai Foreign Language Education Press.

NIDA, TABER, 2001. The theory and practice of translation [M]. Shanghai: Shanghai Foreign Language Education Press.

NIRANJANA, 1992. Siting translation: history, post-structuralism, and the colonial context [M]. Berkely: University of California Press.

NORD, 1997/2004. Translation as a purposeful activity: functionalist approaches explained [M]. Manchester: St. Jerome Publishing / Shanghai: Shanghai Foreign Language Education Press.

NORD, 2005/2006. Text analysis in translation: theory, methodology and didactic application of a model for translation-orientated text analysis [M]. Amsterdam & New York: Rodopi B. V. / Beijing: Foreign Language Teaching and Research Press.

OLOHAN, 2001. Intercultural faultlines: research models in translation studies I: textual and cognitive aspects [M]. Manchester & Northampton: St. Jerome Publishing.

PEARSALL, 1998. The new Oxford dictionary of English [M]. Oxford: Oxford University Press.

POYATOS, 1997. Nonverbal communication and translation: new perspectives and challenges in literature, interpretation and the media [M]. Amsterdam & Philadelphia: John Benjamins Publishing Company.

PYM, 1998/2007. Method in translation history [M]. Manchester: St. Jerome

Publishing / Beijing: Foreign Language Teaching and Research Press.

PYM, 2001. The return to ethnics [M]. Manchester: St. Jerome Publishing.

REISS, 2000/2004. Translation criticism—the potentials and limitations: categories and criteria for translation quality assessment [M]. RHODES, trans. Manchester: St. Jerome Publishing / Shanghai: Shanghai Foreign Language Education Press.

RICCARDI, 2002. Translation studies: perspectives on an emerging discipline [M]. Cambridge: Cambridge University Press.

RITVA, 1997. Cultural Bumps [M]. Cleveden: Multilingual Matters Ltd.

ROBINSON, 1991. The translator's turn [M]. Baltimore and London: The John Hopkins University Press.

ROBINSON, 1996. Translation and Taboo [M]. DeKalb: Northern Illinois University Press.

ROBINSON, 1997. Becoming a translator: an accelerated course [M]. London and New York: Routledge.

ROBINSON, 1997. Translation and empire [M]. Manchester: St. Jerome Publishing.

ROBINSON, 1997/2006. Western translation theory from Herodotus to Nietzsche [M]. Manchester: St. Jerome Publishing Ltd. / Beijing: Foreign Language Teaching and Research Press.

ROBINSON, 2001. Who translates? translator subjectivities beyond reason [M]. Albany: State University of New York.

ROSE, 1981. Translation spectrum: essays in theory and practice [M]. New York: State University of New York Press.

ROSE, 1997/2007. Translation and literary criticism: translation as analysis [M]. Manchester: St. Jerome Publishing / Beijing: Foreign Language Teaching and Research Press.

SAMUELSSON-BROWN, 2004/2006. A practical guide for translators [M]. Clevedon: Multilingual Matters Ltd. / Beijing: Foreign Language Teaching and Research Press.

SAVORY, 1957. The art of translation [M]. London: Cape.

SCHAFFNER, KELLY-HOLMES, 1995. Cultural functions of translation [M]. Clevedon: Multilingual Matters Ltd.

SCHULTE, BIGUENET, 1992. Theories of translation: an anthology of essays from Dryden to Derrida [M]. Chicago: The University of Chicago Press.

SEYMOUR, LIU, 1994. Translation and interpreting: bridging east and west [C]. Hawaii: College of Languages, Linguistics and Literature and the East-West Center.

SHUTTLEWORTH, COWIE, 2004. Dictionary of translation studies [M]. Shanghai: Shanghai Foreign Language Education Press.

SIMMS, 1997. Translating sensitive texts: linguistic aspects [M]. Amsterdam: Rodopi B. V.

SIMON, 1996. Gender in translation: cultural identity and the politics of transmission [M]. London and New York: Routledge.

SNELL-HORNBY, 1995/2001. Translation studies: an integrated approach [M]. Amsterdan: John Benjamins Publishing Company / Shanghai: Shanghai Foreign Language Education Press.

SOFER, 1998. The translator's handbook [M]. 2nd ed. Maryland: Schreiber Publishing, Inc.

SPIVAK, 2005. Translating into English [M] // BERMANN, WOOD. Nation, language, and the ethics of translation. Princeton and Oxford: Princeton University Press.

STATEN, 2005. Tracking the "native informant": cultural translation as the horizon of literary translation [M] // BERMANN, WOOD. Nation, language, and the ethics of translation. Princeton: Princeton University Press

STEINER, 1975. After Babel: aspects of language and translation [M]. Oxford: Oxford University Press.

STEINER, 1975. English Translating Theories: 1650—1800 [M]. Assen / Amsterdam: Van Gorcum.

TAYLOR, 1992. Mutual misunderstanding: skepticism and the theorizing of language and interpretation (Post-Contemporary Interventions) [M]. London and New York: Routledge.

TOURY, 1998. In search of a theory of translation [M]. Tel. Aviv: Porter Institute.

TOURY, 2001. Descriptive translation studies and beyond [M]. Amsterdam: John Benjamins Publishing Company.

TROSBORG, 1997. Text typology and translation [M]. Amsterdam: John Benjamins Publishing Company.

TYMOCZKO, 1999/2004. Translation in a postcolonial context [M]. Manchester: St. Jerome Publishing / Shanghai: Shanghai Foreign Language Education Press.

VALERRO-GARCES, 1995. Modes of translating cultures: ethnography and translation [J] //Meta, 40 (4).

VENUTI, 1992. Rethinking translation: discourse, subjectivity, ideology [M]. London and New York: Routledge.

VENUTI, 1995. The translator's invisibility: a history of translation [M]. London and New York: Routledge.

VENUTI, 1998. The scandals of translation: towards an ethics of difference [M]. London and New York: Routledge.

VENUTI, 1998. Translation and minority [M]. Manchester: St. Jerome Publishing.

VENUTI, 2004. The translation studies reader [M]. London and New York: Routledge.

WARREN, 1989. The art of translation [M]. Boston: Northeastern University Press.

WILLIAMS, CHESTERMAN, 2002/2004. The map: a beginner's guide in doing research on translation studies [M]. Manchester: St. Jerome Publishing / Shanghai: Shanghai Foreign Language Education Press.

WILSS, 1982/2001. The science of translation: problems and methods [M]. Gunter Narr Verlag Tubinger / Shanghai: Shanghai Foreign Language Education Press.

WILSS, 1996. Knowledge and skills in translator behavior [M]. Amsterdam/Philadelphia: John Benjamins Publishing Company.

ZANETTIN, BERMARDINI, STEWART, 2003/2007. Corpora in translator education: an introduction [M]. Manchester: St. Jerome Publishing / Beijing: Foreign Language Teaching and Research Press.

ZLATEVA, 1993. Translation as social action: Russian and Bulgarian perspectives (translation studies) [M]. London and New York: Routledge.

后　记

　　本书是在我的博士论文基础上修改而成。除了一些必要的改动，我尽量保持博士论文的原貌，以经常唤起我对攻博学习期间既艰苦又美好的时光的回忆。

　　本书得以出版，首先我要深深地感谢我的导师杨武能教授。杨先生渊博的学识、认真的治学态度和真诚的待人方式令我景仰。杨先生是著名的文学翻译家，我在先生的指导下搞翻译研究，颇有近水楼台先得月的感受。当然，在我感到荣幸的同时，也倍感压力；所以我唯有不懈努力，才能不负恩师的厚爱和期望。

　　其次，我要感谢曹顺庆教授、冯宪光教授和王晓路教授。我在四川大学文学与新闻学院比较文学与世界文学专业学习期间，有幸再次作为学生坐在教室聆听他们的授课。他们的授课令我眼界大开，将我送上了学术之路的一个新的起点。我还要感谢朱徽教授和廖七一教授。朱徽教授细心阅读了我的论文初稿，提出了许多有益的修改建议，并欣然答应我的请求，为本书作序；廖七一教授在论文选题的时候，为我提供了翻译研究的参考书单，给我的研究带来极大的便利。在论文提交答辩的过程中，谢天振教授、郑海凌教授、崔永禄教授、王永贵教授和严啟刚教授认真审读了我的论文，给予了充分的肯定，并提出了宝贵的意见。在此，我向上述诸位先生表示深深的谢意。

　　同时，我还要感谢王寅教授、冯亚琳教授、董洪川教授、傅勇林教授、刘亚丁教授、石坚教授、程锡麟教授、袁德成教授、敖凡教授，他们的指导、关心和支持帮助我顺利完成了学业。四川大学外国语学院长期以来致力学院科研的发展，设立了学术专著出版基金，本书获此资助，才得以顺利出版。四川大学出版社张晶老师也为本书出版做了大量工作，在此表示衷心感谢。

　　本书部分章节曾以论文形式，在《外语学刊》《四川大学学报》《西南师范大学学报》《四川师范大学学报》等刊物上发表。在此，我向这些刊物的编辑表

后　记

示感谢。

最后，我要感谢我的妻子和女儿，她们给予我的爱时刻温暖着我。

在本书即将出版之际，我丝毫没有如释重负的感觉。除了对书中由于自己能力所限而导致的这样那样的问题感到忐忑不安之外，我还像一个将生命交给旅程的远足者，在达到一个目的地时，已经在策划下一次旅行了……

段　峰

2007 年 12 月

于四川大学竹林村